Knaur.

Knaur.

Zum Buch:

Nach ihrem Studium und einem London-Aufenthalt kehrt Marie in ihre Heimatstadt Hamburg zurück. Sie zieht wieder zu ihrer Großmutter Therese, die sie großgezogen und bei der sie sich stets geborgen gefühlt hat. Doch was soll sie mit ihrem Leben anfangen? Als Therese stirbt, scheint Maries Welt völlig zu zerbrechen. Sie beginnt die Hinterlassenschaft ihrer Großmutter zu ordnen und entdeckt auf alten Fotos und in Briefen eine Therese, die sie nie gekannt hat. Und sie stößt auf ein Geheimnis, das diese die ganzen Jahre mit sich herumgetragen hat.

Wer war die kleine Anna, die sie auf einigen der Fotos entdeckt und deren Spur sich in den Bombennächten des Zweiten Weltkriegs verliert? Und wer ist der mysteriöse Engländer Ralph, dessen Briefe sie findet?

Marie beschließt, dem Geheimnis ihrer Großmutter nachzuspüren. Ihr Weg führt sie erneut nach London ...

Über die Autorin:

Verena Rabe wurde 1965 in Hamburg geboren. In Göttingen und München studierte sie Neuere Geschichte, Wirtschafts- und Sozialgeschichte und Volkswirtschaftslehre und machte 1990 in München ihren Magister. Danach folgte ein dreimonatiger Auslandsaufenthalt mit Praktikum bei Springer foreign news in London und ein Volontariat beim Schleswig-Holsteinischen Zeitungsverlag in Flensburg. Seit 1992 lebt sie wieder in Hamburg. Sie ist verheiratet, hat zwei Kinder, arbeitet als freie Autorin und engagiert sich seit Jahren im Vorstand des Writers' Room, einem von der Hamburger Kulturbehörde unterstützten Verein für Autoren, der ihnen Raum zum Arbeiten und Möglichkeiten der Fortbildung bietet und einmalig in Europa ist. Bisherige Veröffentlichungen in der Literaturzeitschrift »decision«.

Verena Rabe

Thereses Geheimnis

Roman

Knaur Taschenbuch Verlag

Bitte besuchen Sie uns im Internet:
www.knaur.de

Deutsche Originalausgabe August 2004

Ein Unternehmen der Droemerschen Verlagsanstalt
Th. Knaur Nachf., GmbH & Co. KG, München

Redaktion: Ilse Wagner
Umschlaggestaltung: ZERO Werbeagentur, München
Umschlagabbildung: Mauritius
Satz: Ventura Publisher im Verlag
Druck und Bindung: Clausen & Bosse, Leck
Printed in Germany
ISBN 3-426-62575-X

2 4 5 3 1

Prolog

Das Mädchen rannte vor ihr her, der Rock des blau-weiß karierten Kleides wippte um ihre dürren Beine, die hellblonden Zöpfe hüpften.

Und sie selbst fühlte ihren festen, dünnen Körper und sah an sich herunter auf ein grünes Kleid. Ihre Füße steckten in Sandalen, schäbigen, abgenutzten braunen Sandalen, aber das machte ihr nichts aus, denn sie war glücklich, überhaupt etwas an den Füßen zu haben.

Sie schritt eine Straße hinunter, rechts und links mehrstöckige rote Backsteinhäuser, sie wohnte mit ihrer Tochter in einem dieser Häuser ganz oben unterm Dach.

Es war ein heller, freundlicher Morgen. Sie ging hinter ihrer Tochter her und freute sich über die Sonne und darüber, dass sie lebte und jung war.

»Anna, warte auf mich«, rief sie dem Mädchen zu, das stehen blieb, sich umdrehte und sie anstrahlte.

1

Hamburg, Ende November 1992

Therese Beeken schaltete den Fernseher aus. Gleich begannen die Nachrichten, und die sah sie aus Prinzip nicht an. Höchstens noch die Lokalnachrichten, denn da konnte sie fast sicher sein, dass es nie um Krieg ging. Von Kriegen wollte sie nichts wissen. Vor langer Zeit hatte sie ihren Bedarf daran für immer gedeckt.

Sie beschloss ins Bett zu gehen, obwohl sie noch nicht müde war. Morgen Abend werde ich endlich nicht fernsehen, dachte sie. Marie wird hier sein, und wir werden uns vielleicht ein Feuer im Kamin anzünden, und ich werde wieder reden und jemandem zuhören können. Endlich wieder dem warmen, dunklen Klang von Maries Stimme lauschen, der den Raum ausfüllen wird, in dem ich monatelang abends nur Selbstgespräche führte.

Sie stellte einen Teller mit Brotresten in den Kühlschrank. Die kann ich morgen zum Frühstück essen, dachte sie. Im unteren Fach bewahrte sie drei Kartoffeln in einer Porzellanschale auf, die waren gestern beim Mittagessen übrig geblieben, im Gemüsefach lag ein halber Apfel. Früher hatte sie immer gut abschätzen können, welche Mengen sie zubereiten musste. Aber seitdem sie nur für sich selbst kochte, gelang es ihr nicht mehr, und es blieb immer etwas übrig, das sie dann im Kühlschrank deponierte und manchmal nach Tagen in der hintersten Ecke verdorben wieder fand. Ab morgen kann ich endlich wieder für zwei kochen, dachte sie erleichtert.

Die Treppenstufen in den ersten Stock fielen ihr heute schwer. Aber was erwartest du, sprach sie mit sich selbst, du bist 74. Sie musste an ihren ältesten Sohn Georg denken. »Mutti«, hatte er bei Friedrichs Beerdigung gesagt, »jetzt, wo Papa nicht mehr da ist, brauchst du doch kein großes Haus mehr«, und sie ärgerte sich über diese Bemerkung, denn eigentlich bedeutete sie: »Geh ins Altersheim und überlasse uns das Haus.«

»Darauf kannst du lange warten«, murmelte Therese vor sich hin, als sie das Schlafzimmer betrat und sich seufzend auf das neue Metallbett mit dem blauen Himmel setzte, das sie gleich nach Friedrichs Tod gekauft hatte, weil sie in dem Bett, in dem ihr Mann gestorben war, nicht mehr hatte schlafen können. Sie zog sich langsam aus und hängte Kleider über den stummen Diener; so hatte es ihr Friedrich vor langer Zeit beigebracht, und sie hatte sich zähneknirschend seinem Ordnungssinn angepasst, bis sie auch gar nicht mehr anders konnte, als alles an seinen Platz zurückzulegen.

»Du wärst stolz auf mich«, sagte sie laut in Richtung seines Fotos, das auf der Kommode stand. Sie mochte dieses Bild, denn Friedrich hatte den Mund zu einem kleinen Lächeln verzogen. Dadurch bekamen seine Augen einen weniger kritischen Ausdruck hinter der feinen Nickelbrille, und in seinem Blick erkannte sie die Güte, die er sonst fast immer hinter seiner Strenge und Autorität versteckt gehalten hatte. Am Anfang ihrer Beziehung ordnete er geduldig ihr Leben und fügte die losen Enden zusammen, und sie hatte sich als Dank bereitwillig in seine Vorstellung von Glück einbauen lassen.

Manchmal hast du es mir wirklich schwer gemacht, dich zu lieben, sagte Therese in Gedanken, bei dir musste immer alles so korrekt sein und seine Ordnung haben, und wehe, es war nicht genauso, wie du es dir vorstelltest. Und ich war weiß Gott keine gute Hausfrau, als du mich kennen lerntest. Ich musste es ja auch nicht sein, ich brauchte nur für mich zu sorgen, und das hatte ich ja längst aufgegeben, wie du weißt.

Wenn ich dich damals nicht kennen gelernt hätte, seufzte sie und wagte nicht, sich auszumalen, wie alles geworden wäre, wenn er sie 1949 nicht unter seine Fittiche genommen hätte. Als sie sich in seine Hände gab, wusste sie, dass es für sie die einzige Möglichkeit war. Es ging nicht um Liebe oder Anziehung, sondern allein ums Überleben, und damals dachte sie, dass sie es ohne fremde Hilfe nicht mehr schaffen würde.

Unzählige Male hatte sie sich mit ihrer Bitte an Gott gewandt, es Friedrich nicht merken zu lassen, dass sie ihn damals nicht anziehend fand, mit seinem schon schütteren Haar, obwohl er erst 34 war, und seinem stechenden Blick, wenn er seine Patientinnen ins Visier nahm, um herauszubekommen, was ihnen fehlte. Wenn er ihr die Hand auf die Stirn legte, versuchte sie nicht daran zu denken, wie kalt seine Finger waren und wie anders sie vor ihm berührt worden war.

Er sagte ihr, dass er sie vom ersten Moment an liebte. Sie war für ihn ein etwas zerzauster, aber sehr bunter Vogel gewesen, der bei ihm Schutz gesucht hatte, und er hatte ihr jede Hilfe zukommen lassen, hatte all ihre Bedingungen akzeptiert und sie in sein Leben geführt, nach Blankenese zu seinen Eltern in das weiße Haus am Strandweg.

Als sie dort als zukünftige Frau von Dr. Friedrich Beeken ankam, hatte sie geweint, denn sie konnte es nicht ertragen, dass hier nichts vom Krieg zu sehen war, keine Bombenschäden, keine Ruinen, keine notdürftig reparierten Häuser, sondern nur Sauberkeit und Ordnung.

Da, wo sie die letzten Jahre verbracht hatte, war es ganz anders gewesen, sie hatte den Eindruck gehabt, immer knietief durch Schutt zu waten und am Rande des Verrücktseins zu balancieren, auf der Suche nach etwas, das sie längst verloren hatte und nie wieder finden würde.

Als sie Friedrich in der Blankeneser Kirche ihr Jawort gab, war sie allein, niemand war für sie gekommen, ihre Eltern nicht, die waren schon tot, und auch keine Freundinnen, denn die hatte sie in den Jahren zuvor verloren. Sie stand vor dem Altar in einem weißen, bodenlangen Kleid, das ihr die Schneiderin ihrer Schwiegermutter genäht hatte und ihren schon runden Bauch verbarg. Sie war froh über den Schleier, der ihr Gesicht verdeckte, so konnte niemand ihre Tränen sehen, die ihr während der gesamten Zeremonie über die Wangen liefen. Dort an Friedrichs Seite war eigentlich nicht ihr Platz, sie wollte weglaufen, sich verstecken, allein sein, wenn sie schon nicht mit jemandem zusammen sein durfte, den sie wirklich liebte, aber sie tat es damals nicht, sondern riss sich zusammen, denn sie wusste, dies war ihre einzige Chance auf ein normales Leben. Und nichts anderes als das wünschte sie sich und dem Baby, das sie bald bekommen würde.

»O Friedrich, es war zuerst nicht leicht«, sagte Therese in Richtung des Bildes. »Deine Mutter akzeptierte mich nicht, für sie besaß ich zu sehr den Altonaer Stallgeruch. Erst nachdem sie starb, fühlte ich mich in deinem Haus wohl und nicht mehr kritisiert und ständig beobachtet. Und du hattest niemals Verständnis für meine Sorgen, immer gingen deine Patienten vor, für die hattest du immer Zeit, und manchmal, wenn du mir von ihnen erzähltest, wünschte ich mir, eine von ihnen zu sein, denn sie nahmst du ernst und hörtest ihnen zu.«

Dennoch habe ich ihn lieben gelernt, dachte sie, zwar nicht so, wie ich vorher geliebt hatte, aber das hatte ich ja auch nicht gewollt, weil es zu schmerzhaft gewesen war. Meine Fähigkeit, bedingungslos zu lieben, ist im Krieg kaputtgegangen, Friedrich, und deine auch, das ahnte ich sehr schnell, auch wenn du es selbst nicht wahrhaben wolltest. Trotzdem haben wir eine gute Ehe geführt, und du wärst stolz auf mich, wenn du sehen könntest, wie sehr ich mich bemühe, unser Haus zu erhalten.

Therese zog ihr weißes Rüschennachthemd an, in dem sie sich vorkam wie eine Frau der Jahrhundertwende, und löste ihren Haarknoten. Beim Zähneputzen betrachtete sie sich im Spiegel. Sie erblickte eine weißhaarige Frau, die vorsichtig ihr Zahnfleisch massierte, um es nicht erneut zum Bluten zu bringen. Würde sie sich jemals daran gewöhnen, alt zu sein? Sie fühlte sich nicht alt. Sie kämmte ihre langen Haare, die ihr über die Schultern fielen, schloss die Augen, genoss die sanfte Massage und dachte an Maries Kinderhände, die ihr früher oft durch die Haare gefahren waren, so dass es auf der Kopfhaut prickelte.

Werde ich sie ein wenig länger in Hamburg halten können?, fragte sich Therese. Sie hatte alles dafür getan, damit ihre Enkelin sich bei ihr wohl fühlen konnte. Im Nebenzimmer standen gelbe Astern auf dem Tisch, sie hatte Maries ehemaliges Kinderzimmer hergerichtet, eine Tagesdecke in Altrosa gekauft, die nicht so kindlich aussah wie die alte. Sie hatte Maries Stofftiere in eine Kiste gepackt und ihre gesmokten Kleider in den Schrank im Keller gehängt.

Endlich wird das Haus wieder belebt, dachte Therese, als sie im Bett lag und sich darüber freute, dass nur die rechte Hüfte schmerzte.

2

Trägt sie ihren Ehering noch?, fragte sich Marie Beeken, als sie auf ihr Gepäck am Hamburger Flughafen wartete. Immer hatte Oma Therese Ringe an den Fingern getragen. Nur wenn sie schwierige Gerichte zubereitete, lagen sie in einer kleinen Schale neben der Spüle. Sie überlegte sich, wie lange Opa Friedrich schon tot war. Fünf Monate? Sie hatte es vergessen. Bei seiner Beerdigung war sie noch gewesen. Mitten in der Examenszeit. Danach hatte sie in München ihr Magisterexamen bestanden, zwei Tage später ihre Wohnung aufgelöst und ihre paar Möbel in einem Kleintransporter nach Hamburg gefahren. Jetzt lagerten sie bei Oma Therese auf dem Dachboden. Damals war sie nur einige Tage in Hamburg gewesen und dann mit dem Vorsatz nach London aufgebrochen, nicht mehr zurückzukehren. Und nach drei Monaten war sie nun doch wieder hier.

Marie schob den Gepäckwagen durch die Absperrung. Sie entdeckte Thereses zimtfarbenen Mantel im Meer der blauen Blazermäntel sofort. Eine Frau mit weißen aufgesteckten Haaren und einem beigen Tuch im Ausschnitt winkte ihr zu. Marie erschrak wie jedes Mal, wenn sie ihre Großmutter längere Zeit nicht gesehen hatte, denn in ihrer Erinnerung war Therese immer noch eine 55-jährige Frau, deren rotbraune Haare nur einige graue Strähnen durchzogen, sie sah grüne Augen in einem wenig faltigen Gesicht, sie fühlte eine weiche Hand, die ihre Wange streichelte. Ihre Stimme hatte sich in den vergangenen zwanzig Jahren überhaupt nicht verändert, sie klang immer noch mädchenhaft hell, nicht hoch oder schrill, sondern sehr jung. Deshalb vergaß sie jedes Mal, wenn sie mit Therese telefonierte, wie alt ihre Großmutter schon war.

Als sie Therese begrüßte, musste sie sich zu ihr hinunterbeugen, das war eigenartig, sonst war Marie es immer, zu der sich die meisten Frauen hinunterbeugten. Sie wurde von weichen Armen umfangen und an die Hügel großer Brüste gedrückt, fühlte dann feuchte Lippen auf ihrer Wange und Finger, die ihr durch die Haare strichen.

»Marie, schön, dass du endlich da bist«, sagte Therese an ihrer Schulter. Marie roch dasselbe Parfüm wie als kleines Mädchen, wenn sie sich an ihre Großmutter geschmiegt hatte, um sich trösten zu lassen. Früher hatte sie gedacht, Großmütter würden von Natur aus so riechen, heute wusste sie, dass es Chanel 5 war und dass

Therese es immer in einem Zerstäuber in ihrer Handtasche mitnahm, wenn sie aus dem Haus ging. Sie schämte sich, dass sie vergessen hatte, eine Flasche im Dutyfreeshop zu besorgen.

»Du bist ja dünn geworden, Marie, und was ist mit deinen Haaren?«, hörte sie Therese sagen und fühlte sich plötzlich wieder wie mit sechzehn, als sie zum ersten Mal allein zum Friseur gegangen war und ihre Oma zwei Tage nicht mit ihr gesprochen hatte, weil sie sich blonde Strähnen hatte färben lassen.

Es würde schwer werden, ihrer Großmutter begreiflich zu machen, dass sie in den vergangenen Jahren erwachsen geworden war.

»Komm, Oma, lass uns gehen«, sagte sie und hakte sich bei Therese unter. Nur mühsam konnten sie alles Gepäck in Thereses Golf verstauen. Maries Schultermuskeln verspannten sich, als sie sich auf den Beifahrersitz fallen ließ. Sie wäre am liebsten selbst gefahren, weil sie der vorsichtige Fahrstil ihrer Großmutter wahnsinnig machte, aber sie wollte Therese nicht verärgern, und so versuchte sie nicht darauf zu achten, dass sich hinter ihnen schon nach zwei Kilometern die Autos stauten, weil Therese mitten auf der vierspurigen Straße fuhr und niemanden überholen ließ, obwohl der Tacho nur 50 km/h anzeigte. Oma wird erst wieder ansprechbar sein, wenn sie die Elbe sieht und in die sicheren Elbvororte eingefahren ist, dachte Marie. Sie wusste, dass ihre Großmutter allen anderen Autofahrern misstraute. Früher war sie mit Marie in den Elbvororten oft Umwege gefahren, um nicht auf großen Straßen unterwegs sein zu müssen.

Marie schloss die Augen, blendete das Geräusch des abrupten Schaltens aus, konzentrierte sich auf ihren Atem und dämmerte vor sich hin, wie sie es in den vergangenen Tagen oft getan hatte, um sich nicht fragen zu müssen, was jetzt aus ihr werden sollte, ohne Geld, ohne Job, ohne Freund.

Vor vier Wochen schien alles perfekt gewesen zu sein, aber das war jetzt eine Ewigkeit her. Damals gab es für sie noch Pete und die gemeinsamen Wochenenden, an denen er sie kreuz und quer durch London schleppte. Er führte sie in Cafés und Restaurants, die er vorher drei Jahre lang mit Heather besucht hatte, aber das wusste Marie damals noch nicht. Sie freute sich schon morgens darauf, ihn abends zu treffen, wenn er Zeit für sie hatte. Dann kaufte sie auf dem Weg in seine Wohnung jedes Mal Wein, Käse, Brot und Salat in ihrem Lieblingsshop an der Kensington High Street und unterhielt sich mit dem indischen Besitzer, der sie für eine Engländerin hielt, was ihr ungemein schmeichelte. Meistens erwartete Pete sie schon mit einem Drink in der Hand und brannte darauf, ihr die neuesten Anekdoten von seinen Sprachenschülern zu erzählen. Sie war im August auch eine seiner Schülerinnen gewesen, bis er ihr beim Bier im Pub anvertraute, dass ihn gerade seine Freundin Heather verlassen hatte, und Marie ihm noch zuhörte, lange nachdem die anderen Sprachenschüler gegangen waren und keine *tube* mehr fuhr. Damals landete sie in seiner Wohnung und ging mit ihm noch in derselben Nacht ins Bett, obwohl sie wusste, dass diese Heather in seinem Kopf herumspukte. Er hatte einen sehnigen, muskulösen Körper, dem sie überhaupt nicht anmerkte, dass er 14 Jahre älter war als sie. Unter seinen Händen und Küssen fühlte sie sich begehrenswert, er nahm sich Zeit, sie langsam zu reizen, das war etwas anderes als die verhaltenen Spielchen mit ihren gleichaltrigen Kommilitonen, Pete konzentrierte sich in dieser Nacht ganz auf sie, bis sie ekstatische Geräusche von sich gab, von denen sie nicht gewusst hatte, dass sie diese überhaupt in ihrem Repertoire besaß. In der Nacht darauf ließ er sich von ihr streicheln und gab sich ihr ohne jeglichen Kontrollanspruch hin, so wie es nach ihrer Meinung nur Männer können, die sich sonst überlegen fühlen. Jedes Mal, wenn sie sich sahen, schliefen sie miteinander. Marie hoffte, diese berauschenden Nächte würden Petes Erinnerung an Heather auslöschen, und es schien auch zwei Monate so zu sein, aber dann tauchte sie wieder auf, beanspruchte wie selbstverständlich den Platz in Petes Bett und stellte ihre Collagenfeuchtigkeitscremes wieder in seinen Badezimmerschrank. Und Pete machte kurzerhand mit Marie Schluss, obwohl sie geplant hatten, Anfang Dezember nach Brighton zu fahren, um ein paar Tage ungestört nur im Bett verbringen zu können.

Nachdem Pete Schluss gemacht hatte, ging Marie zum Friseur, ließ sich ihre Haare kurz schneiden und färbte sie sich schwarz, als Ausdruck ihrer Trauer. Sie bildete sich nicht ein, Pete geliebt zu haben, aber mit ihm hatte sie den besten Sex ihres Lebens erlebt.

Und nach einem Tag als Single ließ sie der Redaktionsleiter von Springer foreign news, wo sie als Praktikantin arbeitete, in sein Büro kommen. Jetzt bietet er mir endlich einen festen Job an, es ist nicht alles verloren, dachte sie und kritzelte noch schnell den Entwurf eines Postkartentextes auf ein Blatt Papier:

»Bin jetzt fest bei Springer foreign news. Besucht mich doch mal, Kuss Marie.« Sie würde gleich nachher zehn Karten kaufen und sie ihren Studienfreunden nach München schicken.

»Mit uns wird das leider nichts, Frau Beeken«, sagte der Ressortleiter kurz. »Wir bekommen jetzt Schüler der Springer-Journalistenschule, da können wir Sie nicht mehr gebrauchen.«

Diese Worte trafen sie wie ein Fausthieb in die Magengrube, denn gerade diese Schule hatte sie vor einiger Zeit abgelehnt. Jetzt ist alles vorbei, dachte sie, und nichts rechtfertigt mehr meine Anwesenheit in dieser wahnsinnig teuren Stadt.

Also nahm sie Thereses Vorschlag an, erst einmal wieder nach Hamburg zurückzukommen. Genauso habe ich mir mein Leben nach dem Examen vorgestellt, dachte Marie bitter, alle großen deutschen Journalistenschulen haben mich abgelehnt und ich fahre mit Oma in die Elbvororte zurück, um bei ihr zu wohnen, weil ich kein Geld mehr habe und auch sonst nicht weiß, wohin.

»Guck doch mal aus dem Fenster. Ist die Elbe nicht herrlich?«, riss Thereses Stimme sie aus ihren Gedanken. Sie hielten gerade am Teufelsbrücker Fähranleger, es regnete in Strömen, und das Schwarzgrau der Elbe zeichnete sich nur schwach von dem Schiefergrau des Himmels ab. Ein blaues Containerschiff fuhr elbabwärts vorbei. Marie kurbelte das Fenster hinunter. Sie sog den Geruch des Elbwassers ein, diese Mixtur aus Schlick, Dieselöl, Seewasser, Fisch, brackigem Grund, beobachtete schweigend, wie das Schiff langsam an ihnen vorüberglitt, und wusste auf einmal, dass sie diesen Anblick in den vergangenen fünf Jahren vermisst hatte.

Wieder nach Blankenese zu fahren war für sie wie eine Reise in die Vergangenheit. Fischhändler, Einrichtungshaus und Jeansladen und daneben der Secondhandshop, in dem sie mit fünfzehn eine lila Pluderhose gekauft hatte, die sie tapfer trug, obwohl alle behaupteten, sie sähe darin zu dick aus. Nichts hatte sich hier verändert in den vergangenen Monaten, ja, sogar in den vergangenen fünf Jahren nicht, da war sich Marie sicher.

Endlich hielten sie unten am Strandweg. Marie sprang aus dem Auto, lief über die Straße und den Strand auf den Leuchtturm zu. Ihre Füße versanken im schweren, nassen Sand, und der Regen tropfte ihr in den Kragen, aber das störte sie nicht, denn sie hörte den Wellen zu, die an die Uferbefestigung platschten, sah die Regentropfen auf der Wasseroberfläche zerplatzen und wischte die Tränen, die ihr plötzlich die Wangen hinunterliefen, nicht weg. Ja, hier war sie zu Hause gewesen, und das könnte sie wieder sein. Vielleicht ist es ein neuer Anfang und es ist doch nicht alles so hoffnungslos, dachte sie.

3

Was soll ich bloß mit ihr anfangen?, fragte sich Therese, als sie ihrer Enkeltochter beim Abendbrot gegenübersaß. Marie kaute schon seit einer Ewigkeit auf einer Brotkante herum und aß sonst nur Salat. Therese musterte sie verstohlen. Sie sah wie das häßssliche Entlein aus, mit diesen fransigen und viel zu kurzen, schwarz gefärbten Haaren. Das passte nicht zu der Marie, die sie kannte. Aber die saß auch nicht hier beim Abendbrot, sondern eine Frau, deren Blicke abschätzend durch das Zimmer schweiften und an nichts hängenblieben. Und die rauchte und ihre Zigarette zwischen Daumen und Zeigefinger hielt, genauso wie Maries Mutter es getan hatte. Elke hatte den Rauch immer hastig in die Luft geblasen, die Kippe auf ihren Tellerrand gelegt und Therese beim Essen niemals angesehen.

Marie hat in den vergangenen Tagen noch kein einziges Mal gelächelt, stellte Therese fest, und das kränkte sie genauso wie die Tatsache, dass Marie ihr Haus jetzt mit den Augen einer

Besucherin sah. Wenn sie den abschätzenden Blicken ihrer Enkeltochter folgte, bemerkte auch sie die dunklen Flecken in den Ecken an der Decke, wie altmodisch ihre weiß lackierten Küchenschränke waren und dass die Arbeitsfläche tiefe Kratzer hatte. Aber vielleicht war es ja gar nicht das, was ihre Enkeltochter wahrnahm.

Nichts war so, wie sie es sich vorgestellt hatte, als sie Marie vorschlug, wieder nach Hamburg zurückzukehren. Wie konnte ich nur so naiv sein zu glauben, dass wir wieder so zusammenleben würden wie früher, als sie noch hier wohnte?, dachte Therese. Eigentlich hatte sie ihrer Enkeltochter anbieten wollen, die Wohnung im zweiten Stock für sie renovieren zu lassen, aber daran war wirklich nicht zu denken. Die Vorstellung erschien Therese jetzt absurd.

Wie konnte ich überhaupt annehmen, dass Maries Rückkehr mehr als nur eine Notlösung für sie ist?, dachte Therese. Meinetwegen ist sie nicht zurückgekommen. Und sie macht nichts. Sie sitzt hier den ganzen Tag herum und hat schlechte Laune. Noch voriges Jahr, als Marie in den Semesterferien für ein paar Tage nach Hamburg gekommen war, hatten sie so viel zusammen unternommen, waren in die Stadt gegangen, hatten irgendwo etwas gegessen, und sie kaufte Marie die Kleider und Schuhe, die sie sich nicht leisten konnte. Trug sie jetzt eigentlich immer diese schrecklichen schwarzen Jeans?

»Sag mal, ich habe dir doch dieses blaue Kleid geschenkt, als du voriges Jahr in Hamburg warst. Passt es dir nicht mehr, weil du so dünn geworden bist? Sollen wir es ändern lassen?«

»Oma, du brauchst dich nicht um meine Kleider zu kümmern.«

»Ich dachte doch nur, vielleicht hätte ich dir helfen können. Im Kino läuft ein guter Film, *Hear my Song*, der spielt in Irland. Es geht um einen Opernsänger. Das wäre doch was für dich, oder? Ich würde gerne heute Abend mit dir hingehen.«

»Ich muss mich um meine Bewerbungen kümmern.«

»Natürlich, es war ja auch nur eine Idee. Vielleicht ein andermal.«

»Ja, vielleicht.«

So waren alle Gespräche in den vergangenen Tagen verlaufen. Es hatte keinen Sinn. Marie stand jetzt wortlos auf und verließ die Küche.

Therese räumte die Geschirrspülmaschine ein und ärgerte sich darüber, dass ihre Enkeltochter noch nicht einmal Hilfe angeboten hatte. Ähnelt sie ihrer Mutter mehr, als ich befürchtet habe?, fragte sich Therese. Wie oft hatte Elke nach dem Essen so das Zimmer verlassen, ohne ein Wort des Danks oder eine Bemerkung, dass es ihr geschmeckt hatte. Damals saß ihre Tochter monatelang schweigend am

Tisch und beobachtete sie mit feindseliger Miene. Therese hatte darunter gelitten, aber nicht gewusst, was sie tun sollte. Friedrich war zu beschäftigt gewesen und hatte sich auch niemals richtig für Elke interessiert, was sie ihm nicht übel nahm.

Aber jedenfalls ist Marie nicht mit neunzehn schwanger geworden wie ihre Mutter, dachte Therese, als sie den Tisch abwischte. Zumindest das ist an mir vorübergegangen. Ich hätte es auch nicht noch einmal ertragen.

Damals flehte sie Elke an, ihr Kind nicht abzutreiben. Und Elke hatte Marie geboren und war unter der Bedingung in die Dachwohnung gezogen, dass sich Therese nicht einmischte. Das hielt sie auch durch, räumte aber heimlich auf, wenn Elke nicht da war, und füllte den Kühlschrank. Es ging gut – bis zu einem Sonntag kurz vor Maries zweitem Geburtstag.

Therese war in der Kirche gewesen, und noch durch die Predigt beschwingt stieg sie die Treppen zu Elkes Reich hinauf. Elke lag halb nackt auf dem Sofa, zuerst dachte sie, ihre Tochter sei tot, und beugte sich über sie, doch dann bemerkte sie, dass sie aus halb geöffnetem Mund atmete. Sie roch eine Alkoholfahne, es war erst elf Uhr morgens. Marie saß stumm auf dem Boden und schaukelte mit dem Oberkörper hin und her. Als Therese sie hochnahm, bemerkte sie, dass Marie seit gestern keine neue Windel mehr bekommen hatte.

»Jetzt reicht's«, schrie sie, die sonst niemals laut wurde, raffte Maries Sachen zusammen und brachte sie nach unten.

Friedrich stellte seiner Tochter am selben Abend ein Ultimatum. »Entweder du hörst auf, hier Drogen zu nehmen, oder du verlässt das Haus. Aber dann bleibt Marie hier.« Elke ging und kam nur noch sporadisch wieder. Um ihre Marie kümmerte sie sich nicht mehr.

Therese war immer der Ansicht gewesen, schlafende Hunde sollte man nicht wecken, und deshalb sprach sie nie wieder über diesen Vorfall. Es war schon schwer genug für Marie, ohne Vater aufzuwachsen. Elke hatte den Namen des Erzeugers niemals preisgegeben, aber Therese hatte eine Vermutung, die sie allerdings nie jemandem mitteilte, denn sie wusste, dass dieser Mann verheiratet war und Kinder hatte, und sie wollte nicht auch noch eine weitere Familie zerstören. Es schien ihr besser, Marie nichts von ihrer Vermutung zu erzählen.

Ich werde Marie in Ruhe lassen, nahm sich Therese vor. Vielleicht hat sie auch nur Liebeskummer. Diese verdammten Engländer, dachte sie. Sie mochte diese Menschen und das Land nicht, obwohl sie niemals dort gewesen war.

Später, allein in ihrem Zimmer, schämte sich Therese dafür, ihre Enkeltochter nicht in den Arm genommen zu haben. Warum gelangen ihr diese Gesten seit neuestem nicht mehr? Früher war es so einfach gewesen, Trost zu spenden.

Wie oft hatten Marie und ihre Freundinnen in der Küche gesessen und sich ihren Kummer von der Seele geredet? Sie gingen nicht zu ihren eigenen Müttern, sondern sie kamen zu ihr, das hatte sie genossen, und sie hatte gerne Ratschläge gegeben. Aber seit einigen Monaten interessierten sie die Lebensgeschichten anderer Menschen nicht mehr, als ob ihr Mitgefühl mit Friedrichs krebszerfressenem Leichnam zu Grabe getragen worden wäre.

Sie suchte in der Nachttischschublade nach ihren Baldriantabletten und nahm drei aus der Schachtel, denn sie fühlte, so viel würde sie brauchen, um sich zu beruhigen. Dann schaltete sie das Licht aus und genoss es zu liegen. Unten hörte sie den Fernseher laufen. Therese schloss die Augen. Heute Nacht würde sie endlich einmal keine Angst haben, weil noch jemand in dem viel zu großen Haus war, auch wenn Marie sich nicht darüber zu freuen schien, wieder im Strandweg zu wohnen.

Sie wusste, dass sie ihre Gedanken loslassen konnte, ihre Gefühle würden sie heute Nacht nicht mit einer Welle von Tränen überschwemmen, sie würde es aushalten können, dass sie nach Friedrichs Tod den Vorhang der Verdrängung zerrissen hatte und nun all die Gefühle und Erinnerungen auf sie einstürzten, die sie mit der Heirat versprochen hatte für immer hinter sich zu lassen und nie wieder an ihnen zu rühren.

24. Juli 1943, Altona

Therese spürte die Wärme schon im Schlaf. Sie wischte sich die Schweißperlen von der Stirn. Als sie sich endlich entschloss, die Augen zu öffnen, schien die Sonne durch das Dachfenster in die Kammer. Sie lauschte in die Stille, aber sie hörte nichts, außer dem Glockenläuten der Trinitatiskirche. Anna schlief also noch, was für sie bedeutete, dass sie in Ruhe aufstehen konnte. Sie schlich barfuß in die Küche, öffnete das kleine Fenster, stellte sich auf die Zehenspitzen und blickte über die Dächer der anderen Mietshäuser fast bis zur Elbe. Therese bildete sich ein, das Wasser riechen zu können, wenn sie die Augen schloss.

Plötzlich konnte sie ihren Appetit auf Bohnenkaffee, den sie sonst so gut zügelte, nicht mehr ignorieren. Sie fischte die Dose mit den Bohnen hinter den anderen hervor und schraubte sie langsam auf. Der Duft stieg ihr in die Nase, sie hoffte, dass Anna nicht jetzt aufwachen würde, denn sie wollte dieses kleine Glück allein genießen. Es war so selten, dass sie sich eine Tasse echten Kaffee gönnte. Meistens tauschte sie ihn gegen Milch und Kuchen für das Kind ein, wenn so etwas einmal aufzutreiben war.

Vorsichtig mahlte sie die Bohnen und bemühte sich, so wenig Lärm wie möglich zu machen. Während sie das Gas anzündete, überlegte sie, wo sie den Zucker versteckt hatte. Sie suchte in dem anderen Küchenschrank, fand die Zuckerdose, aber sie war leer, und sie musste den Kaffee wieder ungesüßt trinken. Sie würde sich nie daran gewöhnen. Aber sie hatte wenigstens noch etwas Milch, um den bitteren Geschmack nicht ganz so heftig zu spüren. Sie setzte sich an den wackeligen, blank gescheuerten Küchentisch.

Therese wusste, dass sie anfangen würde zu weinen, wenn sie sich erlaubte, ihre Gedanken schweifen zu lassen. Deshalb konzentrierte sie sich auf den Tag, der vor ihr lag. Es würde wieder sehr heiss werden. Es wäre unerträglich, hier oben in der Wohnung zu bleiben. Sie wollte sich heute frei nehmen, auch wenn sich die Kleider neben ihrer Nähmaschine stapelten, die sie noch bis Anfang der Woche ändern musste. Aber das kann ich ja auch heute Nacht machen, wenn Anna schläft, dachte sie. Heute wollte sie etwas Besonderes unternehmen. An die Elbe gehen, baden, sich sonnen.

Therese zog die Küchentischschublade auf und betrachtete die Marken, die sie in den vergangenen Wochen gesammelt hatte. Vielleicht konnte sie ihrer Tochter davon sogar ein Stück Kuchen kaufen.

Sie hörte das Tapsen von Annas Füßen auf dem Flur. »Mama, wo bist du?«

»Ich bin in der Küche«, antwortete sie und bedauerte, dass ihre Ruhe jetzt vorbei war. Ihre beinahe fünfjährige Tochter würde sie keine Sekunde mehr aus den Augen lassen, bis sie sie ins Bett legte und in den Schlaf sang. Anna kam in die Küche. Ihre Haare standen zerzaust vom Kopf ab, das Nachthemd war verrutscht, sie hatte nackte Füße. »Komm, setz dich auf meinen Schoß«, sagte Therese und streckte die Arme aus. Anna kuschelte sich an ihren Bauch. Therese spürte den noch schlafwarmen Körper und roch an ihrem Haar. Wie sehr sie diese kleinen Momente liebte. Mit ihrer Tochter so dicht bei sich fühlte sie sich geborgen, vergaß, dass sie schon so lange allein war und niemanden mehr hatte, bei dem sie selbst sich anlehnen konnte. Sie wusste, dass es nicht richtig war, Geborgenheit von einem Kind zu bekommen, aber sie konnte nicht anders. Wenn sie schlecht träumte, krabbelte Therese manchmal nachts zu ihrer Tochter ins Bett und kuschelte sich an den kleinen Leib, bis die Angst nachließ. Wenn Anna wüsste, wie sehr ich ihre Nähe brauche, würde sie erschrecken, dachte Therese manchmal schuldbewusst, aber sie konnte es nicht ändern. Dieser kleine zutrauliche Körper spendete ihr Trost. Wie sehr hatte sie sich noch ein Kind gewünscht. Es war nicht mehr dazu gekommen.

»Was machen wir heute, Mama, kann ich mit Robert in den Park gehen? Er bekommt dort vielleicht eine Limonade, hat seine Mutter gesagt.«

»Nein, heute nicht. Ich weiß was Besseres. Wir fahren mit der Bahn nach Blankenese und gehen an den Strand.«

»Aber ich habe es ihm doch schon versprochen.«

»Nein, es geht nicht. Außerdem kannst du wieder Sandburgen bauen, und vielleicht bekommst du auch noch einen Kuchen.«

»Das ist toll. Gehen wir gleich los?«

»Zieh dich erst mal an. Dein blau-weiß kariertes Kleid liegt schon auf dem Bett.«

Sie scheuchte Anna vor sich her in die kleine Schlafkammer und trieb sie an sich zu waschen. Dann ging sie in die Küche zurück, machte ihrer Tochter ein Brot zurecht und stellte ihr ein Glas Milch hin.

»Beeile dich, Anna, in der Küche steht dein Essen«, rief sie. Ohne selbst zu frühstücken, ging sie in ihre Schlafkammer und zog sich ihr grünes Kleid über. Es war schon wieder weiter geworden. Mutter wird morgen mit mir schimpfen, weil ich noch dünner geworden bin, dachte Therese, und mir eine Kartoffel aufdrängen. Und dann wird sie sagen, zieh doch zu uns mit dem Kind, wir können für euch sorgen. Es ist doch so schwer, sich heutzutage allein um ein Kind zu kümmern. Sie war dankbar, jeden Sonntag mit Anna zu ihren Eltern zum Essen zu gehen, denn so bekam ihre Tochter zumindest einmal die Woche Fleisch. Therese wusste nicht, wo ihr Vater das immer auftrieb. Für dieses Essen nahm sie auch die abfälligen Bemerkungen über Jan in Kauf, die ihre Mutter immer noch machte, weil sie nie verwunden hatte, dass sie einen Seemann geheiratet hatte, obwohl ihre Mutter doch etwas Besseres für sie vorgesehen hatte. Und sie konnte es eigentlich auch nicht ertragen, wenn sich ihre Mutter darüber aufregte, wie sie mit Anna umging. »Du lässt ihr viel zu viel durchgehen«, sagte sie bei jeder Gelegenheit, »sieh sie dir doch an, sie ist ein richtiger Wildfang. Sie braucht eine starke Hand, die sie führt.« Therese hatte sich angewöhnt, die Worte ihrer Mutter einfach zu ignorieren, obwohl sie in ihrem Magen Brennen auslösten. Sie hatte die starke Hand ihrer Mutter mehr als einmal in ihrer Kindheit gespürt und sich geschworen, niemals die Hand gegen ihre Tochter zu erheben.

»Aber ich werde nicht nachgeben«, sagte Therese halblaut zu sich, als sie ihre langen rotbraunen Haare bürstete und zu einem Zopf flocht, der ihr bis auf den Rücken fiel. Sie war so froh, ihr eigenes Leben zu führen, auch wenn sie oft nicht wusste, wie sie es allein schaffen sollte.

Therese machte ihr Bett und versuchte dabei,

nicht daran zu denken, wie lange Jan seine Seite schon nicht mehr benutzt hatte.

Sie vermisste ihn jede Nacht, seine rauen Hände, die in der Lage waren, ganz sanft zu streicheln, so dass sich alle Härchen auf ihrer Haut aufstellten. Gut, sie hatte ihn auch im Frieden nicht viel gesehen, aber da war es etwas anderes gewesen, da hatte sie noch keine Angst gehabt, dass sein Schiff torpediert wurde, denn da fuhr er auf seinem eigenen Kümo.

Als die »Scharhörn« beschlagnahmt wurde, hatte sich Jan sofort zur Marine gemeldet. Jetzt lag nur noch sein Jollenkreuzer in der Halle am Hafen auf zwei Böcken. Manchmal ging Therese dorthin, wenn Anna bei ihrem Freund spielte. Sie stieg die wackelige Leiter hinauf, kauerte sich dann in die Kajüte und legte ihr Gesicht an die Holzplanken, um sich Jan nahe zu fühlen.

Therese wusste schon lange nicht mehr, wo sein Schiff gerade war. Der alte Kapitän aus der Wohnung gegenüber lud sie ab und zu ein, um ihr die neuesten Kriegsstrategien zu erklären. Jedes Mal stellte sie sich danach nächtelang vor, dass Jans Schiff torpediert wurde. Aber dennoch besuchte sie ihren Nachbarn immer wieder, denn er war der einzige nette Mann in ihrem Haus.

Weshalb musste der Krieg alles kaputtmachen? Sie konnte nicht verstehen, was die da oben bewogen hatte, ihn überhaupt anzufangen. Sie traute sich nicht, jemanden zu fragen, denn sie fürchtete sich davor, für dumm gehalten zu werden.

Aber heute wollte sie mit Anna so tun, als ob sie einen ganz normalen Sonnabend verbrächten.

In der S-Bahn fanden sie sogar einen Sitzplatz. Therese gegenüber spuckte eine Frau in ihr Taschentuch, um ihrer brav gescheitelten Tochter den Mund abzuwischen. Dann sah sie missbilligend zu Anna hinüber, die mit den Beinen schaukelte. »Können Sie Ihrem Kind nicht sagen, dass es still sitzen soll?«, wandte sie sich vorwurfsvoll an Therese, die so tat, als ob sie nicht verstand. Auf einen Blick hatte sie gesehen, dass die Frau ihr gegenüber eine Hundertprozentige war, und mit solchen Leuten wollte sie sich nicht anlegen, einerlei, wie sehr sie ihre Gefühle beleidigten. Sie wollte gar nichts mit dieser furchtbaren Politik zu tun haben, sie wehrte sich, über die Juden etwas zu hören oder über andere schreckliche Dinge, kannte sich auch nicht aus, aber sie machte um Hundertprozentige instinktiv einen Bogen.

Natürlich trug Therese wieder Eimer, Schaufel, Hut, Förmchen und Badeanzug, als sie in Blankenese die Treppen zur Elbe hinunterstieg. Anna rannte unbeschwert vor ihr her. Therese hätte schwören können, dass ihre Tochter vergessen hatte, dass Krieg war. Aber warum sollte man auch an so einem schönen Tag daran denken? Noch einmal um die Kurve an dem kleinen weißen Haus mit den blauen Fensterläden vorbei, und dann würde sie die Elbe sehen. Sie atmete befreit auf. Das Glitzern der Sonne auf dem Wasser ließ die Uferlinie auf der anderen Seite verschwimmen. Therese sog den Duft der Elbe ein, der immer Spuren der See mit sich trug.

So hatte auch Jan gerochen, als er das erste Mal im Stoffladen ihrer Eltern erschienen war.

Draußen hatte es geregnet. Jan hatte seine blaue Wollmütze abgenommen und sie ausgeschüttelt, so dass die Stoffballen, die neben ihm lagen, feucht wurden. Aber Therese konnte ihn nicht darauf hinweisen. Sie starrte diesen Mann nur an und bildete sich ein, dass der Geruch der Elbe aus seinem Kolani strömte. Vielleicht schmeckte seine Haut nach Algen und Salzspuren von der See. Er hatte meerblaue Augen.

»Tach, ich kam hier gerade vorbei und wollte mal fragen, ob Sie Knöpfe für meinen Mantel haben, habe einen verloren, sehen Sie«, sagte er und zeigte auf sein Revers. Seine Finger waren kurz, seine Handflächen breit. Therese stellte sich die Schwielen vor, die in seinen Handflächen waren, und musste sich konzentrieren, um überhaupt ein Wort herauszubringen.

»Warten Sie, da muss ich mal nachsehen,

aber ich glaube, wir haben solche. Es dauert einen Moment.«

»Ich habe Zeit«, sagte der Seemann.

Therese wusste genau, in welcher Schachtel die Knöpfe lagen, aber sie holte absichtlich eine falsche hervor und dann noch eine. Sie durchsuchte alle Schachteln, weil sie unbedingt wollte, dass dieser Seemann noch länger blieb.

Sie hatte ihn hier in der Gegend noch nie gesehen.

»Liegt Ihr Schiff gerade im Hafen?«, fragte sie und kam sich im selben Moment unglaublich dumm vor. Wo sollte es sonst liegen?

»Ja«, war seine Antwort. So kam sie nicht weiter.

»Ich frage mich, woher Sie kommen. Ich habe Sie noch niemals hier gesehen.«

»Ich wohne hier. War aber viel weg.«

»Auf See?«

»Ja, habe gerade mein Patent gemacht. Jetzt habe ich Urlaub.«

»Was fahren Sie?«

»Ein Kümo. Es heißt Scharhörn.«

»Es muss großartig sein, übers Meer zu fahren.«

»Nicht immer. Wie sieht es aus mit den Knöpfen?«

Therese hatte vollkommen vergessen, warum der Seemann in den Laden gekommen war. Sie gab ihm die Knöpfe, und er bezahlte. Er drehte sich um, winkte und sagte: »Tschüss.« Dann war er verschwunden.

Die folgenden Tage verbrachte sie jede freie Minute damit, durch die Straßen des Viertels zu streifen und nach ihm Ausschau zu halten. Sie traute sich sogar in einige Kneipen, von denen sie wusste, dass sich dort ausschließlich Seeleute trafen und von denen ihre Mutter sagte, dass sie verrucht seien und dass sich eine junge Frau wie sie dort nicht herumtreiben dürfe. Aber obwohl sie Angst hatte, von einer Bekannten ihrer Eltern dabei erwischt zu werden, wie sie so eine Kneipe betrat, traute sie sich dennoch, obwohl sie sich jedes Mal schrecklich schämte, wenn sie die schwere Tür aufstieß, durch den Vorhang in das Halbdunkel der Kneipe trat und sie alle Männer, die an den Tischen und der Bar saßen und tranken, anstarrten. Sie hatte immer einen Krug dabei, um einen Anlass zu haben, sich dort überhaupt aufzuhalten. Sie bat den Wirt oder die Wirtin, den Krug mit Bier voll zu füllen. »Das ist für meinen Vater, der kann nicht selbst kommen«, sagte sie lauter als nötig. Aber sie konnte nicht vermeiden, dass ihr dabei die Röte ins Gesicht stieg und die Blicke der Männer auf ihrer Haut brannten.

Dennoch zwang sie sich dazu, jedem ins Gesicht zu sehen, aber nie entdeckte sie seine meerblauen Augen.

Obwohl sie ihn nur einmal gesehen hatte,

war sie sich sicher, ihn selbst im Dämmerlicht der Kneipe wieder zu erkennen. Er hatte blonde Augenbrauen und hellblonde Haare, sein Gesicht war kantig und schmal zugleich. Seine gebräunte Haut war vom Wetter gezeichnet, und deshalb konnte sie sein Alter nicht gut schätzen. Aber sie wusste, dass er zu ihr gehörte, sie auf ihn gewartet hatte, wenn sie als Mädchen hinten im Lager mit den Garnrollen und Knöpfen König und Königin gespielt und sich dabei vorgestellt hatte, dass auch für sie eines Tages ein Prinz auf dem weißen Pferd wie bei Dornröschen angeritten kommen würde.

Gut, jetzt war sie erwachsen, und sie wartete nicht mehr auf einen Prinzen, aber sie hatte nicht aufgegeben, dennoch auf das Gefühl zu hoffen, das sie jetzt erfüllte, wenn sie an den Seemann dachte, ein Prickeln und zugleich eine ruhige Wärme, weil sie wusste, dass sie bei ihm die Sicherheit finden würde, die sie sich immer gewünscht hatte.

Regelmäßig ging sie zu den Landungsbrücken und hielt nach seinem Kahn Ausschau, aber sie hatte kein Glück.

Und dann musste sie die Spaziergänge durchs Viertel aufgeben, denn ihre Mutter wurde schon misstrauisch. Aber sie dachte weiter an ihn, wenn sie das Lager aufräumte, und schreckte jedes Mal auf, wenn die Türglocke schellte und jemand »Tach« oder »Moin« sagte. Manchmal holte sie die Schachtel mit den messingfarbenen Knöpfen hervor, in der er schließlich selbst herumgekramt hatte, um für seinen Kolani einen passenden zu finden, und dachte an seine Finger, die auch die Pappe der Schachtel berührt hatten.

Nach Monaten stand er plötzlich wieder im Laden.

»Haben Sie Zeit?«, fragte er. »Ich möchte Sie zum Kaffee einladen«, und Therese sperrte den Laden zu, obwohl sie damit rechnen musste, dass ihre Mutter es bemerken könnte.

Sie saßen sich im Café gegenüber und schwiegen, bis Therese ihn nach seiner Arbeit fragte. Er redete noch über die See, als die Lichter an den Straßenlaternen schon längst entzündet waren und Therese sich sicher sein konnte, dass sie zu Hause ein Donnerwetter erwartete, weil sie nicht zum Essen erschienen war. Ihre Mutter würde sehr böse werden, aber das störte sie nicht. Sie blieb sitzen, bis das Café schloss, und brachte ihn noch zu seinem Schiff. Ab diesem Tag trafen sie sich regelmäßig.

Zwei Monate später wurde sie schwanger. Ihre Mutter tobte, als sie sagte, dass sie einen Seemann heiraten wollte, aber Therese ertrug es stoisch, auch dass ihre Mutter erst nach Annas Geburt wieder mit ihr sprach. Jan trug sie über die Schwelle der Dachwohnung, in der sie jetzt allein mit Anna lebte, und sie war überzeugt, niemals wieder unglücklich sein zu müssen.

Therese suchte sich einen Platz am Strand,

von dem aus sie Anna beobachten konnte, die mit dem Füßen im Wasser planschte, der aber gleichzeitig so weit weg von den anderen lag, dass sie mit niemandem sprechen musste. Sie wollte allein bleiben und sich einbilden, dass dies ein ganz normaler Sommertag war, den sie mit Anna am Strand verbrachte, um die Wartezeit auf die »Scharhörn« zu verkürzen. Sie grub ihre Zehen in den Sand und beobachtete ihre Tochter. In ihrem blauen Badeanzug mit den Rüschen an der Seite, den sie ihr dieses Frühjahr genäht hatte, sah sie so aus, als ob sie wirklich hierher gehörte. Sie hatte den Schnitt aus einem Modemagazin kopiert, und den Stoff hatte Mama ihr gegeben.

Jans Sold reichte gerade für das Notwendigste, die Miete, das Essen. Therese hatte vergessen, wann sie Marie das letzte Mal ein Kleid oder Schuhe gekauft hatte. Nur gut, dass sie nähen konnte.

Aber Anna war es sowieso einerlei, was sie trug. Sie war überhaupt nicht eitel. Sie kletterte überall herum und riss sich ständig ein Loch in ihre Strümpfe. Therese hatte es aufgegeben, sie darauf hinzuweisen, dass ihre Zöpfe sich schon wieder auflösten und der Scheitel nicht richtig saß.

Gerade jetzt stand sie mit heruntergerutschtem Träger im seichten Wasser und schaufelte Matsch in ihren Eimer. Dabei kommandierte sie zwei kleinere Jungs, die ihr zwei weitere Eimer reichten. Dann schleppte sie den Matsch zu einer Burg mit Wassergraben und Kanalsystem. Therese legte sich auf ihr Handtuch und schloss die Augen.

In ihren Träumen gab es keine Bombenalarme, keine Lebensmittelkarten, niemand zerrte an ihr. Sie ging an einem Sommerabend mit Jan an der Elbe spazieren, sie spürte seinen Arm auf ihrer Schulter, sie setzte sich in den Sand und betrachtete den Sonnenuntergang. Sie sprach nicht mit ihm, sondern lehnte ihren Körper an seinen, und Jans Ruhe und Wärme übertrugen sich auf sie. Sie beobachtete die Sterne und vergaß die Zeit, weil sie nichts zu fürchten hatte, weil so etwas wie Krieg und Zerstörung jenseits ihrer Vorstellung lag, weil sie nur darüber nachdenken musste, was sie Jan morgen kochen sollte, bevor er wieder wegfuhr. Manchmal liebten sie sich auch während dieses Traums, aber die Hitze ihres Körpers verwandelte sich schlagartig in eisige Kälte, wenn sie gänzlich erwachte.

Manchmal wollte sie nicht mehr die Mutter einer fast Fünfjährigen sein, sondern weit wegfahren, mit einem Koffer, ohne Ziel, nur um dieser erbarmungslosen Verantwortung zu entgehen, immer stärker sein zu müssen, als sie war.

4

Anfang Dezember 1992

Marie und Therese stiegen die Treppen des Elbhanges hinauf und blickten von oben schweigend über den Fluß. Es war hier so still und friedlich, niemand begegnete ihnen, und Marie erinnerte sich daran, wie sie früher auf dem Schulweg überall hinter den Fenstern der Häuser Vater, Mutter und mindestens zwei Kinder vermutet hatte, die einträchtig um den Frühstückstisch saßen, und sich dann nichts sehnlicher gewünscht hatte, als zu so einer Familie zu gehören.

Als kleines Mädchen hatte sie gar nicht bemerkt, dass bei ihr zu Hause etwas anders war. Aber als sie dann in die Schule kam, war ihr aufgefallen, dass ihre Freundinnen keine Mutter hatten, die nur ab und zu in bunten Kleidern auftauchte und sie jedes Mal in fröhliche Verwirrung stürzte. Die Mütter ihrer Freundinnen trugen Perlenketten wie ihre Großmutter, auch ab und zu Jeans oder Miniröcke, sie waren mittags immer zu Hause, wenn ihre Kinder aus der Schule kamen, fragten sie, wie es in der Schule war, und hatten schon etwas gekocht.

Aber so jemanden habe ich ja auch, dachte Marie damals, sie ist nur nicht mehr jung wie die Mütter der anderen, trägt niemals Hosen und kennt auch nicht die Beatles, aber sonst ist sie in Ordnung. Eigentlich hielt sie es für etwas Besonderes, eine Großmutter, die für sie sorgte, zu haben und auch noch diese Mutter, die sie nur Elke nennen durfte und die sich mehr wie ihre große Schwester benahm. Meistens gelang es ihr auch, die dunklen Gefühle nicht zuzulassen, es nicht zu bemerken, dass ihre Mutter sie nie in den Arm nahm oder auch nur wirklich beachtete, wenn sie im Strandweg war. Und dass sie nicht wusste, wer ihr Vater war, störte sie gar nicht, denn sie kannte es nicht anders und vermisste ihn deshalb auch nicht.

Die Kirchenglocken läuteten, in den Schaufenstern lagen dezente Weihnachtsdekorationen, rote Schleifen, goldene Kugeln, Strohsterne. Marie dachte an das tanzende Plüschrentier Rudolf, das sang, wenn man auf seinen Bauch drückte. Vorige Woche hatte sie es in einem Londoner Schaufenster zwischen silbernem und goldenem Lametta entdeckt und dann doch nicht gekauft, weil es zu teuer gewesen war, obwohl sie es gerne Therese geschenkt hätte, nur um ihr Entsetzen zu sehen.

Die Kirche hatte sie nach ihrer Konfirmation

nur noch einmal zu Friedrichs Beerdigung betreten. Maries Blick huschte flüchtig durch die Bankreihen. Sie hatte keine Zeit mehr zu hoffen, dass sie niemandem von früher begegnen würde, denn da hob sich schon eine Hand und winkte sie zu sich. Marie erkannte die Frau nicht sofort, die sie überschwänglich begrüßte. Es lag wohl daran, dass sie ein Baby auf dem Schoß hielt. Sie konnte es nicht fassen: Das war Beate, mit der sie im Gymnasium in eine Klasse gegangen war. O Gott, was soll ich mit der reden, dachte Marie und versuchte den Schock darüber zu verwinden, dass Beate schon ein Kind hatte. »Hallo Marie, du bist wieder in Hamburg?« Hinunterbeugen, Küsschen, Küsschen geben, sich nicht darüber Gedanken machen, wie man am schnellsten wegkommt, interessiert gucken. »Beate, das ist aber schön, ich wusste gar nicht, dass du verheiratet bist und schon ein Kind hast.« Sie muss verheiratet sein, denn ohne den Trauschein in der Tasche würde die kein Kind bekommen, dachte Marie.

»Seit zwei Jahren. Christoph, das ist Marie aus meiner Klasse. Ich habe sie beneidet, sie war in allen Fächern gut«, sagte die Frau, die mindestens zehn Kilo schwerer war als die Beate von früher, und stupste einen Mann an, der ein rot-weißes Streifenhemd unter seinem blauen Mantel trug. »Hallo«, murmelte er und sah nur kurz auf.

Die Orgel setzte ein, das Kind schrie, Marie

konnte gehen, ohne zu antworten. Als sie sich neben Therese setzte, forschte sie in ihrem Gedächtnis nach irgendetwas, das sie noch mit Beate verbunden hatte, aber ihr fiel nichts ein.

Pastor Kranz schritt jetzt den Mittelgang entlang, er hatte graue Haare bekommen, und die anderen waren ihm ausgefallen. Die Gemeinde konnte immer noch nicht singen, Kranz hielt eine salbungsvolle Ansprache, es war alles so wie früher, fand Marie, nur dass sie nicht mehr dazugehörte. Die leutselige Frömmigkeit ihrer Großmutter, die mit gefalteten Händen neben ihr saß, rührte sie nicht mehr, sie fühlte sich unwohl beim Vaterunser, das sie jahrelang nicht gesprochen hatte, aber dennoch auswendig konnte. Als der Gottesdienst endlich vorbei war, konnte sie es kaum erwarten aus der Kirche herauszukommen und an die Elbe zu flüchten. Aber erst musste sie noch Hände schütteln und Leute begrüßen, die sie nicht mehr einordnen konnte. Und alle beglückwünschten sie zu dem Entschluss, in das Haus in Blankenese zurückgekehrt zu sein, Beate steckte ihr eine Visitenkarte zu. »Ruf mich an, dann können wir in Ruhe klönen«, raunte sie verschwörerisch, und Marie bemühte sich zu lächeln und freundlich zu sein, weil sie Therese nicht verärgern wollte.

Nachmittags war sie allein im Strandweg, Therese spielte mit ihren Damen Bridge. Marie beobachtete ein weißes Kühlschiff auf der Elbe und wünschte sich, dort an Bord zu sein.

Vor drei Monaten hatte Therese am Strand gestanden und für sie zum Abschied ein Bettlaken geschwenkt, als sie mit der Englandfähre nach Harwich fuhr. Damals hatte sie sich erwachsen und frei gefühlt. Und jetzt warte ich wie als Kind darauf, dass meine Großmutter vom Bridgespielen heimkommt, weil ich sonst nichts mit mir anzufangen weiß, dachte Marie. Wie erbärmlich. Sie stand halb versteckt hinter dem Vorhang und kaute an den Fingernägeln. Von ihrem Platz aus konnte sie den Weg am Strand überblicken, auf dem jetzt Paare und Familien spazieren gingen. Sie schämte sich dafür, an einem Sonntagnachmittag allein zu sein und niemanden zu kennen, mit dem sie gerne spazieren gegangen wäre.

Schon tagelang fühlte sie sich unnütz und fragte sich, was sie eigentlich in Hamburg verloren hatte, außer auf Antwort von den Zeitungsverlagen zu warten, ohne zu wissen, ob sie überhaupt Journalistin werden wollte. Sie ging zum Telefon und wählte Petes Nummer.

»Hello, Heather Kramer«, meldete sich eine weibliche Stimme, Marie legte schnell den Hörer auf. Heather wollte sie bestimmt nicht sprechen. Gestern war sie mehrmals dem Wunsch erlegen, Petes Stimme zu hören, auch wenn sie nur vom Anrufbeantworter kam, und dann auf einmal hatte Heather den Hörer abgenommen und »Stop it« ins Telefon gebellt. Diese Schlampe. Jetzt wohnt sie bei Pete und benutzt bestimmt mein Rive Gauche, dachte Marie frustriert.

Sie war sich nicht mehr sicher, die richtige Entscheidung getroffen zu haben, als sie wieder nach Hamburg zurückgekehrt war. Mittlerweile dachte sie, dass es ihr auch nichts ausgemacht hätte, den Winter mit Liebeskummer in ihrem kleinen Zimmer am Earl's Court zu verbringen, für das sie 70 Pfund die Woche zahlen musste. Sie hätte in der schmuddeligen Gemeinschaftsküche ihr Essen zubereitet und dabei den jungen Sprachenschülerinnen zugehört, die das Haus bevölkerten, und dann in ihrem Acht-Quadratmeter-Zimmer an ihrem wackeligen blauen Ikeatisch gegessen und auf einem Stuhl gesessen, der nur bei geschlossener Tür ins Zimmer passte. Im Sommer war es in dem Zimmer unglaublich heiß gewesen, weil der Warmwasserboiler des gesamten Hauses hier oben in einem Schrank untergebracht war, so dass auch der riesige Ventilator an der Decke nur die warme Luft gleichmäßig im ganzen Zimmer verteilt hatte. Aber jetzt müsste ich wohl deshalb auch nicht heizen, obwohl es schon ziemlich kalt ist, dachte Marie.

An ihrem letzten Abend in London hatte sie ihre Kleider, die nicht mehr in die Koffer passten, in große Mülltüten verpackt, sie an die Straße gestellt und gehofft, dass irgendjemand sie finden und mitnehmen würde. Sie hatte nicht gleich wieder hochgehen können, obwohl es kalt und windig gewesen war, sondern hockte sich auf den Bürgersteig und wünschte sich, auch in London bleiben zu können wie ihre grau-grüne, viel zu große Kordhose, die vielleicht einem Obdachlosen gute Dienste erweisen würde.

Jetzt verfluchte sie sich dafür, dass sie es niemals nötig gehabt hatte zu jobben und es ihr deshalb auch nicht in den Sinn gekommen war, in einem Londoner Restaurant als Bedienung zu arbeiten oder sonst irgendeine Arbeit anzunehmen, für die man bestimmt kein Examen brauchte, aber mit der man sich über Wasser halten konnte. Nach München wollte sie nicht mehr, denn dort hatte sie vor einigen Monaten eine große Examens- und Abschiedsfete gefeiert, und es wäre ihr peinlich gewesen, wieder zurückzukehren, nachdem sie doch allen gesagt hatte, dass sie es in London schaffen würde.

Die Standuhr schlug viermal. Marie ging nach oben in ihr altes Zimmer. Die weißen Tapeten mit den Röschen darauf waren ein wenig nachgedunkelt, aber noch genauso niedlich wie früher, nur dass Marie sie jetzt nicht mehr leiden konnte. Auch ihren Birkenholzschreibtisch mit den vielen Schubladen, auf den sie früher so stolz gewesen war, fand sie jetzt hässlich. Sie legte sich auf das Bett mit der geschmacklosen altrosa Tagesdecke und starrte an die Decke.

Wie damals in den endlosen Sommerferien kurz nach dem Tod ihrer Mutter. Stundenlang hatte sie so gelegen, sich nicht gerührt und versucht, den Schmerz in ihrem Innern klein zu halten, und sich schlafend gestellt, wenn ihre Großmutter nach oben kam, um nach ihr zu sehen. Sie weinte damals nicht, weil sie Angst hatte, dann niemals wieder aufhören zu können.

Ich glaube nicht, dass Oma auch nur ahnte, wie sehr ich Elke vermisst habe, dachte Marie. Noch jetzt tat es weh, wenn sie an diesen bunten Paradiesvogel mit dem Wust brauner Locken und den grünen Augen dachte, die manchmal strahlten, als würden in ihnen Lichter angezündet, und manchmal nur noch aus den schwarzen Pupillen zu bestehen schienen. Elke – Mami durfte sie nicht sagen – brachte bei ihren seltenen Besuchen die Ordnung durcheinander, die das Haus am Strandweg sonst wie eine eiserne Spange umschloss.

Elkes Duft, süßliches Parfum gemischt mit der scharfen Würze ihrer selbst gedrehten Zigaretten, hing dann in allen Zimmern und vertrieb den Meister-Proper-Geruch. Marie folgte der Fährte ihrer Mutter überall hin, verstohlen bewunderte sie Elkes klirrende Armreifen, berührte ihre bunten Kleider und Kopftücher und schmiegte sich kurz an sie, wenn Elke gerade nicht darauf achtete. Es machte ihr nichts aus, dass ihre Mutter sie unsanft wegschob, sobald sie ihre Annäherung bemerkte.

Oft hatte sie Wochen auf diese kurzen Besuche warten müssen, Elke hielt sich nie an ihr Versprechen, bald wiederzukommen. Maries erster Gedanke, wenn sie vom Kindergarten oder aus der Schule nach Hause kam und ihre Mutter einen Besuch angekündigt hatte, war dennoch immer: Hoffentlich ist sie da, lieber Gott, mach, dass sie gekommen ist.

Und wenn Marie besonderes Glück hatte, brachte ihre Mutter auch Freunde mit, obwohl Therese das überhaupt nicht mochte. Dann saßen sie in Mutters Zimmer und rauchten, hörten laute Musik und unterhielten sich über Dinge, die Marie nicht verstand. Aber das machte nichts, solange Elke ihr erlaubte, in einer Ecke des Sofas zu sitzen und sie still zu beobachten.

Nach Elkes Tod konnte Marie lange Zeit nicht glauben, dass sie ihre Mutter niemals wieder sehen sollte. Zuerst dachte sie, alles sei nur eine Ausrede, weil Therese nicht mehr wollte, dass sie ihre Mutter traf. Doch als sie hinter dem Sarg herging, wurde ihr klar, dass es kein Spiel war und dass die Polizisten, die bei Therese angerufen hatten, die Wahrheit sagten, als sie erzählten, dass sich Elke auf Ibiza mit einem Auto zu Tode gefahren hatte. Sie klammerte sich an Thereses Hand und verstand nur wenig, als ob sie wieder vier wäre und nicht zehn.

Und um den Schmerz auszuhalten, begann sie sich schemenhaft an Dinge zu erinnern, die weit zurücklagen, die sie aber so ausschmückte, dass sie wieder Elkes Hände auf ihrem Mund spürte, sie »Hör auf, ich kann dein Geschrei nicht ertragen, halt den Mund« fauchen hörte und ihr wieder die Arme wehtaten, weil ihre Mutter sie so fest in die Kissen drückte.

Und dann versuchte sie sich an das Nest in Elkes Wohnung zu erinnern, das sie sich hinter dem Sofa in einer Ecke eingerichtet hatte, mit einer Wolldecke, ihrem Stoffhasen und ihren zwei Lieblingsbilderbüchern, und in dem sie stundenlang stumm saß, um ihre Mutter nicht zu verärgern.

Aber warum muss ich jetzt daran denken?, fragte sich Marie. Sie hatte so oft darüber gesprochen, dass Wut und Trauer nur noch einen fahlen Geschmack im Mund erzeugten. Es liegt an Großmutters Haus, in dem sich die Erinnerungen und der Schmerz konservieren, dachte sie. Wie konnte ich das vergessen, als ich mich entschied, nach Hamburg zurückzukehren?

Irgendetwas muss ich jetzt tun, wenn ich nicht den ganzen Nachmittag auf dem Bett liegen will, dachte Marie. Sie ging in die Küche, strich um den Kühlschrank herum und aß dann im Stehen ein Brot mit Marmelade. Sie hörte das Ticken der Standuhr, sonst gar nichts, noch nicht einmal das Rauschen der Elbe, und es schien ihr, als sei sie der einzige Mensch auf der Welt.

5

London, zur selben Zeit

Jeden Abend fürchtete sich Ralph Cross davor, in die Wohnung zurückzukehren, weil dort kalte Einsamkeit in den Ecken lauerte und darauf wartete, ihn anzufallen, wenn er den Flur betrat, aber er wusste auch nicht, wohin er so kurz vor Weihnachten nach Einbruch der Dunkelheit sonst gehen sollte. Alle, die er kannte, waren entweder in Vorbereitungen verstrickt, die er rührselig und verlogen fand, oder sie waren genauso allein wie er, und die Gesellschaft eines zweiten trostlosen Alten, der nicht wusste, was er vor lauter Selbstmitleid mit sich anfangen konnte, wollte er sich nicht antun.

Voriges Jahr hatte er noch mit Suzanne gefeiert, aber da war sie schon krank gewesen. Und jetzt war sie tot. Suzannes Kinder hatten ihn zu Weihnachten nicht eingeladen. Sie waren nie so gut miteinander ausgekommen, weil sie einfach nicht begreifen konnten, dass sich ihre

Mutter als respektable sechzigjährige Witwe vor zehn Jahren noch einmal verliebt hatte und sogar mit ihm zusammengezogen war.

Wenn Elizabeth noch lebte, wäre alles anders, dachte er. Seine kleine Schwester hätte ihn bestimmt zu Weihnachten eingeladen, sie würde in einem großen Haus in seiner Nähe wohnen und hätte viele fröhliche Kinder und einen großartigen Mann, mit dem er sich bestimmt prima verstehen würde. Aber Elizabeth hatte nicht einmal mehr die Möglichkeit bekommen, jemanden kennen zu lernen. Ralph bemerkte, wie sich ein Tränenkloß in seinem Hals bildete. Hör auf damit, dachte er, das ändert auch nichts.

Mit seinen alten Kumpels wollte er nicht feiern. Ein Fest mit Exfliegern lief immer gleich ab. Erst schwärmte man von exotischen Frauen und Orten, und nach dem vierten Bier begann man, seine traumatischen Kriegserlebnisse preiszugeben, die jeder an dem Tisch schon bis zum Exzess gehört hatte. Und auf beides konnte er gut verzichten.

Also würde ihm nur übrig bleiben, Weihnachten vollkommen zu ignorieren. Am besten wäre es wohl, den Tag über einfach im Bett zu verbringen. Wie gut, dass er immerhin schlafen konnte. Selbst an den schlimmen Tagen, als Suzanne schon im Krankenhaus lag und dem Sterben so nahe war, dass selbst er es nicht fertig gebracht hatte, es zu ignorieren, hatte er schlafen können. Als er noch Pilot war, beneideten alle ihn um diese Fähigkeit. Ihm bereiteten Zeitverschiebungen und Klimaumschwünge niemals Probleme. Er hatte schlafen können, egal, ob es draußen hell oder dunkel war. Selbst wenn die Klimaanlage ausfiel und die Hitze durch die Ritzen des Hotelzimmerfensters waberte, hatte er schlafen können und war am nächsten Morgen zum Frühstück erfrischt erschienen und hatte die bewundernden Blicke der Stewardessen genossen. Er wusste, dass sie fanden, er hätte den besonderen Touch mit seinen bernsteinfarbenen Augen und den dunklen lockigen Haaren, die er täglich wusch.

Auch Suzanne hatte es geliebt, wenn er frisch rasiert und nach seinem Aftershave von Karl Lagerfeld duftend im gestreiften Hemd mit passendem Halstuch und in grauen Hosen am Frühstückstisch erschienen war. Er hatte immer besonders auf sein Äußeres geachtet. Kleine, zierliche Männer mussten das, wenn sie ernst genommen werden wollten.

Ralph drehte tapfer den Schlüssel um und stieß die Wohnungstür auf. »Hallo«, rief er automatisch, »ich bin wieder da.« Noch immer konnte er sich von dieser alten Gewohnheit nicht trennen, auch wenn der Ruf nur von den Wänden widerhallte. Früher hatte ihm Suzanne aus einem der Zimmer immer geantwortet. Mit »Wie schön«, wenn sie gut auf ihn zu sprechen war, oder einem brummigen Murmeln, wenn sie böse auf ihn war. Aber niemals hatte sie seinen Ruf nicht erwidert, egal, wie spät er nach Hause gekommen war.

Er ging von Zimmer zu Zimmer und machte überall Licht, als ob er sein Alleinsein erträglicher gestalten könnte, wenn es von der Straße so aussah, als ob er nicht allein wäre, sondern sich in den Zimmern mehrere Leute aufhielten, die alle gleichzeitig Licht brauchten. Es war Freitag. Das bedeutete, dass zwei Tage lang keiner in seine Wohnung kommen würde. Mrs. Smith hatte am Wochenende niemals Zeit für ihn. Da musste sie sich um ihre Familie kümmern.

Seit einiger Zeit ertappte er sich dabei, dass er sich wünschte, mit Suzanne eine Tochter bekommen zu haben. Die hätte jetzt bestimmt für ihn gesorgt. Aber Suzanne war zu alt dafür gewesen, als sie sich kennen lernten, und eigentlich war es für Ralph auch nie wirklich ein Thema gewesen. Aber jetzt sehnte er sich nach einem menschlichen Wesen aus seinem Fleisch und Blut.

Seit Suzanne tot war, hatte er sich schon mehr als einmal Gedanken darüber gemacht, wer ihn später beerben sollte: seine Sammlung aus kleinen Holz- und Steinskulpturen, afrikanischen Masken, mit Kupfereinlagen verzierten Holzkisten, indianischen Amuletten und anderen Kostbarkeiten, die er während der Pausen zwischen seinen Langstreckenflügen auf verschiedenen Märkten in der ganzen Welt gefunden hatte.

Er war davon überzeugt, dass eine Tochter diese Stücke schätzen und auch all seine Geschichten auswendig kennen würde, denn als kleines Mädchen hätte sie auf seinem Schoss gesessen und hingebungsvoll an seinen Lippen gehangen, während er von seinen Erlebnissen auf seinen Reisen erzählte, ohne zu versäumen, diese noch etwas abenteuerlicher und gefährlicher zu schildern, als sie eigentlich gewesen waren.

Seufzend schlurfte Ralph in Hauspantoffeln in die Küche, um sich einen Teller mit Broten zurechtzumachen. Nein, seine Geschichten würden mit ihm wohl im Grab verschwinden. Und er bedauerte es, nicht früher begriffen zu haben, dass er das eigentlich nicht wollte.

6

Blankenese, Anfang Dezember 1992

Marie wachte schon um sechs Uhr auf. Ein ereignisloser Tag lag vor ihr, der sich in nichts von dem vorigen unterscheiden würde, wenn sie nicht selbst dafür sorgte. Sie hatte nichts vor, niemand wollte sich mit ihr treffen, es gab nichts zu arbeiten. Der einzige »Termin«, den sie hatte, war der Gang zum Briefkasten, das Öffnen der Tür, das Niederkämpfen der Hoffnung, dass vielleicht doch ein kleiner Briefumschlag für sie darin läge, und die Enttäuschung darüber, dass wieder keine Nachricht für sie dabei war und die Zeitungsverlage sie so lange warten ließen.

Um den selbstquälerischen Gedanken zu entgehen, rutschte Marie tiefer unter die Decke, schloss die Augen und versuchte krampfhaft wieder einzuschlafen.

»Marie, wach auf, du wolltest mit mir auf den Markt. Es ist schon spät«, sagte Therese mit ungewohnt energischer Stimme dicht an ihrem Kopf.

»Lass mich doch in Ruhe, ich will noch schlafen«, maulte Marie und drehte sich zur Wand.

»Dann musst du eben nicht so lange fernsehen. Ich brauche dich zum Tragen.«

»Später«, sagte Marie und wollte sich fest in ihre Decke wickeln, als sie ihr mit einem Ruck weggezogen wurde.

»Jetzt reicht's. Ich dulde in meinem Haus keine Gammelei.« Thereses Stimme war so ungewohnt laut, dass Marie zusammenzuckte.

»Ist ja gut«, sagte Marie, stand auf und ging an ihrer Großmutter vorbei ins Badezimmer, ohne sich anmerken zu lassen, wie sehr sie Thereses Ausbruch erschreckte. Als sie noch zur Schule ging, hatte Therese ihr jedes Mal einen nassen Waschlappen aufs Gesicht gelegt, wenn sie morgens nicht aus dem Bett kam.

Meine Güte, sehe ich schlecht aus, dachte sie, als sie im Spiegel ihr blasses Gesicht und ihre Augenringe betrachtete, die durch die schwarzen Haare noch dunkler wirkten. Sie probierte ein Lächeln, zog die Mundwinkel nach oben, aber es verrutschte ihr auch an diesem Morgen zu einer Grimasse. Sie deckte ihre Blässe großzügig mit Make-up zu. Wenn sie schon nicht lächeln konnte, wollte sie wenigstens frisch aussehen. Sie zog sich eine schwarze Jeans und einen dunklen Pullover an, kämmte sich ihre Haare flüchtig.

Therese stand schon in Hut und Mantel unten in der Diele mit den schwarzen und weißen Fliesen und wartete ungeduldig.

»Wir müssen viel einkaufen, also nehmen wir den Wagen und parken oben. Hoffentlich finden wir einen Parkplatz.«

»Oma, es ist gerade acht Uhr, da ist noch niemand unterwegs.«

»Man weiß nie.«

Therese fuhr noch hektischer als sonst, weil sie sich nicht gleichzeitig auf das Schalten und das Reden konzentrieren konnte.

»Schön, dass wir wieder zusammen kochen wollen. Weißt du noch, früher, wie du dir immer einen Schemel geholt hast und mir beim Kochen helfen wolltest, schon mit drei Jahren? Und mit sechs wolltest du unbedingt einen Kuchen allein backen, erinnerst du dich?«

»Ich habe seit Ewigkeiten nicht mehr gekocht.«

»Dann wird es aber Zeit. Heute Abend soll es Kartoffelsuppe mit Krabben und Kräutern geben, dann Reh mit Rotkohl, Kartoffeln und Apfelmus. Ich dachte, dass du zum Nachtisch eine Mousse au Chocolat machst, die konntest du doch immer so gut.«

»Warum denn der ganze Aufwand, bekommst du Besuch?«

»Du hast es wieder vergessen. Ich habe doch Georg und Christian mit ihren Familien eingeladen, damit ihr euch mal wieder seht.«

Marie seufzte. Sie hatte es vermieden, ihre Onkel in den vergangenen Jahren zu sehen.

»Wenn du nicht lieb bist, kommst du in ein Kinderheim«, hatten sie ihr gesagt, als sie noch klein war, und sie hatte es jahrelang geglaubt und Angst gehabt.

Aber das Schlimmste waren Georgs Hände gewesen, die ihr manchmal über den Po strichen, oder seine Arme, die sie umschlossen, wenn sie im Auto auf seinem Schoß sitzen musste, und später, als er schon nicht mehr im Strandweg wohnte, hatte er sie bei einem seiner Besuche von hinten umarmt, mit seinen schmalen, langen, schwarzbehaarten Fingern ihre Brüste berührt und sich an sie gepresst, als sie allein im Zimmer waren. Starr und stumm vor Schreck hatte sie darauf gewartet, dass endlich jemand kam und Georg aufhörte. Es hatte eine Ewigkeit gedauert. Sie erzählte Therese nichts, weil sie wusste, dass sie ihr nicht glauben würde.

Auf dem Blankeneser Markt lief Marie hinter Therese her und kam sich blöd vor, weil sie überhaupt nicht geplant hatte, was sie einkaufen mussten, denn sie hatte die Speisenfolge schon wieder vergessen. Außerdem war sie die Einzige mit einer schwarzen Lederjacke zwischen all den blauen Blazermänteln, Barbour- oder Wildlederjacken. Sie senkte den Kopf, um nicht auch noch von irgendwem aus ihrer Vergangenheit erkannt und angesprochen zu werden, und stieß mit jemandem zusammen.

»Hoppla«, dröhnte eine Stimme auf sie herab.

Sie sah hoch und erkannte das breit grinsende Gesicht von Andreas.

»Marie, Mensch, toll, du bist in Hamburg?«

»Andreas, wie nett, was machst du hier?«

Jetzt zog sie dieser große Mann, dem sie nur knapp bis zur Schulter reichte, an seine Brust.

»Ich krieg keine Luft mehr.«

»Entschuldige, aber ich freu mich so, dich zu sehen.«

»Was machst du jetzt?«

»Meinen Doktor in VWL. Und ich habe eine Assistentenstelle an der Hochschule für Wirtschaft und Politik«, lachte er verlegen.

»Super, war ja klar, dass du es schaffst.«

»Findest du? Ich glaube, ich habe gute Chancen, an der Hochschule Karriere zu machen. Und dein Studium? Was war das noch, Germanistik?«

»Geschichte. Hab ich beendet.«

»Herzlichen Glückwunsch. Wollen wir uns mal treffen? Das wäre toll«, sagte Andreas und sah ihr in die Augen.

»Ja, gerne, aber ich muss jetzt weiter.«

»Okay, ich ruf dich an. Wo wohnst du eigentlich?«

»Wieder bei meiner Großmutter.«

»Die Nummer weiß ich auswendig.«

Marie drehte sich um und ging, bevor sie Andreas noch einmal an sich drücken konnte.

»Marie, war das nicht Andreas? Der sieht aber gut aus. Und?«

»Er möchte sich mit mir treffen.«

»Er war so nett. Den hättest du festhalten sollen. Aber vielleicht ist jetzt ja noch eine Chance«, sagte Therese und stupste sie an.

Er hat einmal als Lückenbüßer herhalten müssen, als ich gerade verlassen worden war, das wird ihm wohl reichen. Aber er ist eben auch ein guter Freund gewesen, dachte Marie.

Und sie musste sich eingestehen, dass sie sich in den vergangenen Jahren immer dann nach Andreas gesehnt hatte, wenn mal wieder eine Affäre zu Ende ging.

Während sie den Rotkohl wusch und schnitt, den Speck im Topf mit den Zwiebeln anbriet, den Kohl mit Rotweinessig beträufelte, Wasser hinzugab und den Deckel des Schnellkochtopfes verschloss, erinnerte sie sich daran, wie Andreas ihr in dieser Küche beim Kochen Gesellschaft geleistet hatte. Damals saß er am Küchentisch und bewunderte sie. Kochen war ihr Metier, damit kannte er sich nicht aus, da hielt er sich mit klugen Ratschlägen wie sonst nur selten zurück. Sie ließ die dunkle Schokolade für die Mousse au Chocolat im Wasserbad schmelzen und fühlte wieder seine Küsse auf ihrem Nacken und seine sanften Hände. Seine großen, gepflegten Hände mit den langen, spärlich dunkel behaarten Fingern, die so zart streicheln konnten, sie aber dennoch abstießen, sobald sie sich ihrem Körper näherten, weil sie Marie immer an Georgs Hände erinnerten. Damals traute sie sich nicht, mit Andreas darüber zu sprechen, warum sie sich ihm nicht hingeben konnte, denn sie war sich sicher, dass solche Dinge für ihn nicht existierten. Sie dachte, ich schaffe es, wenn ich mich einfach darauf konzentriere, nicht an Georg zu denken, aber nach zwei Monaten gab sie es auf und machte Schluss. Danach entschied ein Blick auf die Hände eines Mannes darüber, ob sie ihn kennen lernen wollte. Und mit jedem Mann, mit dem sie schlief, war der Schreck, den Georgs Attacke hinterlassen hatte, kleiner geworden.

7

Niemand setzte sich auf Friedrichs Platz am Kopfende des Tisches. Therese hatte dort ein Gedeck hingestellt, aber ihre Söhne übersahen das, und auch Marie machte einen Bogen um den Platz. Sie hatte sich gewünscht, Georg als ihr ältester Sohn würde den Vorsitz der Familie übernehmen, aber bei ihm war dieser Wink nicht angekommen, denn er saß schon auf seinem alten Platz links an der Tafel, neben seiner Frau Karin, gegenüber von ihm Christian mit seiner Frau Stefanie, und Therese brachte ihm Teller, Besteck, Gläser und Serviette hinterher. Sie selbst nahm am Kopfende auf der anderen Stirnseite des Tisches Platz, Marie rechts neben ihr – wie schon immer, weil sie ihre Enkelin, als sie noch klein war, unter Beobachtung halten musste, denn Friedrich hatte es überhaupt nicht gemocht, wenn sie mit dem Essen spielte. Auf der anderen Seite von Marie hatte Elke gesessen bei den seltenen Gelegenheiten, an denen sie da war. Jetzt war dort Karins Platz, die mit Sicherheit nur wusste, dass Maries Mutter früh gestorben war und Therese das Mädchen deshalb aufgezogen hatte.

Als es noch schien, dass Elke ein normales Leben wählen würde, haben wir jedes Jahr kurz vor Weihnachten so zusammengesessen und Ente gegessen, Christian, Georg, Elke, Friedrich und ich, dachte Therese, wie eine normale Familie, ob sich die Jungs noch daran erinnern?

Sie hatte immer Wert darauf gelegt, dass an diesem Tag alles ruhig verlief. Mit dem Krankenhaus war Wochen vorher schon abgesprochen gewesen, wer Friedrich für die Stunden des gemeinsamen Abendessens vertreten würde, und tatsächlich wurde er niemals während dieser Zeit angerufen. Therese vermutete, dass es bei Strafe verboten war, den Chef an diesem Abend zu stören. Sie hatte den Rotkohl immer schon am Tag zuvor gekocht und den Nachtisch – Apfelkompott mit Rosinen, Mandeln, Rum und Zimt und dazu Vanilleeis und Sahne – schon morgens am Tag des Essens zubereitet. So konnte sie sich auf die Tischdekoration, die Ente und die Kartoffeln konzentrieren. Hilfe durfte sie von ihren Kindern nicht erwarten. Bei Christian und Georg wäre sie auch nie auf die Idee gekommen zu fragen. Mit Elke hatte sie es einige Jahre versucht, aber nachdem ihr einmal alle fertig gekochten Kartoffeln auf den Küchenfußboden gefallen waren und sie ein anderes Mal die Soße, die sie nur rühren musste, hatte anbrennen lassen, gab sie auch Elke die Erlaubnis, in ihrem Zimmer zu spielen, bis Friedrich nach Hause kam.

Und dann hatten sie abends um diesen Tisch herum gesessen, Friedrich in seinem dunklen Anzug, sie selbst in einem blauen Faltenrock und einer Seidenbluse, natürlich mit der Perlenkette um den Hals und der goldenen Brosche mit der Perle am Ausschnitt, die ihre Schwiegermutter ihr vermacht hatte. Die Jungs trugen weiße Hemden, graue Flanellhosen und blaue Pullunder, Elke hatte entweder ein gesmoktes Kleid oder auch einen Faltenrock und eine weiße Bluse an. Ihr Haar hatte sie zu einem Pferdeschwanz gebunden und eine weiße Schleife darum geknotet.

Damals war es so leicht gewesen, Elke in die richtigen Kleider zu bringen, seufzte Therese, sie hatte sie ihrer kleinen Tochter, die immer brav alles tat, was man ihr sagte, nur auf das Bett legen müssen. Und auch Marie hatte sich immer so angezogen, wie Therese es angemessen fand, in der Freizeit Jeans und Docksites oder Collegeschuhe, Polohemden, Pullover, mal einen Rock, der knapp über dem Knie endete, zu festlichen Anlässen Kleider oder ihren grauen Faltenrock.

Was ist nur mit ihr geschehen?, fragte sich Therese wieder und musterte Marie verstohlen, die zusammengesunken auf ihrem Stuhl saß, mit ungekämmten schwarzen Haaren und ihrer unvermeidlichen schwarzen Jeans. Sie trug einen schwarzen Wollpullover, der ihr viel zu groß war. Hat sie sich erst in London so verändert oder schon in München?, fragte sie sich und kam einmal mehr zu dem Schluss, dass es in München geschehen sein musste und Marie ihr die eine Woche, die sie jeden Sommer in den Semesterferien im Strandweg verbracht hatte, etwas vorgespielt hatte. Natürlich kann sie das gut, genauso wie ihre Mutter, dachte Therese bitter, die spielte uns doch noch das unschuldige Mädchen vor, als sie schon längst mit Jungs schlief. Und erst kurz nach ihrem Abitur kippte es, als sie zur Uni ging und anfing, dieses Zeug zu rauchen. »Ich gucke mich erst einmal dort um, bis ich mich für ein Fach entscheide«, hatte Elke gesagt, und plötzlich trug sie nur noch bunte, weite Kleider und zerrissene Jeans, ließ sich die Haare nicht mehr schneiden und fing an zu rauchen, kam nicht mehr zu vorgegebener Zeit nach Hause oder blieb über Nacht ganz weg. Friedrich hatte getobt, als er zum ersten Mal bemerkte, dass sie nicht zu Hause geschlafen hatte, und er hatte sie sogar geschlagen. Danach war Elke verstummt und hatte begonnen, sie beim Essen feindselig zu beobachten, wenn sie überhaupt noch kam.

Ach Friedrich, vielleicht hättest du damals nicht so hart sein sollen, dann wäre alles anders gekommen, dachte Therese, verwarf diesen Wunsch aber wieder, denn dann wäre Marie jetzt auch nicht da, und obwohl sie ihre Enkelin momentan nicht verstand, wollte sie es sich nicht vorstellen, wie es gewesen wäre, ohne sie zu leben. Marie hatte sie zwar auf Trab, aber auch jung gehalten, als die Jungs dabei waren, das Haus zu verlassen, sie hatte ihr noch eine Aufgabe gegeben, ohne die sie hoffnungslos in die Welt der Bridge spielenden Damen eingetaucht wäre, die ihre Langeweile mit drei Partien pro Woche bekämpften. Sie war froh gewesen, damals für Marie da sein zu müssen. Denn die Sorge um Friedrich konnte sie gar nicht ausfüllen, er war immer in der Klinik. Als Marie auszog, wurde Friedrich bald krank, und wieder hatte sie jemanden, um den sie sich sorgen musste.

Und nun sitzt Marie hier an diesem Tisch und braucht offensichtlich meine Hilfe, und ich weiß nicht, was ich tun soll, dachte Therese traurig und trank einen Schluck Rotwein, sie hatte einen von Friedrichs guten für besondere Anlässe aus dem Keller geholt.

Keiner bemerkte das Gesteck aus Tannenzweigen, roten Christsternen und weißen Christrosen, das sie am Nachmittag noch gebunden hatte, niemandem fiel auf, wie schön die Kristallweingläser im Kerzenlicht funkelten. Ihre Söhne ergriffen gleich die Biergläser und schenkten sich ein. Sie tranken zu allem Bier, ob es passte oder nicht.

Therese hatte sich die Benimmregeln nach ihrer Hochzeit mühsam beibringen müssen, die in Friedrichs Haus galten. Ihre Schwiegermutter nahm sie unter ihre Fittiche und leitete sie so an, dass sie sich oft sehr dumm vorkam, aber sie hatte alles verinnerlicht, angefangen damit, dass man niemals das Messer ableckte und auch ein Hühnchen mit Messer und Gabel aß, bis zu der Fähigkeit, den passenden Wein zum Essen auszusuchen. Sie hatte ihren Kindern all das beigebracht, sie immer wieder ermahnt, beim Essen gerade zu sitzen, die Ellenbogen nicht auf den Tisch zu legen, nicht zu schmatzen und zu schlürfen.

Ja, ihre Söhne und Schwiegertöchter und auch Marie wussten, wie man sich bei Tisch verhielt. Sie boten sich höflich die Kartoffeln und den Rotkohl an, Georg schnitt den Rehrücken fachmännisch in Scheiben, keiner begann mit dem Essen, bevor nicht alle sich aufgetan hatten, und da die anderen Enkelkinder zu Hause geblieben waren, gab es beim Auffüllen auch keine Soßenspritzer auf der Decke. Erst als sie selbst das Glas erhoben und ein paar Begrüßungsworte gesagt hatte, fingen ihre Gäste an zu essen, wie es sein sollte.

Aber Therese fühlte sich nicht wohl, denn das Gespräch kam nicht in Gang. Sie spürte, dass sich Karin und Georg kurz vorher gestritten hatten, denn sie saßen mit starren Mienen nebeneinander, vermieden es, sich anzusehen, und waren peinlichst darauf bedacht, sich nicht zu berühren.

Sie dachte an ihr erstes Weihnachtsfest mit Jan, 1937, als sie so glücklich gewesen war, dass sie es kaum aushalten konnte. Damals hatten sie gemeinsam den kleinen Baum, der auf einem Hocker stand, mit selbst gebastelten Sternen aus Goldpapier und Lametta geschmückt, der Baum hatte so schön geglitzert, und zum Schluss hängten sie auch noch den Korken der Sektflasche, die sie gemeinsam geleert hatten, an einen Zweig. Die Gänsekeulen, die sie zubereitet hatte, aßen sie mit dicker brauner Soße, Unmengen von Rotkohl und Kartoffeln, und Therese war so glücklich darüber gewesen, dass ihr nicht mehr schlecht wurde wie in den ersten Wochen der Schwangerschaft. Danach hatte sie auf dem Sofa vor dem Tannenbaum in der kleinen Stube gelegen, den Kopf in Jans Schoß, und er hatte ihr von seinen einsamen Weihnachtsfesten auf See erzählt und sie mit seinen rauhen Fingern überall gestreichelt. Sie wusste, dass er in diesem Moment nicht lieber auf See gewesen wäre, wie sonst oft, wenn sie zusammen waren, und sie hatte leise geweint, weil alles so schön war, weil sie demnächst ein Kind bekommen würde, dem sie all ihre Liebe geben konnte und das sie unendlich lieben würde, weil sie mit dem Mann zusammen war, der sie beschützte und die aufregendsten Geschichten von fernen Ländern erzählen konnte. Ich habe es geschafft, dachte sie, ich bin angekommen.

Später waren sie ins Bett gekrochen und hatten sich eng aneinandergekuschelt, bis es warm geworden war, hatten in die Flammen des kleinen gusseisernen Holzofens gesehen, den Jan einmal aus Norwegen mitgebracht hatte, und sich dann ganz langsam und sanft geliebt.

Christian aß schweigend. Darin ähnelt er seinem Vater, der während des Essens auch nicht gesprochen hat, dachte Therese lächelnd. Wie oft hatte sie das geärgert, aber jetzt wünschte sie sich nichts sehnlicher, als wieder ihrem schweigsamen Mann beim schnell Essen zuzusehen. Stefanie aß mit gesenktem Kopf und machte einen verunsicherten Eindruck. Therese wusste, dass das große Haus sie einschüchterte, sie hätte gerne ihre Hand ergriffen und ihr erzählt, dass es ihr früher genauso ergangen war, aber spontane Herzlichkeit gelang ihr schon lange nicht mehr. Marie stocherte wieder nur im Essen herum. Ihre Freude von heute Nachmittag beim Kochen war verschwunden.

Wäre Friedrich doch jetzt hier, wünschte sich Therese. Er hätte die eisige Stimmung überhaupt nicht wahrgenommen, mein Essen gelobt und mit seiner energischen, aber nicht lauten Stimme nach einer zweiten Portion verlangt. Und sie wäre aufgestanden und um den Tisch herumgegangen, um ihm das Essen wie einem Gast vorzulegen, weil sie wusste, dass er das liebte.

Er hätte Wein getrunken und wäre dann gesprächig geworden, hätte seine Söhne nach ihrer Arbeit gefragt, und bald wären sie in ein Gespräch über das Krankenhaus vertieft gewesen, und sie selbst hätte sich mit den Frauen in Ruhe über den neuesten Klatsch vom Hang unterhalten können.

Heute muss ich es in die Hand nehmen, seufzte sie.

»Wie geht's in der Klinik, Georg?«

»Viele Nachtdienste«, murmelte ihr Ältester.

Friedrich hätte so eine einsilbige Antwort nicht bekommen, dachte Therese, aber mich speist er ab, weil er meint, dass ich keine Ahnung von Medizin habe.

»Er ist praktisch gar nicht mehr zu Hause, und Weihnachten muss er auch arbeiten«, mischte sich Karin ein. »Die Kinder beschweren sich schon.«

»Das tut mir Leid. Aber du weißt, ein Arzt«, sagte Therese.

»Ja, Mutti. Das ist mir klar, aber trotzdem.«

»Ich verstehe nicht, dass du dich immer wieder aufregst. Georg hat bestimmt auch keine Lust, nicht zu Hause zu sein«, bemerkte Stefanie halblaut.

»Das glaub ich nicht«, sagte Christian, aber nur so leise, dass man nicht sicher sein konnte, ob er es wirklich gesagt hatte.

Stefanie versuchte abzulenken.

»Ist es nicht schön, wieder in Hamburg zu sein, Marie?«

»Nicht sehr«, antwortete Marie.

Wie undankbar sie ist, dachte Therese.

»Das ist aber nicht nett. Mutti nimmt dich wieder auf, weil du nicht weißt wohin, und dir gefällt es nicht«, tadelte Karin.

»Ich habe ja gar nicht gesagt, dass es mir *hier* nicht gefällt. Stefanie hat nach Hamburg gefragt.«

»Schon gut, Karin«, fiel Georg ein und legte seiner Frau die Hand auf den Arm.

»Also, Marie, was hast du vor?«, fragte Christian.

»Weiß ich noch nicht genau. Ich habe mich bei Zeitungsverlagen um ein Volontariat beworben. Ich muss abwarten.«

»Mein Gott, hast du es gut. Wenn ich mir vorstelle, ich hätte mit vierundzwanzig so viel Zeit gehabt. Da hatte ich immerhin schon vier Jahre als examinierte Krankenschwester gearbeitet«, sagte Karin.

Therese bemerkte, wie Marie innerlich zornig wurde.

»Kinder, lasst uns auf Friedrich trinken. Er wäre so glücklich gewesen, wenn er das erlebt hätte, uns alle zusammen«, sagte sie.

Sie erhoben gehorsam die Gläser. Danach war erneut Schweigen.

»Wenn du ein Volontariat bekommst, willst

du dann hier wohnen bleiben?«, fragte Christian.

»Kommt ganz darauf an, wo ich arbeiten werde.«

Jetzt schaltete sich Georg wieder ein. Ich weiß schon, was jetzt kommt, dachte Therese und versuchte, sich dagegen zu wappnen.

»Wenn Marie dann wieder auszieht, Mutti, solltest du wirklich überlegen, ob du dich nicht veränderst.«

»Wenn ihr schon vom Altersheim anfangen wollt ...«

»Nein, doch nicht ein normales Altersheim. Wir denken an den Rosenhof. Frau Hausmann aus der Oesterleystraße hat jetzt auch gerade einen Vertrag unterschrieben. Und das ist doch deine Freundin. Wir dachten ...«

»... ihr könntet mich dann auch gleich mit abschieben?«

»Mutti, sei nicht so aufbrausend. Ich habe doch gar nichts gesagt.«

»Hast du doch, lieber Georg, wie jedes Mal, wenn wir uns sehen, seit Friedrichs Tod.«

»Schluss jetzt«, sagte Christian in einem scharfen Ton, und Therese dachte für eine Sekunde, nicht ihr jüngster Sohn säße dort, sondern ihr Mann.

Sie aßen schweigend zu Ende. Karin und Georg verabschiedeten sich sofort nach dem Essen, weil Georg am nächsten Tag Nachtdienst hatte und ausgeschlafen sein musste.

Stefanie und Marie halfen Therese in der Küche, während Christian Klavier spielte. Therese hörte zu, wie die beiden jungen Frauen sich über Bücher unterhielten, die sie gerade gelesen hatten, und entspannte sich wieder.

Aber dennoch war sie froh, als bald darauf das Telefon klingelte und Christians siebzehnjähriger Sohn anrief und sich darüber beschwerte, dass der Zehnjährige nicht einschlafen wollte, so dass sich auch Christian und Stefanie verabschiedeten.

»Das war ja ganz schön anstrengend«, sagte Marie, »ich gehe jetzt zu Bett.«

Das ärgerte Therese, weil sie schon immer den Ehrgeiz gehabt hatte, dass ihre Gäste sich gut unterhielten, und zu genau wusste, dass es heute nicht funktioniert hatte. Aber sie sagte nichts. Ihre Enkeltochter konnte nun wirklich nichts dafür.

»Bleib noch einen Moment, ich mache ein Feuer im Kamin, und wir trinken noch einen Wein«, schlug Therese vor.

Sie versuchte zu ignorieren, wie widerwillig sich Marie in den Sessel gegenüber dem Kamin fallen ließ. Sie musste etwas mit ihr besprechen, das nicht mehr warten konnte, wie die Unterhaltung heute Abend gezeigt hatte.

Beim Feuermachen konzentrierte sich Therese darauf, was sie sagen wollte. Jetzt kam es auf jedes Wort an.

Sie schenkte ihrer Enkeltochter und sich selbst Rotwein ein und trank vier lange Züge.

»Marie, ich muss etwas mit dir besprechen. Du weißt ja, was für ein Problem ich mit dem Haus habe.«

Marie schwieg.

»Ich will in diesem Haus sterben.«

»Aber Oma, das dauert doch noch ...«

»Das weiß ich auch, aber ich muss schon mal darüber nachdenken.«

Marie drehte ihr Glas in der Hand.

»Ich möchte nicht, dass das Haus jemals verkauft wird, und genau das wollen Christian und Georg tun.«

»Meinst du?«

»Ich bin mir ziemlich sicher. Sie haben sich doch gerade beide Häuser gekauft. Da können sie Geld bestimmt gut gebrauchen.«

»Sicher.«

»Aber ich möchte nicht, dass dieses Haus, das Friedrichs Familie vor über hundert Jahren gekauft hat, verkauft wird.«

»Und was soll ich da machen?«, fragte Marie. Therese versuchte den patzigen Ton zu überhören.

»Ich möchte dir das Haus vererben unter der Bedingung, dass du es nicht verkaufst, sondern vermietest, bis du es selbst brauchen kannst.«

»Aber Oma, wie stellst du dir das vor?«

»Ich weiß, noch ist dein Weg dir nicht klar. Aber ich denke, dass du bald wissen wirst, wohin du gehörst, nämlich hierher an die Elbe.«

»Ich kann so etwas doch nicht annehmen. Georg und Christian würden mir den Kopf abreißen.«

»Würde dich das so stören?«

»Nein, da hast du Recht, das wäre mir egal. Eigentlich würde es mich sogar freuen, sie ein wenig zu ärgern.«

»Dachte ich's mir doch. Ich bin nicht so naiv, wie du denkst, ich habe immer schon gewusst, dass du sie nicht besonders leiden magst. Und manchmal sind sie ja wirklich etwas schwierig.«

»Trotzdem, die anderen können doch nicht leer ausgehen.«

»Darüber mach dir mal keine Sorgen. Friedrich hat hervorragend verdient und war sehr sparsam, wie du weißt.«

»Ich muss drüber nachdenken.«

»Aber nicht zu lange.«

»Warum reden wir eigentlich übers Erben? Du bist doch noch so fit. Du stirbst doch noch lange nicht?« In Maries Stimme lag auf einmal ein flehender Unterton.

»Ich bleibe noch lange hier, darauf kannst du Gift nehmen«, sagte sie, tätschelte Maries Hand und dachte: Sie braucht mich ja doch.

Sie sahen schweigend in das Feuer. Es war still und friedlich.

Das Haus ist zu groß, natürlich weiß ich das, dachte Therese. Aber es aufgeben und ins Altersheim gehen? Das kann ich nicht. Schon deshalb, weil ich dann keinen Schutz mehr vor meinen Erinnerungen habe. In diesem Haus habe ich gelernt, sie zu kontrollieren. Ich brauche die gewohnte Umgebung, damit das funktioniert. Anderswo würde wieder alles auf mich einstürzen, und das würde ich nicht aushalten.

Wie kommt es, dass ich niemals erwartet habe, ohne Friedrich zurückzubleiben?, fragte sie sich. Warum habe ich angenommen, dass ich nie wieder allein sein werde?

Wie sehr sehnte sie sich danach, die Hand auszustrecken und Trost zu finden. Aber Marie saß mit vor der Brust verschränkten Armen in ihrem Sessel, als ob sie sich vor etwas schützen müsste.

»Du brauchst dich nicht sofort zu entscheiden«, sagte Therese. »Wir haben noch Zeit.«

»Gut, danke Oma«, antwortete Marie, erhob sich und küsste sie auf die Wange. »Sei mir nicht böse, aber ich bin wirklich sehr müde.«

»Nacht, mein Mäuschen, entschuldige, du bist ja jetzt erwachsen.«

»Das macht nichts, Oma, ich höre es gern.«

Therese saß noch lange allein am Feuer und starrte in die Flammen.

Soll ich ihr von Anna erzählen?, fragte sich Therese. Vielleicht wird uns das wieder näher bringen. Friedrich ist gestorben, er kann mir nicht mehr verbieten, über den Krieg und die Zeiten davor zu sprechen. Wie streng er in dieser Frage gewesen war. Sie hatte ihm das Versprechen geben müssen, nie wieder davon anzufangen, was ihr während des Krieges geschehen war. Es ist nur zu deinem Besten, hatte er damals gesagt. Wenn du immer wieder in der Wunde herumstocherst, wird sie sich niemals schließen und du wirst daran zugrunde gehen. So habe ich es auch gemacht. Ich denke nicht mehr an den Krieg, an die vielen Toten, an meine Schuld, ich will sie vergessen, und das solltest auch du tun.

Aber nachts hatte sie in den ersten Jahren oft neben ihm wach gelegen, nachdem sie aufgestanden war, um sich um Elke und die Jungs zu kümmern, weil sie krank waren oder schlecht träumten, und seinen Schlaf beobachtet, der manchmal so unruhig war. Sein Körper zuckte, er warf sich hin und her, manchmal schrie er auch, aber wenn er dadurch wach wurde, stellte sie sich schlafend, weil sie wusste, dass er sie sowieso nicht ins Vertrauen ziehen würde – nie hatte er über seine Zeit als Soldat gesprochen. Sie ahnte, dass er Dinge gesehen und erlebt hatte, die ihn überallhin verfolgten, aber wer hatte das nicht, der so alt war wie Friedrich oder sie selbst?

Jetzt verbietet mir niemand mehr, über Anna zu sprechen, dachte Therese, aber sie wusste auch, dass sie nicht sicher sein konnte, dem Druck der Gefühle standhalten zu können. Wenn sie davon anfinge, würde sie wohl hemmungslos weinen und sich nicht mehr zusammenreißen können. Sie hatte Angst, sich dann in Tränen aufzulösen, und das wollte sie Marie nicht zumuten, denn sie hatte sich vor langer Zeit geschworen, niemals gegenüber ihren Kindern hilflos und schwach zu wirken.

Therese ging nach oben in ihr Zimmer und öffnete die unterste Schublade ihrer Kommode. Dort zwischen niemals getragenen, durchsichtigen Dessous, die sie einmal gekauft hatte, weil sie so verzweifelt war, dass Friedrich sie fast nie berührte, um sie dann aus Furcht vor Friedrichs Reaktion doch nicht anzuziehen, dort unten lag eine rechteckige, blaue emaillierte Metalldose, die an einigen Stellen verrostet war. Sie holte sie hervor, nahm sie in die Hand und bewegte sie ganz leicht hin und her, um das leise Klicken zu hören. Es war ein tröstendes Geräusch, es erinnerte sie an verregnete Nachmittage in der kleinen Dachwohnung, daran, wie Anna zu ihren Füßen saß und mit dieser Dose spielte, während sie nähte oder strickte.

Sie lauschte dem tröstlichen Geräusch. Dann versteckte sie die Dose wieder unter den Dessous. Sie wusste, dass es noch lange dauern würde, bis sie in der Lage wäre, sie zu öffnen.

24. Juli 1943, abends

Der Zug nach Altona war überfüllt. Therese ekelte vor den vielen Menschen, die sich dicht aneinander pressten und deren Ausdünstungen über ihren Köpfen waberten, aber sie konnte wegen der Sperrstunde nicht auf den nächsten Zug warten. Sie schob Anna in den Waggon, zwängte sich hinterher und verschaffte sich mit ihren Ellenbogen etwas Raum. Anna lehnte sich übermüdet an sie, schloss die Augen und summte vor sich hin und nicht zum ersten Mal war Therese neidisch, nicht mit ihr tauschen zu können.

Aber dann fühlte sie den Körper ihrer Tochter dicht neben sich, der sie beruhigte und wärmte und ihr das Gefühl gab, genug Kraft zu haben, um weiterzumachen, solange sie beide zusammen waren.

Wie wird Anna als Erwachsene leben müssen, fragte Therese sich. Sie durfte sich nicht vorstellen, dass ihre Tochter als Erwachsene auch wie sie in einer kleinen Dachwohnung wohnen und tagelang trockenes Brot essen müsste, um ihrer Tochter einen Geburtstagskuchen backen zu können, denn dann würde sie weinen. Aber sie wusste, dass Anna in ihrer kleinen Welt glücklich war, solange sie nur mit ihrem Freund spielen durfte, es genug zu essen gab, was war egal, sie nicht zuviel schimpfte und sie oft in den Arm nahm und ab und zu ein Brief von Annas Vater kam und sie weiter hoffen konnte, dass ihr Vater bald zurückkehrte. Denn obwohl sie nicht oft Gelegenheit gehabt hatten, sich zu sehen, liebte Anna ihren Vater sehr, und manchmal erschrak Therese darüber, wie ähnlich sie ihm jetzt schon war.

Als sie die Tür aufschlossen, schlug ihnen warme, abgestandene Luft entgegen, obwohl Therese die Fenster morgens einen Spalt offengelassen hatte. Sie riss sie ganz auf und fächelte sich Luft zu. Viel Zeit hatte sie nicht mehr, bevor sie die Scheiben abdunkeln musste. Anna quengelte, sie wollte etwas zu essen haben, sie wollte ins Bett gebracht werden, eine Geschichte vorgelesen bekommen, ihr Schlaflied singen und beten. Was sie beim Zu-Bett-Bringen am meisten fürchtete, waren Annas Fragen nach ihrem Vater, die regelmäßig kamen.

»Mama, wo ist Papa jetzt, kann er uns bald besuchen?«, fragte Anna, und Therese konnte nur ausweichend antworten, weil sie selbst nicht so genau wusste, wo sich sein Schiff im Moment befand. Die Neuigkeiten in seinen Briefen waren immer schon überholt, viel schrieb er sowieso nicht. Aus Jans kurzen Briefen entnahm sie, dass er sie und Anna vermisste und sich Sorgen machte, weil er am Ende manchmal »Ich denke an Euch« schrieb.

Mehr stand dort nie und das konnte sie auch nicht erwarten. Er war Seemann, kein Literat.

Beim Vorlesen von »Dornröschen« schweiften ihre Gedanken ab. Sie konnte den Text auswendig und es genügte, wenn sie sich nur ab und zu vergewisserte, wo sie gerade war. Sie dachte an Annas Geburtstag in drei Wochen.

Was soll ich ihr schenken, fragte sie sich wieder, aber ihr fiel nichts ein. Sie hätte aus Stoffresten Kleider für Annas Puppe nähen können, aber sie wusste genau, dass sich ihre Tochter darüber nicht freuen würde, weil sie niemals mit ihren Puppen spielte. Die meiste Zeit lagen sie neben dem Bett in der weiß lackierten Kiste, in der auch sie selbst als Kind ihre Puppen aufbewahrt hatte. Manchmal, wenn Anna im Hof spielen war, nahm Therese die Puppen heraus, setzte sie dann neben sich aufs Sofa, holte ihren Kamm und bürstete ihnen die Haare, wie sie das früher mit ihren Puppen getan hatte. Und dann zog sie ihnen neue Kleider an und setzte sie auf die Kommode unter das kleine Fenster mit den rosa Vorhängen mit blauem Blumenmuster. Aber nach kurzer Zeit lagen sie wieder verstaubt und dreckig irgendwo in der Ecke und auf der Kommode stapelten sich Steine, Federn und Murmeln, mit denen Anna viel lieber spielte als mit Puppen. Im Winter baute sie mit ihren Holzklötzen ganze Städte, aber meistens traf sie sich mit ihrem Freund Robert, der eine Etage unter ihr wohnte. Dann waren sie draußen auf dem Hof und ließen ihre Murmeln stundenlang durch den Schmutz rollen.

Ein Glück, dass ich Helene kennen gelernt habe, dachte Therese und freute sich auf morgen Nachmittag, denn dann würde sie sich mit Robert und seiner Mutter und ihren anderen beiden Kindern im Park treffen, den Kindern beim Spielen zusehen und Neuigkeiten austauschen. Sie verabredeten sich jeden Sonntagnachmittag, weil sie so das Gefühl der Einsamkeit am besten ignorieren konnte, das sie besonders an diesem Tag überfiel.

Endlich schlief Anna ein. Eigentlich war Therese auch müde, aber das Geschirr von heute Morgen stapelte sich im Ausguss, und sie wollte noch ein wenig nähen, weil ihre Mutter schimpfen würde, wenn sie das Kleid für Frau Petersen bis Montag nicht fertig hatte. Glücklicherweise hatte Anna einen so festen Schlaf, sie würde vom Rattern der Nähmaschine nicht aufwachen.

Therese arbeitete zügig, im Radio spielten sie Tanzmusik, sie liebkoste den feinen Leinenstoff des Kleides, das sie enger machen sollte, und stellte sich vor, wie kühl es sich bei der Hitze auf ihrer Haut anfühlen musste, und überlegte sich, ob sie es sich morgen nicht ausleihen sollte, um Helene damit neidisch zu machen. Sie stellte sich vor, wie ihre Freundin gucken würde, wenn sie mit dem teuren Kleid ankäme. Ich werde auch meinen weißen Hochzeits-

Strohhut tragen und die weißen Pumps. Ich darf mich nur nicht von Mutter erwischen lassen oder das Kleid schmutzig machen. Und Anna ziehe ich ihr Rüschenkleid an, auch wenn das nur unter großem Protest abgeht, vielleicht kann ich ja auch eine weiße Schleife durchsetzen. Dann wird sie aussehen wie eine Prinzessin.

Ihr Vater hatte das Kleid stolz auf dem Küchentisch ausgebreitet, als Anna gerade zwei war.

»Das habe ich für meine kleine Fee besorgt«, sagte er und Therese hatte geweint, weil ihre Mutter mit starrem Gesichtsausdruck am Fenster stand und damit überdeutlich zeigte, dass sie ihr immer noch nicht verziehen hatte, sich, ohne verheiratet zu sein, schwängern zu lassen und dann auch noch von einem Seemann.

Therese setzte sich an den Küchentisch und rauchte die eine Zigarette, die sie sich jeden Tag gönnte. Sie hatte das Licht gelöscht, die Verdunkelungsrollos hochgezogen und das Fenster geöffnet, um die Sterne zu betrachten. Die Glocke der Trinitatiskirche schlug elf Mal. Sie schloss die Augen, sog an der Zigarette und stieß den Rauch langsam wieder aus. Die Müdigkeit machte ihren Körper schwer. Heute werde ich bestimmt gleich einschlafen können, dachte sie. Und meine Haare wasche ich morgen.

8

Blankenese, Dezember 1992

Nur in schwarzem Slip und BH wühlte Marie in Hosen und Pullovern, die sie auf die Tagesdecke ihres Bettes geworfen hatte. Es war zum Verzweifeln, sie wusste nicht, was sie anziehen sollte, obwohl sie schon so vieles anprobiert hatte. Sie sah auf ihre Armbanduhr. Noch eine Stunde, dann sollte sie Andreas in der Hochschule abholen. Und sie konnte sich nicht entscheiden, sie fand sich in allen Kleidern, die sie schon anprobiert hatte, hässlich. Sie ging an den Schrank und betrachtete die Kleider, die dort noch auf den Bügeln hingen. Endlich zog sie ein blaues, wadenlanges Kleid aus dickem T-Shirt-Stoff über den Kopf, das sie in London oft getragen hatte, und begutachtete sich im Spiegel. Der Stoff schmiegte sich an ihren Körper, sie sah sehr schlank aus. Ich muss in der letzten Zeit noch mehr abgenommen haben, stellte sie befriedigt fest und beschloss, sich demnächst eine

Waage zu kaufen. Therese hatte so etwas nicht im Haus.

Marie konnte nicht sagen, ob sie sich wirklich auf Andreas freute oder nur darauf, endlich etwas vorzuhaben, aber sie hoffte, dass er sie aufmuntern würde, denn das war ihm früher immer gelungen. Wenn sie deprimiert war, hatte er sie lachend in die Arme genommen und beschlossen, dass es für sie besser sei, sich nicht mehr über kleine Probleme den Kopf zu zerbrechen.

»Wieso, du wohnst in einem schönen Haus, deine Großeltern tun alles für dich. Du hast Freunde – und mich. Dir geht es doch gut. Klar, das mit deinen Eltern war ein großer Schock für dich, aber das ist doch schon so lange her«, war sein Standardspruch. Sie hatte ihm, wie allen anderen auch, erzählt, dass ihre Eltern kurz hintereinander an Krebs gestorben waren, als sie noch sehr klein war.

Andreas kam in der Eingangshalle der Hochschule mit offenen Armen und breitem Lächeln auf sie zu, und plötzlich freute sie sich wirklich, ihn zu sehen.

»Marie, wie schön, dass du da bist. Komm mit in mein Büro, ich muss nur noch etwas zusammensuchen, dann können wir gehen«, sagte er und nahm sie in die Arme. Er drückte ihren Kopf an seine Schulter und hob sie fast hoch.

Pete hat mich nie so umarmt und die anderen davor auch nicht, schoss es ihr durch den Kopf. Ich kenne eigentlich nur Männer, die einen Arm schlaff am Körper herunterhängen lassen und mich nur mit dem anderen umfangen, als ob sie Angst hätten, mir sonst zu nahe zu kommen.

Andreas berührte sie ohne solche Vorbehalte. Sie war so überwältigt, dass sie nicht sprechen konnte, aber gleichzeitig musste sie sich mit aller Kraft darauf konzentrieren, dass es Andreas war, der sie umarmte, und nicht Georg. Nein, das will ich nicht mehr, ich habe es doch überwunden, dachte sie.

Er führte sie Gänge herunter, Treppen hinauf und in sein Büro. Jeder, der ihnen entgegenkam, grüßte ihn mit Namen, warf ihr einen interessierten Blick zu, und sie genoss die Aufmerksamkeit, die ihm entgegengebracht wurde, weil sie den Eindruck hatte, dass ein wenig davon auf sie abfärbte.

Er erzählte ihr irgendetwas über seine Arbeit, was sie nicht verstand, weil sie nicht mehr an die enorme Lautstärke seiner Stimme gewöhnt war. Pete hatte niemals so laut gesprochen und sie sogar einmal darauf hingewiesen, dass sie zu laut lache, und Philipp in München war leise und zurückhaltend gewesen, fast kühl, sogar im Bett, und manchmal hatte sie sich jemanden gewünscht, der laut stöhnte und ihr schmutzige Worte ins Ohr flüsterte.

Sie kamen in ein kleines und sparsam möbliertes Büro. Auf dem Fußboden und dem Schreibtisch stapelten sich Akten und Bücher. Andreas räumte einen Stuhl für sie frei.

»Entschuldige die Unordnung, aber du weißt ja, ich kann nicht anders arbeiten«, sagte er mit einer hilflosen Geste, und Marie staunte darüber, dass er es fertigbrachte, auch noch selbstbewusst zu wirken, wenn er für seine Fehler um Verzeihung bat.

Sie setzte sich, er nahm auf der Kante der Schreibtischplatte dicht vor ihr Platz und betrachtete sie schweigend. Auf einmal ergriff er ihre Hände und küsste sie.

»Ich habe mich in den vergangenen Jahren oft nach dir gesehnt«, sagte er.

Marie zog ihre Hände nicht weg.

»Hast du mich auch vermisst?«, fragte er, und sie nickte mit dem Kopf. Ja, sie hatte seine fürsorgliche Art vermisst.

Er strich ihr sanft durch das Haar, küsste ihre Ohrläppchen und ihren Hals, sie schloss die Augen und schaffte es, sich auf seine weichen Lippen zu konzentrieren, die tiefer wanderten, bis sie ihre Brustwarzen berührten. Er küsste sie jetzt auf den Mund, suchte ihre Zunge, ihre Oberschenkel prickelten warm.

Sie öffnete die Augen. Seine Gesichtszüge waren vollkommen entspannt, und er lächelte.

»Lass uns zu mir gehen«, sagte Andreas. Sie nickte.

»Wir können zu Fuß gehen«, sagte Andreas

und nahm sie auf der Straße wie selbstverständlich in den Arm. Sie folgte ihm, ohne daran zu denken, dass Thereses Wagen ganz in der Nähe geparkt war.

Marie genoss diese Nähe, sie fühlte sich leicht und erregt. Ich will am liebsten auf der Stelle mit ihm schlafen, freute sie sich und nahm an, dass sie auf dem besten Weg war, sich in Andreas zu verlieben, denn sie war sich sicher, dass diese Gefühle nicht nur etwas damit zu tun hatten, dass sie schon zwei Monate nicht mehr mit jemandem im Bett gewesen war.

Er wohnte in einer riesigen Altbauwohnung mit Parkettfußboden und Stuck an der Decke. Von einem Flur gingen weiß lackierte Türen ins Arbeitszimmer, Schlafzimmer, Wohnzimmer und die Wohnküche ab, in der ein großer Holztisch stand. Er besaß eine Mikrowelle, eine Geschirrspülmaschine, eine Riesenbadewanne und ein Wasserbett, eine Waschmaschine und sogar einen Trockner. An den Wänden hingen gerahmte Bilder.

Er ging mit ihr nicht ins Schlafzimmer, sondern führte sie in die Küche. Sie bemerkte, dass er nervös war, und sie war es auch, denn sie wollte mit ihm schlafen, sie begehrte ihn, aber sie wusste nicht, wie sie ihm das verständlich machen sollte.

Sie sah Andreas zu, wie er für sie beide Drinks mixte, Eis in einen Eiswürfelzerhacker füllte, eine Zitrone mit einer elektrischen Presse auspresste, Gin und Amaretto und den Zitronensaft in zwei Gläser füllte.

Seine Nervosität tat ihr Leid, aber sie wusste nicht, was sie tun sollte, um die Spannung abzubauen, unter der er stand. Einfach aufzustehen und ihn zu umarmen brachte sie nicht fertig. Als er ihr den Drink gab, berührten sich ihre Finger, und diese Berührung spürte sie im ganzen Körper. Sie wollte, dass er sie gleich noch einmal berührte, aber er stand mit seinem Drink vor der Spüle, und sie bemerkte, wie er damit kämpfte, seine Erregung zu beherrschen.

»Übrigens, morgen Abend bin ich eingeladen, jemand aus dem Institut, ich würde mich freuen, wenn du mitkommst«, sagte er.

Sie wusste nicht, ob sie mit ihm auf eine Fete gehen wollte, und schwieg deshalb.

»Lass uns ins Wohnzimmer gehen, da ist es gemütlicher«, sagte er.

Sie trottete hinter ihm her. In dieser ordentlichen Wohnung sah er nicht mehr ganz so attraktiv aus wie in seinem chaotischen Büro. Es passte alles zu sehr zusammen, sein blauweiß gestreiftes Hemd, das er immer noch trug, die rote Krawatte und die dunkelgrauen Anzughose, die am Po etwas spannte.

Jetzt saßen sie dicht nebeneinander auf dem hellen Sofa und tranken. Er kraulte ihren Nacken, streichelte ihre Schulter, seine

Hände wanderten zu ihren Brüsten, hielten inne, als er fragte: »Darf ich?« Sie nickte, traurig darüber, dass er ihre früheren Schwierigkeiten im Bett nicht einfach vergessen hatte. Seine Hände machten ihr keine Angst mehr. Sie wollte mit ihm zusammen sein.

Jetzt lag sie halb auf dem Sofa, und seine Hand wanderte unter ihr Kleid. Als sie etwas von ihm abrückte, weil sie unbequem lag, nahm er die Hand sofort weg.

»Tut mir Leid, ich wollte dich nicht bedrängen«, sagte er.

»Es ist in Ordnung. Ich wollte mich nur gemütlicher hinlegen«, erwiderte sie, nahm seine Hand und führte sie zu ihren Brüsten, aber er fasste sie nicht mehr an.

Es hat keinen Sinn, dachte sie, das wird nichts, er wird nie vergessen, was früher war.

Sie richtete sich auf und setzte sich wieder neben ihn. Sie wollte nicht gehen, aber sie wusste auch nicht mehr, was sie in Andreas' Wohnung zu suchen hatte.

»Wir können es ja ein anderes Mal probieren«, meinte er, »wir haben Zeit, du bleibst ja jetzt hier.«

»Ja, vielleicht«, sagte sie.

»Kannst du eigentlich auch reiten?«, fragte er unvermittelt.

»Nein«, sagte Marie.

»Macht nichts, ich bringe es dir bei.«

»Warum?«

»Na ja, wenn wir jetzt wieder mehr Zeit zusammen verbringen, sollten wir doch auch ein gemeinsames Hobby haben.«

»Wer sagt denn das?«

»Ich dachte nur.«

Das würde nicht gut gehen. Sie sah sich schon in der Winterkälte hoch zu Ross durch eine Halle traben. Das wollte sie nicht. Aber wenn sie sich auf ihn einließe, würde es für sie keine Möglichkeit geben zu wählen, sie wusste, dass er von nichts abrückte, wenn er es für richtig hielt.

Jetzt wollte sie ihn nicht mehr küssen oder von ihm gestreichelt werden.

»Entschuldige, aber ich muss gehen.«

»Was?«

»Therese braucht das Auto.«

»Aber du hast doch gesagt ...«

»Mir ist eben eingefallen, dass ich sie zum Bridge fahren muss.«

»Das stimmt doch nicht. Hab ich was falsch gemacht?«

»Nein, ich muss wirklich los. Danke für den Drink, ich ruf dich an.«

Sie ging zur Tür, und bevor Andreas noch reagieren konnte, war sie draußen.

Außer Atem kam sie am Wagen an. Nein, das war zu viel gewesen. Sie wollte sich nicht einkassieren lassen, auch wenn es sicher Spaß gemacht hätte, mit ihm zu schlafen. Aber mit ihm zusammenzukommen, bedeutete, sich in sein

Leben einbauen zu lassen. Dann wollte sie lieber allein sein und sich bemitleiden, weil sie in Hamburg niemanden mehr kannte, nichts erreicht hatte und wieder in ihrem früheren Kinderzimmer wohnte.

Sie fühlte sich jetzt noch kleiner als heute Nachmittag und entsetzlich allein. Ihre Augen brannten in den Höhlen, ohne dass sie weinte. So ähnlich war es immer gewesen, wenn ihre Mutter sie nach einem kurzen Besuch wieder allein gelassen hatte. Oder wenn sie zu der verabredeten Zeit nicht gekommen war und Marie am Fenster stand und auf die Straße starrte und bei jedem Auto, das an ihrem Haus vorbeifuhr, betete, es würde anhalten und Elke würde aussteigen.

Sie dachte an einen anderen Samstag, als sie zehn war und Elke aus einer Taxe ausgestiegen war.

Sie hatte noch aufbleiben dürfen. Therese war schweigend in die Küche gegangen, um etwas für Elke zu kochen. Marie konnte nicht begreifen, warum sie das tat, ihre Mutter hätte doch auch Butterbrote essen können wie sie vorhin, aber sie wagte nicht, etwas zu sagen, sondern starrte Elke an und hatte den Eindruck, sie das erste Mal wirklich zu sehen: die ungewaschenen, zerzausten Haare, die abgekauten Fingernägel, ihr ehemals rotes Kleid, das verschlissen war und muffig roch. Unter ihren bernsteinfarbenen Augen mit den großen schwarzen Pupillen lagen tiefe Schatten, die Lippen waren aufgesprungen.

»Was glotzt du so?«, zischte Elke.

Diese Worte trafen Marie wie ein Hieb, und plötzlich bemerkte sie, dass diese Frau dort drüben, die sich eine Zigarette an der anderen anzündete, nichts anderes für sie übrig hatte als Verachtung.

Aus der Küche drangen die Geräusche von Thereses geübter Geschäftigkeit, aber dieser fröhliche Lärm übertönte nicht das gierige Einsaugen und Ausstoßen des Zigarettenrauches. Im Zimmer stand der Rauch, die Kippen drückte Elke in der weißen Porzellanschale aus, in der sonst Pralinen lagen. Marie bekam keine Luft mehr, öffnete das Fenster, setzte sich Elke wieder gegenüber und hoffte verzweifelt auf irgendeine Geste, die ihr zeigte, dass ihre Mutter sie doch mochte.

»Elke, das Essen ist fertig. Komm bitte in die Küche, ich habe hier gedeckt«, rief Therese. Marie trottete hinter ihrer Mutter her. Es roch nach Kartoffeln und Zwiebeln, Therese hatte einen Salat gemacht und ein Steak gebraten, und Marie war eifersüchtig auf die Mühe, die sich Therese immer gab, wenn ihre Tochter zu Hause war. Elke ließ sich auf den Küchenstuhl fallen, starrte auf das Fleisch und die Kartoffeln auf ihrem Teller. Ihr Schweigen war so unheilvoll, dass Marie die Luft anhielt.

»Hast du vergessen, dass ich Vegetarierin

bin?«, schrie Elke und warf den Teller auf den Boden. Die Kartoffeln rollten unter den Schrank, die fettigen Zwiebeln klebten auf dem Fußboden, das Fleisch war von weißen Porzellansplittern übersät. Gleich schlägt Therese sie, dachte Marie, aber ihre Großmutter drehte sich nur vom Herd um und starrte ihre Tochter an, die weiter am Tisch saß und an ihren Nägeln kaute. Marie konnte sich nicht bewegen und nicht sprechen. Ängstlich ließ sie die beiden Frauen nicht aus den Augen, in dem Bewusstsein, dass jeden Augenblick etwas noch Schrecklicheres geschehen würde.

»Reg dich ab, Mama, du kannst doch morgen einen neuen Teller kaufen«, sagte Elke. Gott sei Dank, sie lenkt ein, dachte Marie, aber dann setzte Elke hinterher: »Friedrich hat es doch«, sagte Elke. »Oder ist er dafür auch zu geizig?«

Therese wich alle Farbe aus dem Gesicht. »Verschwinde aus meinem Haus«, sagte sie so leise, dass Marie zuerst glaubte, sich verhört zu haben. Elke rührte sich nicht. »Verschwinde«, sagte Therese noch einmal, lauter, in einem eisigen Tonfall, den sie noch nie von ihr gehört hatte. Marie wollte zu ihrer Mutter laufen, sie vom Stuhl ziehen und sie nach draußen führen, damit ihre Großmutter ihr nichts antun konnte, denn plötzlich wollte sie Elke beschützen. Aber sie war unfähig, sich von der Stelle zu rühren, verfolgte ihre Mutter, die sich jetzt langsam erhob, nur mit den Augen.

»Gut, wenn du es so willst«, sagte sie mit tonloser Stimme, »dann gehe ich. Du hast mich ja sowieso nie geliebt.«

Sie verließ die Küche, wenig später fiel die Haustür ins Schloss. Am nächsten Morgen fand Marie Elkes Haustürschlüssel auf der Kommode, und sie wusste, dass ihre Mutter nie mehr in dieses Haus zurückkehren würde.

Verdammt, ich will diese Erinnerungen nicht, dachte Marie, es ist vorbei. Sie steckte sich eine Zigarette an, kurbelte das Fenster hinunter, damit der Rauch abzog, denn sie wusste, dass Therese sauer werden würde, wenn sie herausfand, dass in ihrem Wagen geraucht worden war. Tief inhalieren, ausatmen – langsam beruhigte Marie sich. Sie drehte das Radio so laut auf, dass die Musik in ihrem Kopf dröhnte. Jetzt konnte sie fahren. Ihre Erinnerungen waren wieder genauso in Kisten verpackt und fest verschnürt wie ihre Sachen, die auf dem Dachboden standen.

9

Therese zappte sich durch die Fernsehprogramme, aber nichts interessierte sie. Gleich mache ich aus und lese, nahm sie sich vor und stand auf, um ihre Brille zu suchen. Sie genoss es, endlich einmal wieder einen Abend allein zu sein. Wie oft hatte sie Marie in den vergangenen Tagen aufgefordert, etwas zu unternehmen, aber ohne Erfolg. Was für ein Segen, dass Andreas wieder aufgetaucht war, vielleicht konnte der Marie aus ihrer Erstarrung lösen. Bei mir hat es vor Urzeiten funktioniert, dachte sie, Ralph hat mich damals aus tiefster Verzweiflung geholt, nur weil ich beim Tanzen mit ihm nicht mehr das Gefühl hatte, ins Bodenlose zu fallen.

Sie schloss die Augen und fühlte wieder, wie seine Hand ihre Hand genommen hatte, wie die Wärme in ihre Hand geflossen war und sich in ihrem Körper ausgebreitet hatte und wie sie damals seit Jahren zum ersten Mal wieder gespürt hatte, dass sie lebte.

Jan hatte ihr Verlangen geweckt, ihr beigebracht, dass es nicht schlimm war, Lust zu geben und zu empfinden, sie hatte durch ihn erfahren, dass sie sinnlich war, und Jans Körper hatte ihr Sicherheit und Geborgenheit gegeben, mit seinen breiten Schultern und seinen behaarten Armen, seiner ledernen Haut, die immer ein wenig nach Salz schmeckte.

Aber dieser andere Mann, dieser zweite Mann, den sie in ihrem Leben geliebt hatte, gab ihr das Gefühl zu leben zurück nach Jahren des Totseins bei lebendigem Leib. Er war nicht viel größer als sie gewesen, dünn und drahtig, mit ziemlich weißer Haut und viel kleineren Händen als Jan, und sie hatte gleich gewusst, dass er nicht der Typ war, auf den sie sich während eines Sturmes auf hoher See verlassen könnte. Aber das machte ihr nichts aus, einen solchen Mann hatte sie ja schon geliebt, und jeder andere, der Jan ähnlich gewesen wäre, würde nur ein Abklatsch ihres toten Mannes sein.

Nein, man hätte sich auf Ralph in keiner Krisensituation verlassen können, das begriff Therese gleich, als sie ihn zum ersten Mal sah, lange bevor er sie entdeckte. Er war jemand, der gerne Spaß machte und den Ernst des Lebens nicht zu kennen schien. Zuerst mochte sie das nicht, fand ihn albern, aber bald schon ging sie nur in den Tanzclub, um ihn von weitem zu beobachten, weil er immer so fröhlich war und sie zum Lächeln brachte, was sie erstaunte, weil sie schon geglaubt hatte, nie wieder fröhlich sein zu können. Wir waren so glücklich miteinander, Ralph, dachte sie, und wenn du mich nicht angelogen hättest, wäre ich bei dir geblieben, aber du musstest mich von Anfang an täuschen, vielleicht hast du mich auch gar nicht so geliebt, denn man belügt den Menschen, den man liebt, nicht so, wie du es getan hast.

Ihre Brille lag zwischen Maries Unterlagen auf ihrem Mahagonisekretär, die sie schon lange hätte wegräumen sollen. Therese fluchte leise über die Unordentlichkeit ihrer Enkeltochter, als das schrille Pfeifen sie überfiel. Barbarische Geräusche, die in ihren Kopf fuhren und ihre Nerven zerrissen. Sie hatte das seit Kriegsende nicht mehr gehört, weil sie immer genau darauf achtete, was sie sich im Fernsehen ansah oder im Radio anhörte. Aber jetzt sprangen sie diese schrecklichen Geräusche von allen Seiten an, sie wollte sich die Ohren zuhalten, sie konnte sich nicht mehr bewegen. Sie wollte diese Töne, die für sie die Hölle bedeuteten, nicht mehr hören, ihr Herz raste, sie bekam keine Luft mehr.

Das Pfeifen der fallenden Bomben zerschnitt ihr die Gehörgänge, es hörte nicht auf, sie versuchte, zum Fernseher zu gelangen, um ihn abzuschalten, aber sie konnte sich nicht von der Stelle rühren. Ihre Knie knickten weg, sie sackte auf den Boden. Ein Schraubstock drückte ihr Herz zusammen. Sie bekam keine Luft mehr. Ein messerscharfer Schmerz fuhr ihr jäh in die Brust.

24./25. Juli 1943, nachts

Das Geschrei der Sirenen riss sie aus dem Schlaf. Automatisch sprang Therese aus dem Bett, griff sich das Kleid von Frau Petersen, das noch neben der Nähmaschine lag, zog es über, rannte in die Kammer zu Anna, die schon aufgestanden war und auf einem Bein neben ihrem Bett herumhüpfte, weil sie nicht in ihren Anzug kam, den Therese ihr aus alten Decken genäht hatte und der während der Wartezeit im Keller warm genug hielt und praktisch war.

Ohne etwas zu sagen, half sie ihrer Tochter, dann setzte sie Anna den kleinen Rucksack auf den Rücken, nachdem sie kontrolliert hatte, was Anna dort aufbewahrte: ihre geliebten Murmeln in Blau, Weiß, Rot und allen möglichen anderen Farben, ihr Lieblingsbuch »Max und Moritz« und ihren grauen Stoffhasen. Den schweren Kasten mit den kleinen roten Steinbauklötzen packte sie wieder aus. »Den lässt du hier, du kannst morgen damit spielen«, sagte sie und ignorierte Annas Murren. Dann ergriff sie ihren eigenen großen Rucksack und schnallte ihn sich auf den Rücken, sie nahm Anna an die Hand, in der anderen Hand trug sie noch den Koffer mit den Fotoalben, wichtigen Dokumenten und Ersatzkleidung.

Im Treppenhaus trafen sie Annas Freund Robert und seine Geschwister mit Helene. Anna und Robert gingen voraus, Hand in Hand. Therese dachte bei ihrem Anblick, dass sie zu vernünftig waren. Sie zeigten keine Spur von Angst, für sie war es zur Gewohnheit geworden, mitten in der Nacht durch ein zugiges Treppenhaus zu gehen, um sich im Luftschutzkeller vor den Bomben in Sicherheit zu bringen. Und das schmerzte Therese am meisten.

Sie nahm Helenes zweiten Sohn Hans an die Hand, damit ihre Freundin das Baby besser tragen konnte. Der Abstieg dauerte lange mit den vielen Kindern, und als sie endlich im Keller ankamen, stand Luftschutzwart Braun schon mit hochrotem Kopf vor der schweren Eisentür mit den zwei Hebeln, die sie niemals allein hätten öffnen können.

»Noch eine Minute länger, und ich hätte abgeschlossen«, brummte er, und Therese sagte: »Danke, dass Sie gewartet haben«, und versuchte, ihn anzulächeln.

Sie fanden noch Platz auf einer Bank in einer Ecke, Therese saß neben Robert und Anna, die miteinander tuschelten. Auch Helene wirkte entspannt, sie fluchte nur leise über die gestörte Nachtruhe.

Mach dir keine Sorgen, rief sich Therese zur Ordnung, es wird auch dieses Mal nichts geschehen. Aber als sie vom Treppenhaus aus nach draußen gesehen hatte, waren ihr die vielen flirrenden Lichter aufgefallen, die zu Boden sanken, und auch, dass mehr Brandbomben als gewöhnlich fielen und man fast ununterbrochen Detonationen von Sprengbomben im Keller hörte.

Dennoch blieben die Frauen und Kinder und die wenigen Männer im Keller ruhig. Therese sang Anna etwas vor, die jetzt friedlich auf ihrem Schoß saß, weil sie einschlafen wollte. Robert hatte sich auf der anderen Seite neben sie gesetzt und lehnte sich gegen Therese. Sie schwitzte. Die Hitze drang heute selbst bis in den Keller.

Plötzlich krachte es. Das Licht ging aus. Therese konnte nichts mehr sehen. Überall war Staub. Anna hustete und zappelte auf ihrem Schoß. Robert krallte seine Finger in ihren Arm, das tat weh, aber sie wollte ihn nicht wegstoßen. Die Notbeleuchtung ging wieder an. »Durch die Decke kommt Wasser«, rief Luftschutzwart Braun.

»Wir müssen hoch und sehen, ob das Haus getroffen ist. Schulze, kommen Sie mit.« Der Mann, der Therese gegenüber saß, rührte sich nicht. »Los, kommen Sie mit«, brüllte der Luftschutzwart jetzt dicht neben Therese. Schulze erhob sich mühsam. Beim Vorübergehen bemerkte Therese seinen panischen Ausdruck in den Augen. Dieses Mal geht es nicht gut, dachte sie. Anna krümmte sich wieder hustend auf ihrem Schoß. Sie hörte Helenes Stimme.

»Alles in Ordnung, Therese. Warte, ich besorge uns Wasser.« Helene stand auf. »Mama, komm wieder«, wimmerten Robert und sein Bruder, Therese konnte nicht reagieren, um sie zu trösten.

»Gib Anna zuerst, damit sie sich beruhigt«, sagte Helene, als sie zurückkam. Therese war erleichtert, dass Helene die Führung übernahm, denn sie konnte nicht mehr klar denken. Anna trank gierig, bis Helene ihr die Flasche wegnahm. »Die anderen brauchen auch noch etwas«, sagte sie barsch.

Jetzt waren die Männer wieder da. »Wir müssen raus, das Dach brennt«, sagten sie. Das Dach brennt, dröhnte es in Thereses Kopf, ohne dass sie begriff, was das bedeutete. Bewegungslos blieb sie sitzen. Irgendjemand schluchzte in ihrer Nähe und wurde von jemand anderem ausgeschimpft. Anna klammerte sich jetzt stumm an sie. Therese zitterte. Es krachte wieder, der ganze Keller schwankte. Therese wollte aufstehen, ihren Koffer nehmen, den anderen folgen, die sich an der Schleusentür drängten. Aber ihre Muskeln gehorchten ihr nicht mehr. Sie blieb sitzen. Die

Geräusche um sie herum wurden leiser, bis sie nichts mehr wahrnahm.

Jemand schüttelte sie, zerrte an ihr. »Therese, Therese«, schrie jemand, jetzt spürte sie Wasser auf ihrem Gesicht. »Komm zu dir, du musst hier raus.« Helene zog sie von der Bank und stellte sie auf die Füße. Anna hatte sich an ihre Beine geklammert. »Du darfst nicht schlappmachen, komm mit«, hörte sie Helene, die ihr den Koffer in die Hand drückte und sie vor sich her in Richtung Ausgang schob. »Wir müssen hier raus. Das Haus wird gleich einstürzen«, redete jetzt auch der Luftschutzwart auf Therese ein. Sie zogen sie nach draußen.

Draußen rannten Menschen hin und her, schleppten Möbel und Koffer auf die Straße. Es war kein einziges Haus mehr heil. Therese sah überall Flammen, hörte Rufen und Schreie, das Knistern des Feuers, und immer wieder sackte ein Haus krachend in sich zusammen. Therese wagte zuerst nicht, nach oben zu ihrer Wohnung zu sehen, aber dann tat sie es doch. Da war nichts mehr, nur der schwarze Himmel, der beißende Rauch und die Funken.

Sie rannte mit Anna an der Hand zwischen den brennenden Häusern hindurch, immer Helene auf den Fersen, die anscheinend wusste, wohin sie wollte. Anna hustete die ganze Zeit und jammerte, dass der Rauch ihr in den Augen brannte, Therese konnte nichts für sie tun, sondern musste sie so fest an der Hand packen, dass es ihr wehtat. Sie rannte und rannte. Plötzlich bekam sie Seitenstiche und konnte nicht mehr weiter. Ich muss anhalten und was trinken, dachte sie.

Sie blieb stehen und nahm den Rucksack vom Rücken, um die Feldflasche herauszuholen. Dafür musste sie Anna loslassen.

»Bleib neben mir stehen«, sagte sie, »rühr dich nicht von der Stelle.«

Sie ließ Annas Hand los und bückte sich, um den Rucksack aufzuschnüren. Als sie sich wieder aufrichtete, war Anna verschwunden.

Sie entdeckte ihre Tochter in zehn Metern Entfernung, und gleichzeitig sah sie den brennenden Balken, der genau über ihrer Tochter zu Boden raste. Sie hörte sich selbst schreien, während sie nach vorne stürzte.

Ein Krachen. Annas Kopf flog zurück. »Mama«, hörte Therese sie rufen und dann nichts mehr.

Therese stürzte zu ihrer Tochter und versuchte sie unter dem Balken hervorzuziehen. Jemand kam ihr zur Hilfe und schaffte das Holz weg. Sie nahm ihre Tochter auf die Arme, der Kopf schlenkerte hin und her, als ob ihm die Verankerung fehlte.

»Gleich bist du in Sicherheit«, flüsterte Therese, »ich bringe dich ins Krankenhaus.«

Sie rannte weiter und drückte den warmen Körper an sich. Sie lief ohne anzuhalten, stolperte über Körper, die auf der Straße lagen, bekam fast keine Luft mehr vom beißenden Rauch, aber sie hielt nicht an. Gleich sind wir da, flüsterte sie, im Krankenhaus werden sie dir helfen. Am liebsten hätte sie sich vor Erschöpfung auf die Straße gelegt, aber sie durfte jetzt nicht zusammenbrechen.

Im Hafenkrankenhaus kam gleich ein Arzt auf sie zu, der ihr das Kind abnahm. Gerettet, dachte Therese. Er legte Anna auf die Bahre und breitete ein weißes Tuch über sie.

Hamburg-Blankenese, Dezember 1992

Du hättest sie nicht loslassen dürfen, hämmerte eine Stimme in Thereses Kopf, nur deinetwegen ist sie gestorben, dich hätte der Balken treffen sollen. Du hättest sterben sollen, rief diese Stimme mit unzähligen Echos, und sie klang so wie Jans.

Marie fand Therese nach Luft ringend auf dem Teppich. Telefon, dachte Marie, ich muss einen Rettungswagen holen. Sie wählte die Nummer, konnte kaum sprechen.

»Meine Großmutter hatte einen Anfall, bitte kommen Sie schnell. Ja, Strandweg, Blankenese.« Ihr fiel die Hausnummer nicht sofort ein.

Sie ließ ihre Großmutter nicht aus den Augen, die unverändert auf dem Teppich lag und schwer atmete.

Nach dem Telefongespräch hockte sich Marie wieder neben Therese und schob ihr ein Kissen unter den Kopf. Sie wusste nicht, was sie noch tun konnte. Sie machte kein Licht. Marie streichelte Thereses Kopf in ihrem Schoß, sie konnte ihren Atem kaum noch wahrnehmen. Das Blaulicht des Rettungswagens zuckte durch die Dunkelheit des Wohnzimmers. Endlich klingelte es an der Tür, und der Notarzt kam. Er kniete sich neben Therese und wusste gleich, was er mit ihr anfangen sollte. Er gab ihrer Großmutter Infusionen, ließ sie von den Sanitätern auf eine Trage legen, die sie in den Rettungswagen brachten, der vor dem Haus mit kreisendem Blaulicht parkte.

Einer stellte ihr Fragen, die sie nicht beantworten konnte.

»Wann hatte sie den Anfall? Ist es der Erste?« Aber dann wollten sie wissen, wer sie sei, das konnte sie beantworten.

Marie stieg ins Auto und fuhr hinterher, sie wollte nicht im Rettungswagen mitfahren. Sie brachten Therese ins Rissener Krankenhaus.

Ihre Großmutter verschwand hinter den Türen der Intensivstation. Sie musste draußen warten, unruhig ging sie den schmalen Flur vor der Glastür mit der Aufschrift »Intensiv« auf und ab. Nach einer Ewigkeit tauchte ein Arzt mit quietschenden Gummisohlen auf und legte ihr die Hand auf die Schulter.

»Wann kann ich zu ihr?«

»Erst morgen früh. Ihre Großmutter hatte einen Schlaganfall, sie braucht jetzt absolute Ruhe.«

»Wird sie durchkommen?«

»Ich glaube schon. Entschuldigen Sie, die anderen Patienten«, sagte er, drehte sich um und verschwand hinter der Tür der Intensivstation.

Mechanisch ging Marie zum Ausgang, draußen hatte es angefangen zu schneien, und die Flocken fielen auf das Kopfsteinpflaster vor dem roten Backsteingebäude. Alles wirkte so friedlich, dass es wehtat. Ich muss Georg und Christian anrufen, dachte sie, aber sie schaffte es nicht, die Nummer zu suchen, die sie nicht im Kopf hatte. Plötzlich war sie todmüde.

10

London, Mitte Dezember

Ralph war nicht der Mann, der sich in Selbstzweifel verstrickte, gegen Weltschmerz halfen meistens drei Bier oder eine Flasche Rotwein, aber selbst das Trinken brachte ihm eigentlich keinen Spaß mehr. Heute Nacht wird allerdings wohl nichts anderes helfen, dachte er. Aber wenn er sich schon betrinken musste, um seine schlechte Stimmung zu vertreiben, wollte er dies wenigstens stilvoll tun, mit passender Musik und im Schein eines Kaminfeuers.

Er ging seine Plattensammlung durch. Eigentlich hörte er in so einer melancholischen Stimmung Dvořák oder Tschaikowsky, meistens schleuderte ihn die Heftigkeit der Musik aus der depressiven Anwandlung, aber heute befürchtete er, dass er durch diese Musik noch rührseliger werden würde.

Er fischte eine Platte von ganz unten aus dem Stapel hervor. Ah, Glenn Miller. Diese Platte hatte er lange nicht mehr gehört. Suzanne hatte sie nicht gemocht, warum, hatte Ralph nie verstanden, aber sie gehorsam nicht mehr aufgelegt und dann auch selbst vergessen. Er säuberte die Platte und legte sie auf. Es knackte. Und dann setzten die Bläser ein. »Blue Moon«, ein langsamer Schieber. Ralph lauschte mit dem gefüllten Rotweinglas in der Hand, o Gott, wie er diese Musik liebte, wie hatte er das vergessen können. Er setzte sich vor den Kamin, sah ins Feuer, summte die Melodien mit und wippte mit dem Fuß. Wie gerne hätte er jetzt getanzt. Aber die Zeiten sind wohl endgültig vorbei, dachte er. Und ich habe so gerne getanzt. Und er erinnerte sich daran, wie er mit Ende zwanzig in einem etwas schäbigen Club in Hamburg zwischen zertrümmerten Häusern oft bis in den Morgengrauen getanzt hatte.

Jedes Mal saß sie an demselben Tisch in der Ecke in der Nähe der Tanzfläche. Und stets war sie allein. Sie war ihm nicht aufgefallen, weil er sie besonders hübsch fand, sondern weil sie nicht darunter zu leiden schien, dass sie immer ohne Begleitung kam. Nie wagte es jemand, sie zum Tanzen aufzufordern, obwohl mehr Männer als Frauen den Club besuchten. Offensichtlich wollte sie nicht, dass sich ihr jemand näherte. Sie trank ein Glas Bier und verschwand nach zwei Stunden wieder. Ralph hatte bemerkt, dass die anderen Mädchen über sie tuschelten und sich fragten, woher sie kam und was sie allein beim Tanzen wollte. Sie schminkte sich nicht und wenn, nur so dezent, dass man es im Halbdunkel nicht wahrnahm. Sie trug entweder ein grünes, ein weißes oder ein blaues leichtes Sommerkleid desselben Schnittes: enges Oberteil mit kurzen Ärmeln, kleinem Ausschnitt und weitem Rock. Eigentlich war an ihr gar nichts Besonderes bis auf ihre rotbraunen Haare, die sie zu einem glänzenden dicken Zopf geflochten hatte, der ihr über die Schulter fiel, wenn sie sich vorbeugte, und die Tatsache, dass sie niemanden zu brauchen schien.

Er bewunderte ihre Fähigkeit, so selbstverständlich allein zu sein. Er selbst war immer von Freunden umringt. Seit er Flieger geworden war, kannte er es gar nicht anders. Im Krieg hatte er mit anderen Fliegern den Schlafraum geteilt, er hatte mit ihnen gegessen und auf die Einsätze gewartet. In der Luft war er nie allein gewesen und auch nicht im Erholungsheim nach seinen drei Einsatzstaffeln, genauso wenig wie nach dem Krieg, als er bei seinen Eltern gewohnt hatte, weil er nicht wusste, was er jetzt anfangen sollte.

Der Auftrag in Hamburg war für ihn wie gerufen gekommen. Endlich hatte er ein Zimmer für sich allein bei einer Wirtin, die sich nur dafür interessierte, dass er die Miete pünktlich zahlte. Eigentlich genoss er den Zustand, einmal nicht auf jemanden achten zu müssen, aber er brauchte Ansprache, Gesellschaft, jemanden, mit dem er reden konnte, und deshalb ging er oft in den Club.

Die Frau mit dem Zopf schien Menschen nur als Anschauungsobjekte zu benötigen. Er bemerkte, wie sie die Tanzenden nicht aus den Augen ließ. Sie saß da, beobachtete, hörte der Musik zu und wippte mit dem rechten Fuß im Takt. Sie schien nicht unglücklich zu sein.

Er hätte viele von den Mädchen haben können, die regelmäßig in den Club kamen, weil sie wussten, dass hier Briten verkehrten. Und ab und zu nahm er sich auch eines der Mädchen mit aufs Zimmer. Nichts Ernstes, nur ein wenig Spaß, und die Wirtin hatte nichts gesagt, weil er ihr Zigaretten zusteckte.

Er hatte den Mädchen bisher noch nie verraten, dass er Deutsch verstand, weil die Eltern seiner Mutter aus Deutschland stammten. Es amüsierte ihn, wenn sie beim Sekttrinken über ihn redeten. »Er ist ja wirklich süß, aber so klein. Möchte wissen, ob der überall so ist.« Eigentlich taten ihm diese jungen deutschen Mädchen Leid. Sie versuchten mit allen Mitteln zu kaschieren, dass ihre Kleider verschlissen waren und sie kein Geld hatten, um den Sekt selbst zu bezahlen. Er nahm an, dass die meisten davon träumten, einen Briten zu heiraten, um aus Deutschland verschwinden zu können. Es würde Jahre dauern, dieses Land wieder aufzubauen. Als Sieger hatte man die

Pflicht zu helfen, und deshalb flog er ein dreimotoriges Wasserflugzeug für eine private Fluggesellschaft von Hamburg nach Berlin, um die vollkommen isolierten Einwohner dort mit Lebensmitteln zu versorgen. Wenn er dann auf dem Wannsee landete und seine Kollegen die Fracht in die Boote luden, die schon auf sie warteten, fühlte er sich wie ein Held.

Aber dennoch träumte er ab und zu von dieser einen Nacht, in der er seine schreiende Schwester Elizabeth im Arm gehalten und versucht hatte, sie zu trösten, obwohl er wusste, dass es für sie keine Hoffnung mehr gab. Ihre Haut war von Blasen übersät und krebsrot, und er konnte nur hoffen, dass sie bald sterben würde.

Kurz nach ihrem Tod hatte er sich zur Airforce gemeldet. Seit er Flieger war, lautete seine Devise, sich in niemanden zu verlieben. Er wollte keine großen Gefühle. Denn wenn er während des Krieges bei seinen Einsätzen an ein bestimmtes Mädchen hätte denken müssen, hätte die Angst, abgeschossen zu werden, ihm die ganze Zeit auf dem Schoß gesessen. Nein, es war besser, sich nicht zu verlieben und frei zu bleiben, ganz besonders in diesem traurigen Land, in dem alle wie die Ameisen schufteten, um etwas Neues aus den Trümmern zu errichten.

Trotzdem gewöhnte er sich an, sobald er das Tanzlokal betrat, einmal die Runde zu machen, um zu sehen, ob die Frau mit dem dicken Zopf da war. Wenn er sie entdeckt hatte, nickte er ihr vorsichtig zu, als ob er befürchtete, dass jede stärkere Geste des Wiedererkennens sie erschrecken und verscheuchen würde. Bald suchte er sich immer einen Platz an einem ihrer Nachbartische. Sie schien das noch nicht einmal zu bemerken. Sie wirkte reifer als die Mädchen im Club, obwohl sie sicher im selben Alter war. Sie hatte einen so abgeklärten Blick und eine geheimnisvolle Attitüde. Und deshalb beschäftigte diese Frau ihn mehr, als er wollte. Sie war vollkommen anders als alle Frauen, die er bisher kennen gelernt hatte. Man musste sie ernst nehmen. Allmählich dachte er auch an diese geheimnisvolle, schweigsame Frau, wenn er nicht im Club war. Über seine Freunde versuchte er herauszufinden, wer sie war, aber keiner kannte sie.

Eines Abends nickte sie ihm zu, als er an ihr vorbei zu seinem Tisch ging. Das gab ihm den Mut, sie anzusprechen.

»Würden Sie gerne mit mir tanzen?«, fragte er sie und versuchte, sein charmantestes Lächeln aufzusetzen. Sie antwortete nicht, nickte aber kurz mit dem Kopf. Er streckte seine Hand aus, um ihr beim Aufstehen zu helfen. Er bemerkte die rissige Haut an ihren Händen und ihre abgesplitterten Fingernägel. Eigentlich stieß ihn so etwas ab, aber bei dieser Frau fand er die abgearbeitete Hand, die plötzlich so vertrauensvoll wie die eines Kindes in seiner ruhte, rührend.

Die Musik setzte ein und spielte »Blue Moon«. Zuerst versuchte er es zu ignorieren, aber ihre Berührung verwirrte ihn so, dass seine Hände zu schwitzen begannen, was sonst nur selten vorkam. Verstohlen wischte er sie sich an der Hose ab.

Er wollte etwas zu ihr sagen, aber ihm fiel nichts ein, so aufgeregt war er auf einmal. Nach dem einen Tanz machte sie sich los und verließ schnell das Lokal.

Am nächsten Tag traf er sie auf dem Weg zu seinem Start- und Landeplatz in einer beinahe komplett zerbombten Straße in Altona. Sie kletterte durch die Trümmer. Er erkannte sie sofort, obwohl er ziemlich weit weg war. Sie hatte ihre Haare zu zwei Zöpfen geflochten und trug ihr blaues Kleid. Sie sah viel jünger aus als gestern. Sie hatte ihren rechten Arm nach unten ausgestreckt, als ob sie jemanden an der Hand hielt und ihm über das Geröll half. Und sie sprach mit sich selbst. Er pirschte sich näher heran, um sie verstehen zu können.

»Komm, Anna, du hast es gleich geschafft, wir müssen noch ein kleines Stück gehen, dann können wir uns ausruhen. Heute Abend lese ich dir zwei Geschichten vor, wenn du jetzt nicht aufgibst.«

Ihre Stimme klang sanft, als ob sie mit einen Kind spräche. Aber Ralph sah niemanden.

Sie ist betrunken, dachte er und wollte sich unbemerkt zurückziehen, aber da entdeckte sie ihn. Sie richtete sich ruckartig auf, warf ihre Zöpfe zurück und strich sich durch die Haare. Mit dieser Handbewegung wischte sie auch ihren wirren Gesichtsausdruck weg und holte von irgendwoher ein Lächeln.

Sie kletterte über die Gesteinsbrocken auf ihn zu. Sie strauchelte, und er ging ihr entgegen, um ihr über die letzten Brocken zu helfen.

»Ich habe hier gewohnt, bevor Ihre Landsleute und die Amerikaner die Bomben abgeworfen haben«, sagte sie ohne Einleitung auf Deutsch.

Er tat so, als ob er sie nicht verstand.

»Verstellen Sie sich nicht, ich weiß, dass Sie Deutsch verstehen.«

»Woher?«

»Ich habe Sie beobachtet, wie Sie sich amüsieren, wenn die Mädchen über Sie sprechen.«

»Oh, tut mir Leid. Ich weiß nicht, was ich sagen soll. Ich finde es auch schrecklich, was geschehen ist.«

»Ich habe damals alles verloren, 1943 im Juli, meine Wohnung ...« Sie verstummte. Mit weit aufgerissenen Augen, in denen Ralph abgrundtiefen Schmerz bemerkte, sah sie ihn an.

Er wusste, es war ihr damals etwas geschehen, das ihr fast den Verstand geraubt hatte. Er wollte nicht daran rühren, sie womöglich quälen, indem er sie nach ihrem Verhalten in den Ruinen fragte. Er kannte das Gefühl, vor Kummer nicht mehr klar denken zu können, aber gleichzeitig wusste er auch, dass Therese etwas geschehen sein musste, das weit über das hinausging, was er erlebt hatte.

»Es tut mir Leid, aber der Krieg ist jetzt vorbei, und ich bin mit friedlichen Absichten hier.«

»Sie sind kein Soldat?«

»Nein, ich bin Journalist.«

»Deshalb wirken Sie so anders als Ihre Uniform tragenden Freunde.«

»Ja, ich habe mit dem Militär nicht viel am Hut.«

Ihm gefiel es nicht, dass er log.

»Für welche Zeitungen schreiben Sie?«

»Für alle möglichen, je nach Bedarf.«

»Dann ist es ja gut.«

»Darf ich Sie begleiten?«

»Ja. Ich möchte an die Elbe.«

Sie gingen schweigend nebeneinander her, wieder zurück an die Stelle, wo er vor einer Stunde gelandet war.

Unten an der Elbe setzten sie sich in den Sand.

Er beobachtete Therese, wie sie die Körner durch die Finger rinnen ließ.

»Eigenartig, jetzt fliegen sie mit diesen Wasserflugzeugen nach Berlin und bringen Lebensmittel, als ob sie meinen, dadurch vergessen machen zu können, was vorher gewesen ist. Oh, Sie sind Journalist, so etwas sollte ich vielleicht nicht sagen, sonst schreiben Sie, dass wir nichts gelernt haben.«

»Wenn Sie die britischen Soldaten nicht mögen, warum kommen Sie dann in den Club?«, fragte er.

»Weil ich die Musik mag.«

»Und warum tanzen Sie dann nicht?«

»Weil ich mit niemandem von denen tanzen möchte.«

»Aber Sie haben doch mit mir getanzt.«

»Sie tragen keine Uniform – und Sie tanzen unglaublich gut.«

»Vielen Dank, Sie auch – können wir es irgendwann wiederholen?«

»Ja, wenn Sie mir etwas versprechen.«

»Was?«

»Nicht über mich zu schreiben, egal, was ich Ihnen erzähle.«

»Einverstanden.«

Sie drehte sich zu ihm um und streckte ihm ihre Hand entgegen.

»Ich heiße Therese Hansen«, sagte sie.

»Ralph Cross.«

In den nächsten Wochen traf er sie regelmäßig im Club. Er erfuhr, dass sie als Schneiderin arbeitete und in einer Kammer wohnte, die ihr eine Familie zur Verfügung gestellt hatte. Sie hatte keine Familie mehr, ihre Eltern waren kurz nach dem Krieg gestorben, sie war nicht verheiratet.

Wie sie den Krieg erlebt hatte, verriet sie ihm nicht, und er fragte nicht nach, denn er hatte gelernt, dass es besser war, seine Erinnerungen für sich zu behalten, weil sie so am leichtesten zu ertragen waren. Und sie fragte ihn nicht nach seiner Arbeit.

Bald dachte er an sie, wenn er nachts wach lag. Er erinnerte sich daran, wie er sie beim Tanzen in den Armen gehalten hatte. Sie war einen Kopf kleiner als er und ließ sich leicht führen, sie schloss die Augen und summte die Lieder mit, sie roch immer nach Flieder, und er fragte sich, wie sie das anstellte, wo Parfum doch so teuer war. Ab und zu durfte er sie küssen.

»Möchtest du mit mir segeln?«, fragte sie eines Tages, als sie mal wieder an der Elbe saßen und die Schiffe betrachteten und er so tat, als ob er nichts mit dem Wasserflugzeug zu tun hatte, das weiter elbabwärts lag.

»Ich habe kein Boot und weiß nicht, wo man hier eines bekommt«, antwortete er.

»Das ist kein Problem, ich habe eins, komm.« Und sie nahm ihn an die Hand und führte ihn zu einem Anleger. Dort lag ein Holzboot mit kleiner Kajüte.

Er setzte sich Therese gegenüber auf die Bank und sah ihr zu, wie sie das Boot losband und geschickt ablegte. Dann drückte sie ihm die Pinne in die Hand und sagte ihm, er solle sie stillhalten, ging auf das Vordeck und zog die Segel hoch.

Es wehte eine laue Brise. Die Sonne schien, und sie segelten gemächlich in Richtung Blankenese.

Thereses Augen leuchteten und nahmen die Farbe des Wassers an. Sie lachte, als das Boot von einer plötzlichen Bö ergriffen wurde und sich zur Seite neigte, so dass er sich an die Bank klammern musste, um nicht das Gleichgewicht zu verlieren.

Sie segelten vor Blankenese über die Elbe. Hier und da bemerkte Ralph, dass Möwen auf dem Wasser spazierten. Plötzlich ging ein Ruck durch das Boot, es neigte sich leicht zur Seite und blieb im Schlick stecken.

»Wir sitzen fest, kann passieren«, sagte Therese.

»Und jetzt?«, fragte Ralph.

»Warten«, sagte sie lächelnd, und wieder bewunderte Ralph ihre Gelassenheit. Alle anderen Mädchen, die er kannte, wären in einer solchen Situation nervös geworden oder hätten ihm ungerechterweise Vorwürfe gemacht.

»Lass uns nach drinnen gehen, dort habe ich was zu essen«, sagte sie.

»Müssen wir nicht aufpassen?«, fragte Ralph.

»Nein, es kann nichts passieren.«

In der Kajüte hörte er das Wasser gegen die Bootswand glucksen. Er setzte sich in eine der beiden Kojen, die links und rechts angebracht waren.

Therese holte Brot, Käse und Bier, und langsam kam Ralph der Verdacht, dass sie alles geplant hatte. Sie setzte sich dicht neben ihn.

Er bekam feuchte Hände, und sein Herz schlug schneller.

»Probier den Käse, Mund auf«, sagte Therese, und er öffnete gehorsam den Mund und ließ es zu, dass sie ihn fütterte.

Durch den dünnen Stoff seiner Hose konnte er ihre nackten Unterschenkel spüren. Wenn sie sich zu ihm drehte, war sie so dicht an seinem Gesicht, dass er sie hätte küssen können, aber er traute sich nicht.

Nach dem Essen streckte sie sich auf der Koje aus. Er blieb verlegen dort sitzen, wo er war. Mein Gott, wie dumm er sich anstellte, das kannte er gar nicht von sich. Ich habe mich verliebt, dachte er, o Gott, ich habe mich verliebt.

Sie lachte leise. »Bisschen unbequem, wie du da sitzt«, sagte sie, streckte ihre Hand aus und berührte sein Bein.

Und dann kniete er vor ihr, küsste ihren Mund, streichelte ihre Brüste unter dem Kleiderstoff, ihre Zungen spielten miteinander. Nach einer Zeit drehte sie sich auf den Bauch, er streichelte ihre Waden, schob seine Hand vorsichtig unter den Rocksaum, der knapp unterhalb des Knies endete, und küsste die zarte Haut in der Kniekehle.

Sie hatte die Augen geschlossen.

Als er mit seinen Händen in die Nähe ihres Pos kam, zögerte er.

»Es ist schön«, sagte sie, »mach weiter.«

Er streichelte ihre Pobacken, die rund und muskulös waren, sie drehte sich wieder auf den Rücken, er vergrub sein Gesicht zwischen ihren Beinen.

Alles war anders dieses Mal, es ging Ralph nicht darum, selbst zu genießen, sondern er wollte Therese befriedigen. Er spielte mit seiner Zunge in ihrem Schoß, bis sie stöhnte und aufschrie.

Erst danach legte er sich auf sie und drang in sie ein, und in dem Moment vergaß er alle, mit denen er bisher geschlafen hatte. Er bewegte sich langsam in ihr, bis ihm das Blut in den Ohren sauste und er sich nicht mehr zurückhalten konnte.

Danach lagen sie lange schweigend in der schmalen Koje und rauchten.

»Das war das erste Mal seit fünfeinhalb Jahren«, sagte Therese.

Ralph saß vor dem Kamin, das Feuer war schon längst erloschen, und er hing seinen Erinnerungen nach. Jetzt wusste er, warum Suzanne die Musik von Glenn Miller verabscheute. Sie hatte gleich, als er sie ihr das erste Mal vorgespielt hatte, bemerkt, dass er bei der Musik an eine andere Frau dachte, die er mehr begehrt hatte als sie.

11

Rissener Krankenhaus, zur selben Zeit

Aus ihren Armen ragten Schläuche, die mit Infusionen verbunden waren und deren Nadeln sie jedes Mal spürte, wenn sie sich umdrehte. Therese lag mit geschlossenen Augen im Krankenhausbett. Sie hörte ein leises Piepsen und konnte es nicht einordnen. Sie merkte, wie sich ihre Seele von diesem Körper, der nicht mehr ihr zu gehören schien, lösen wollte, sie spürte, wie die Verbindung zu diesen Knochen und dem Fleisch, dem Blut und allen anderen Flüssigkeiten in diesem Hautsack schwächer wurde. Es war eigentlich nur noch ein Faden, der sie hielt; kurz schoss der Gedanke an Marie durch ihren Kopf und dass sie ihre Enkeltochter nicht allein lassen wollte, aber der Sog, den Körper nun endgültig verlassen zu dürfen, war stärker, und sie gab sich ihm hin. Sie hatte den Eindruck, in ein schwarzes Loch zu fallen, aber es machte ihr keine Angst. Sie schritt durch einen Tunnel und war sich sicher, dass am anderen Ende schon die Menschen auf sie warteten, die vor ihr gegangen waren.

Plötzlich schrillte eine Klingel auf, plötzlich umringten viele Menschen das Bett, plötzlich wurde etwas Hartes, Kaltes auf ihre Brust gesetzt. »Noch einmal, eins, zwei, drei«, hörte sie ein Kommando, und dann schoss ein heißer Stoß durch ihren Körper. »Eins, zwei, drei, wir schaffen es«, hörte Therese. »Aber das will ich doch gar nicht«, versuchte sie diese Menschen um sie herum auf sich aufmerksam zu machen, »lasst mich in Ruhe, was macht ihr mit mir? Lasst mich gehen«, versuchte sie zu rufen, aber aus ihrer Kehle kam nur ein Röcheln, und dann hörte sie die Genugtuung in einer männlichen Stimme:

»Wir haben es geschafft, sie ist wieder da.«

Sie versuchte, nach einem Schatten von drüben zu greifen, aber da war niemand mehr, nur der weiße, kühle Stoff des Arztkittels, an dem sie sich festkrallte.

12

Marie saß allein in der Raucherecke, einem Erker zwischen der Chirurgischen und der Inneren, auf einem Tisch stand ein Weihnachtsbaum aus Plastik mit blinkenden bunten Glühbirnen. Jemand hatte rote und silberne Kugeln an die Zweige gehängt und eine Handvoll Lametta darüber gestreut. In ihrer Lederumhängetasche, die neben ihr auf dem Fußboden stand, lag ein Geschenk für Therese, ein CD-Spieler mit kleinen Boxen, sie hatte ihn in goldfarbenes Papier gewickelt und eine rote Schleife darum gebunden, die sie bei ihrer Großmutter im Schreibtisch gefunden hatte. Sie konnte sich nicht entschließen aufzustehen und die schwere Glastür zu öffnen, den Gang hinunterzugehen, vorbei an den Fotos mit Sommerblumen, der kleinen Sitzecke, die immer leer war, an dem Wagen mit Mineralwasser und Tee in beigen und braunen Plastikkannen, an dem Schwesternzimmer, unter dessen Tür der Zigarettenqualm in dicken Schwaden hervorquoll. Sie wollte nicht die Tür zum Krankenzimmer 53 behutsam öffnen und schon vorher wissen, welcher Anblick sie drinnen erwartete, aber gleichzeitig hoffen, dass sich irgendetwas verändert hatte. Sie wollte ihre Großmutter nicht sehen, die auf die Seite gelagert worden war, damit sie sich nicht wund lag, sie wollte nicht ihren halb geöffneten Mund und den debilen Ausdruck in diesen wässerigen, ehemals grünen Augen sehen.

Sie wollte nicht auf ihr Bett zugehen, sich einen Stuhl heranziehen und ignorieren, dass ihre Großmutter ihren Besuch gar nicht registrierte.

Marie griff nach einer Zigarette und zündete sie an; sie wollte nicht so tun, als würde es ihr nichts ausmachen, dass ihre Großmutter nicht verstehen konnte, was sie zu ihr sagte.

Heute war Weihnachten, aber Therese würde es nicht wissen. Hat es überhaupt noch einen Sinn, sie jeden Tag zu besuchen?, fragte sich Marie, während sie hastig an ihrer Zigarette zog. Niemals hatte Therese sie in den vergangenen zwei Wochen angesprochen oder angesehen. Es hat wenig Sinn, dachte sie, aber du musst jetzt gehen, es ist deine Verpflichtung, du bist sehr wahrscheinlich die Einzige, die heute kommt, Georg und Christian werden es nicht schaffen, sie müssen arbeiten, haben sie am Telefon gesagt, also reiß dich zusammen, wenn auch nur, um hinterher kein schlechtes Gewissen zu haben. Und Therese ist schließlich deine Familie, sonst hast du doch niemanden, auf den du zählen kannst, redete sich Marie zu, obwohl sie ganz genau wusste, dass sie sich auch nicht mehr auf Therese verlassen konnte.

Sie drückte ihre Zigarette aus und stand auf. Irgendwo in der Nähe wurden leise Weihnachtslieder gespielt.

Thereses Nachthemd war bis über die Hüfte hochgerutscht und hatte sich um ihren Bauch gewickelt, so dass Marie ihre Unterhose sah, das faltige weiße Fleisch an den Oberschenkeln. Die Decke lag halb auf dem Boden, es war still bis auf den rasselnden Atem ihrer Großmutter.

Sie ging um das Bett herum, ohne sich zu erkennen zu geben, und zog die Decke wieder über diesen alten Körper, der so wenig mit Therese zu tun hatte und muffig-süßlich roch. Auf dem Nachttisch standen ein Teller mit einer verschrumpelten Apfelsine, eine Flasche Mineralwasser, eine Schnabeltasse, ein Strauß verwelkter Astern. Kein Hinweis auf Weihnachten außer einem kleinen Tonweihnachtsengel auf der Fensterbank mit angeschlagenen Flügeln, der aus den Beständen der Station kam.

Marie zog sich einen Stuhl heran, saß eingeklemmt zwischen Bett und Fenster, versuchte, nicht in die Richtung von Thereses halb geöffnetem Mund zu atmen, aus dem ein säuerlicher Geruch aufstieg, und holte ein Buch aus der Tasche. Sie nahm sich vor, eine halbe Stunde zu bleiben und dann zu gehen, auch wenn ihre Großmutter bis dahin nicht aufgewacht war.

Sie versuchte zu lesen, aber Thereses lautes Atmen hinderte sie daran, sich zu konzentrieren. Marie legte das Buch beiseite und betrachtete die Schlafende. Sie hatte eine Hand unter das Kopfkissen geschoben und hielt es mit der anderen Hand fest, ihre Haare klebten am Kopf und rochen schmutzig. Marie beschloss, die Schwestern darauf hinzuweisen, dass ihrer Großmutter die Haare gewaschen werden mussten. Sie räumte den hässlichen Tonengel von der Fensterbank und öffnete das Fenster weit. Zum Glück ist Therese jetzt allein im Zimmer, dachte Marie, denn bis vorgestern war das Bett mit einer alten Dame belegt gewesen, die sich sofort beschwerte, wenn sie das Fenster auch nur einen Spalt öffnete. Gestern war sie entlassen worden, und die Schwestern hatten das zweite Bett aus dem Zimmer genommen, aber auch so war nicht viel Platz.

Marie strich ihrer Großmutter das Haar aus der Stirn. Therese schien es zu spüren, denn sie seufzte, und Marie erkannte auf ihrem Gesicht die Andeutung eines Lächelns. Sie holte das Paket aus ihrer Tasche und legte es auf die graue Platte des Nachttisches, dann lehnte sie sich zurück und schloss die Augen. Die Kälte, die von draußen ins Zimmer strömte, tat ihr gut. Es dämmerte schon, in der Ferne läuteten Kirchenglocken.

Früher war sie mit Therese jedes Jahr um diese Zeit in die Kirche gegangen, meist allein, weil Friedrich im Krankenhaus festsaß. Sie liefen immer zu Fuß durch das Treppenviertel, an den hell erleuchteten Fenstern vorbei, schauten hinein und vergaben Punkte für den Weihnachtsbaumschmuck, wobei ihr eigener natürlich der weitaus schönste war. Und jedes Mal musste Marie gegen die Trauer darüber ankämpfen, dass ihrem Weihnachten etwas fehlte, was die meisten hinter den Fenstern zu haben schienen, nämlich die Selbstverständlichkeit, zu einer normalen Familie zu gehören. Sie war in der Vorweihnachtszeit ungern zu Freunden gegangen, die mit beiden Eltern zusammenwohnten, besonders zu Andreas nicht, denn sie konnte es nicht ertragen, seine Mutter in der Küche Kekse backen zu sehen und zu hören, wie sie dabei mit ihrem Mann telefonierte und besprach, wen sie alles vor Weihnachten noch zum Essen einladen wollten. Am Strandweg gab es solche Einladungen nicht. Therese und Friedrich hatten wenig Gäste, weil ihr Großvater, wenn er einmal zu Hause war, seine Ruhe haben wollte.

Friedrich störte es nicht, dass die Babys immer nachts kamen und vorzugsweise an Feiertagen, denn er war ja nicht zu Hause und wartete an einem festlich gedeckten Tisch. Marie sah ihre Großmutter an dem weißen Tischtuch nesteln, das sie mit dem Porzellan aus der Königlich-Preußischen Porzellanmanufaktur gedeckt hatte und auf das sie je nach Jahreszeit Margeriten und Rosen oder Astern stellte. Georg und Christian rutschten auf ihren Stühlen herum, weil sie lieber Fußball spielen oder segeln wollten und später Verabredungen hatten; sie selbst trug einen Faltenrock und eine weiße Bluse, alle warteten darauf, dass Friedrich doch nach Hause kam: Eben hatte er angerufen und gesagt, es dauere nur noch eine Viertelstunde, doch aus der war schon eine halbe Stunde geworden, und nach einer Stunde klingelte das Telefon gewöhnlich noch einmal. »Fangt ohne mich an, ich schaffe es nicht«, hörte Marie Friedrich am anderen Ende der Leitung sagen, und Therese trug den Braten auf, der im abgeschalteten Ofen vor sich hin trocknete, und sie aßen schweigend, weil Therese so ein unglückliches, in sich gekehrtes Gesicht machte und keiner es wagte, sie anzusprechen.

Andreas feierte natürlich heute Abend bei seinen Eltern und Geschwistern. Marie hatte ihn nicht angerufen, als ihre Großmutter ins Krankenhaus gekommen war. Sie wollte sich nicht von ihm helfen lassen, nur weil sie niemanden sonst in Hamburg kannte, denn ihre anderen Schulfreunde wohnten alle nicht mehr hier.

Die Tür wurde aufgerissen, und eine weibliche Stimme blaffte: »Was machen Sie denn da?

Es ist doch viel zu kalt. Sie bringen ihre Großmutter noch um.«

Die Schwester drängelte sich an Marie vorbei zum Fenster und schloss es.

»Frau Beeken, wachen Sie auf. Es gibt Essen«, dröhnte die Stimme, die Schwester schob Marie beiseite und zog an Thereses Schulter.

»Frau Beeken, Sie müssen doch etwas essen, wachen Sie auf«, sagte sie jetzt mit noch lauterer Stimme, aber Therese reagierte nicht.

»Lassen Sie«, mischte sich Marie ein, »ich bleibe noch bei ihr. Wenn sie aufwacht, gebe ich ihr selbst etwas zu essen.«

»Aber der Brei ist jetzt warm.«

»Dann werde ich ihn nachher noch einmal aufwärmen. Stellen Sie ihn in die Küche«, sagte Marie entschieden.

»Wie Sie wollen«, erwiderte die Schwester und verließ das Zimmer.

Marie packte den kleinen CD-Spieler aus.

»Es ist das Weihnachtsoratorium. Erinnerst du dich, wie wir das jedes Jahr unter dem Weihnachtsbaum gehört haben? Ich habe die CD heute noch gekauft und mitgebracht. Wir hören sie uns jetzt zusammen an, ja«, sagte sie und versuchte nicht darauf zu achten, wie laut ihre Stimme in der Stille nachklang.

Sie legte die CD ein und drückte auf den Startknopf. Erst setzte die Pauke ein, dann die Trompeten und zum Schluss der ganze Chor. »Jauchzet, frohlocket.« Tränen sammelten sich in ihren Augen und liefen ihr die Wangen hinunter. Marie wischte sie nicht weg.

Jedes Jahr hatte ihre Großmutter den Baum in gleicher Weise geschmückt, auch beim ersten Weihnachtsfest nach Elkes Tod. Ihre Mutter hatte seit Jahren nicht mehr im Strandweg gefeiert, aber dennoch vermisste Marie sie so sehr, dass es wehtat. Sie hätte sich am liebsten in eine Ecke des Sofas geworfen und geweint, aber sie traute sich nicht, denn sie entdeckte in Thereses Gesicht keine Spur von Trauer.

»Lobet das Heute .... jauchzet, frohlocket aufpreiset die Tage«, sangen die Altistinnen jetzt.

Ihre Großmutter schlief weiter ruhig, aber ihre Gesichtszüge hatten sich entspannt. Marie streichelte ihre faltige Wange. Wie knochig sich Thereses Kopf anfühlte. Sie hatte in den vergangenen Wochen sehr abgenommen, ihre Wangen waren zu schlaffen Beuteln geworden, ihre Nase wirkte riesengroß und ragte spitz aus dem Gesicht hervor.

Jetzt kam Maries Lieblingsstück. »Bereite dich, Zion, mit zärtlichen Trieben, den Schönsten, den Liebsten bald bei dir zu sehen«, sang die Altistin, und Marie tat das Herz weh. Sie wusste, dass es so etwas gab wie diese allumfassende Liebe, die die Solistin besang, und sie war sich sicher, dass sie diese Empfindungen auch haben könnte, aber sie wusste auch, dass sie so etwas bisher noch nicht empfunden hatte, weder für ihre Großmutter, noch für Elke oder einen Mann.

Thereses Decke raschelte, ihre Großmutter bewegte sich und schlug die Augen auf.

Sie sah Marie aus ihren wässerigen, blassgrünen Augen an. Sie weiß nicht, wer ich bin, dachte Marie traurig, aber auf einmal flammte in ihnen ein Blitz des Erkennens auf, und ihre Augen wurden klar, als ob sie Marie jetzt wirklich wahrnahm.

»Bald kann ich dich mit nach Hause nehmen«, raunte Marie ihrer Großmutter zu.

»Ich verspreche dir, ich bleibe bei dir.« Vorsichtig drückte sie die knochige Hand, die selbst in ihrer zerbrechlich wirkte. Therese bewegte die Lippen, Marie beugte sich hinunter, dicht an den Mund der alten Frau, aber sie konnte nichts verstehen.

Und dann verkrampfte sich Thereses Körper sekundenlang, als ob ihn jemand zusammenpresste und er sich mit aller Kraft gegen den Druck stemmen wollte, sie rang nach Luft, ihre Finger umklammerten Maries Hand. Mit der anderen tastete Marie nach dem Alarmknopf, sie wusste nicht, was mit ihrer Großmutter geschah. »Beruhige dich, Oma«, sagte sie, »gleich kommt jemand, der dir hilft.« Sie wollte nicht aufstehen und selbst einen Arzt suchen, Therese brauchte sie hier, um sich an ihr festzuhalten.

Und auf einmal entspannte sich Therese und

lag genauso ruhig da wie vorher. Maries Finger fühlten sich taub an, so fest hatte Therese zugedrückt. Die Tür ging ein zweites Mal auf, und die Schwester kam herein.

»Sie haben geklingelt, was ist passiert?«

»Meine Großmutter hatte eben einen Anfall. Sie hat sich am ganzen Körper verkrampft, aber jetzt scheint alles wieder in Ordnung zu sein, ich glaube, sie schläft.«

»Ich rufe den Arzt, für alle Fälle«, sagte die Schwester und ging wieder, ohne näher an das Bett herangetreten zu sein.

Kurze Zeit später tauchte der Arzt mit den quietschenden Schuhen an der anderen Seite des Bettes auf, legte seine Hand auf Thereses faltigen Hals, fasste ihr Handgelenk. Marie beobachtete ihn und begriff nicht, warum er das alles tat.

»Wie lange ist der Anfall her?«, fragte er schließlich.

»Es ist gerade passiert. Was hat sie?«

»Ihre Großmutter ist gestorben, es tut mir Leid.«

»Gestorben? Wie, das verstehe ich nicht. Sie war doch eben noch ganz klar.«

»Es tut mir Leid. Sie hatte einen weiteren Schlaganfall. Sie hat ihn nicht überlebt.«

Marie verstand die Bedeutung der Worte, aber sie fühlte gar nichts. Der Arzt nahm sie am Arm und führte sie aus dem Zimmer.

»Warten Sie einen Moment hier, eine

Schwester wird Ihre Großmutter etwas zurechtmachen, dann können Sie sich von ihr verabschieden.«

»Es ist meine Schuld. Ich habe zu spät Bescheid gesagt.«

»Nein, wir hätten nichts mehr tun können. Sie war durch ihren ersten Schlaganfall schon zu geschwächt.«

Der Arzt stand mit hängenden Armen vor ihr, als ob er nicht wüsste, was er jetzt tun sollte.

Die Schwester kam aus dem Zimmer der Großmutter.

Marie hatte das Gefühl, sich wie eine Schauspielerin in einem Drama zu bewegen.

»Ich möchte mich jetzt von ihr verabschieden«, sagte sie, »bitte veranlassen Sie, dass meine Onkel angerufen werden«, sagte sie. »Ich schaffe es selbst nicht.«

Sie ging wieder in das Zimmer, Thereses Haare waren gekämmt, und sie trug das weiße Nachthemd mit den Rüschen. Sie hatte die Hände über der Decke gefaltet. Marie trat näher heran und ergriff Thereses Hand. Sie beugte sich über ihr altes Gesicht, das jetzt entspannt war, als ob sie sich mit geschlossenen Augen ausruhte, aber nicht schlief, wie sie es jeden Tag nach dem Mittagessen getan hatte, als Marie noch zur Schule ging. Damals lag sie auf dem Sofa im Wohnzimmer unter einer Wolldecke, egal, ob es draußen warm oder kalt war, sie hatte ihre Augen geschlossen, ihre Hände auf der Decke gefaltet und ganz ruhig geatmet. Niemand durfte sie in dieser halben Stunde stören, aber manchmal war Marie doch ins Wohnzimmer geschlichen, wenn die Tür nur angelehnt war, und hatte ihre Großmutter aus der Entfernung beobachtet und die Luft dabei angehalten, weil sie Angst hatte, Therese könnte sie bemerken.

Marie küsste die leblosen Hände.

Alle Härte war aus Thereses Gesicht gewichen, der Respekt einflößende Blick, die Falte zwischen ihren Augen und die Furchen auf der Stirn waren verschwunden. Sie sah um Jahre jünger aus und wirkte glücklich.

»Ich liebe dich«, sagte Marie leise und streichelte Therese übers Haar.

Dann verließ sie das Zimmer, denn sie wollte auf keinen Fall Georg oder Christian begegnen, die sicher jeden Augenblick auftauchen würden.

Als sie bei ihrem Wagen ankam, begannen die Kirchenglocken zu läuten.

13

Ziellos fuhr sie durch die Straßen, auf einmal war sie auf der vollkommen unbefahrenen Elbchaussee. »Warum musstest du ausgerechnet heute sterben?«, fragte sie halblaut. Die Trauer kroch in jeden Winkel ihres Körpers, aber sie konnte nicht weinen, sie war wie betäubt, fuhr langsam die breite Chaussee entlang. Sie überholte ein Containerschiff, das auf der Elbe stromabwärts Richtung Cuxhaven unterwegs war. Sie beneidete die Besatzung dieses Schiffes, die bestimmt vergessen hatte, welcher Tag heute war.

Ohne nachzudenken bog sie an der Teufelsbrück nach links ab, sie fuhr wie auf Schienen, die sie zu einem vorgegebenen Ziel brachten, über das sie sich selbst noch nicht im Klaren war. Sie passierte den Flottbeker Bahnhof und hielt fünf Minuten später vor einem Haus mit von Kerzenschein erleuchteten Fenstern. Über der weißen hölzernen Eingangstür hing eine grüne Girlande, links neben dem Eingang stand ein Plastikweihnachtsmann in Großformat, auf der anderen Seite der Tür hatte jemand einen Buchsbaum mit roten Schleifen dekoriert und in einen Topf gestellt. Marie parkte Thereses Wagen und ging auf das Haus zu. Kurz bevor sie klingelte, zögerte sie noch einen Moment. Es wäre doch besser, einfach wieder zu fahren, dachte sie, aber dann stellte sie sich das dunkle Haus am Strandweg vor und drückte auf die blanke Messingklingel mit dem Porzellanschild daneben, auf dem in blauer geschwungener Schreibschrift *Familie Köster* stand. Sie hatte noch nie in einem Haus mit einem solchen Klingelschild gewohnt. Im Strandweg hing immer noch das Messingschild mit *Dr. Friedrich Beeken* neben der Tür.

Sie wartete in der Kälte vor der Tür, aber niemand öffnete. »Jingle bells, jingle bells«, hörte sie auf der anderen Seite. Sie malte sich aus, wie es jetzt dort drinnen aussah. Der Esstisch im Esszimmer war sicher schon mit dem weißen Porzellan gedeckt, das sich Andreas' Eltern zum fünfzehnten Hochzeitstag geschenkt hatten. Es blinkte auf dem über hundert Jahre alten bestickten, gemangelten Tafeltuch, dazwischen lagen bestimmt wieder goldene und blaue Glaskugeln als Dekoration. In der Mitte des Tisches erhob sich der fünfarmige schwere Silberleuchter, den Frau Köster von ihrer Mutter geerbt hatte, daneben stand ein mit goldbesprühtem Efeu und Tannengrün verzierter Christstern in einem Silbertopf mit Goldrand.

Auf dem Glastisch in der Ecke am Fenster im Wohnzimmer würde ein Strauß weißer langstieliger Rosen und Lilien in einer roten hohen Vase zwischen den Familienfotos stehen wie jedes Jahr.

Andreas würde einen Anzug tragen und seine beiden Brüder auch, selbst der Kleine, der jetzt zehn Jahre alt sein musste. Später würden sie die Jacken ausziehen und über die Stuhllehnen hängen, und Andreas' Mutter würde sich über diese Angewohnheit beschweren. Sie würden zusammen am Eßtisch sitzen und Wodka trinken, um die Gans, die jetzt sicher schon im Ofen schmorte, zu verdauen, und würden anfangen über Politik zu reden, und Frau Köster würde mit hochrotem Gesicht und vom Alkohol leicht verrutschten Lächeln dazwischen sitzen und strahlen, weil sie wieder eine Weihnachtsplackerei hinter sich gebracht hatte und vier Männer glücklich waren.

Einmal hatte Marie mit Andreas zusammen hinter dieser Haustür Weihnachten gefeiert. Es war kurz vor dem Abitur gewesen, ihre Großmutter hatte nichts dagegen gehabt, dass sie den Weihnachtsabend bei Kösters verbrachte. »Geh nur, ich freu mich für dich und amüsier dich gut.«

Mit ein wenig schlechtem Gewissen war Marie damals zu Andreas nach Flottbek gefahren, aber nach einer halben Stunde hatte sie nicht mehr an Therese gedacht. Im Laufe des Abends war Andreas' Mutter zu ihr gekommen, hatte ihre Hand ergriffen und ihr zugeflüstert, wie glücklich sie sei, dass Andreas und sie sich gefunden hatten, und dass sie hoffe, dass es so bleibe.

Damals hatte Marie mit Tränen in den Augen »Da bin ich mir sicher« geantwortet und es in dem Moment auch wirklich geglaubt.

Wie lange das alles her ist, dachte Marie und fragte sich einmal mehr, warum sie an ihren Ausgangspunkt zurückgekehrt war, obwohl sie in den vergangenen Jahren so viel Energie und Kraft darauf verwendet hatte, ihre Vergangenheit hinter sich zu lassen und sie, wenn möglich, zu vergessen.

Jetzt sang Frank Sinatra »I'm dreaming of a White Christmas«, und Marie hörte schallendes Gelächter durch die Tür. Die Musik war viel zu laut, niemand konnte ihr Klingeln hören. Wenn sie sich bemerkbar machen wollte, müsste sie um das Haus herum auf die Terrasse gehen, aber das traute sie sich nicht.

Sie drehte sich um und ging die Stufen hinunter zu ihrem Auto, schloss langsam die Tür auf, blickte zurück zum Haus, weil sie hoffte, dass doch noch jemand öffnen würde, und ließ schließlich den Motor an. Es ist Schicksal, dass niemand geöffnet hat, dachte sie. Ich soll mich nicht fallen lassen.

Sie fuhr die Osdorfer Landstraße in Richtung Stadt und dann die Stresemannstraße entlang. Bis hierher war sie auch als Jugendliche fast nie gekommen, schlagartig veränderte sich die Atmosphäre auf der Straße und den Bürgersteigen. Die Autos, die hier fuhren, waren schäbiger und kleiner als in den Elbvororten.

Hier waren noch viele Menschen unterwegs, trotz Weihnachten, und sie sahen nicht alle so aus, als ob zu Hause eine Familie unter einem geschmückten Baum auf sie wartete oder als ob sie so etwas überhaupt interessierte.

Marie atmete auf. Je kaputter und grauer die Mietshäuser an der Hauptstraße Richtung Heiligengeistfeld aussahen, desto leichter konnte sie atmen. Hierher passte sie mit ihrer Trauer und ihrer Einsamkeit, denn das, was sie durch die Autofensterscheibe beim Warten an den Ampeln erblickte, spiegelte auch keine Wirklichkeit wider, die es gar nicht gab und die nur eine Farce sein konnte, in der gut gekleidete Leute hysterisch bemüht versuchten glücklich zu erscheinen. Nein, hier konnte Marie den Menschen ins Gesicht sehen und die momentane Stimmung sofort erkennen, ohne hinter eine Maske aus Wohlerzogenheit und Bildung schauen zu müssen.

Marie bog Richtung Hafen ab und drehte das Radio auf, schob die Kassette hinein, die sie heute Mittag auf dem Weg zu Therese gehört hatte. »I was not your woman, I was not your friend, but you gave me something to remember, no other man did, love yourself«, sang Madonna.

Einmal hatte sie in London auf dem Fensterbrett ihres kleinen Zimmers gesessen, geraucht, einen orangeroten Sonnenball erst zwischen den unzähligen schiefen Schornsteinen und dann hinter den Dächern der anderen rotbraunen Mietshäuser versinken sehen, dieses Lied gehört und sich dabei so unendlich allein gefühlt, aber auch stark genug, diese Einsamkeit zu ertragen.

Therese war die Einzige gewesen, die ihr in der Zeit nach dem Tod ihrer Mutter Sicherheit hatte geben können, obwohl auch in der Umarmung ihrer Großmutter immer ein Rest von Zurückhaltung und Einsamkeit zurückblieb – wie der bittere Nachgeschmack von Spargel vorne auf der Zunge, der auch nicht durch Unmengen von Buttersoße zu übertünchen ist.

Aber innerhalb ihrer Familie hatte sie nur dieser einen Person trauen können, und so hatte Marie sich damit abgefunden, niemals ganz umarmt und bedingungslos geliebt zu werden. Denn das wurde sie von ihrer Großmutter nicht. Aber das hatte sie erst viel später in ihrer Studienzeit während langer Gespräche mit ihren Freunden herausgefunden. Damals hatte sie zuerst die Schuld bei sich gesucht und gedacht, sie sei einfach nicht so liebenswert wie ihre Freundinnen, die sich ohne nachzudenken bei ihren Besuchen zu Hause fallen lassen konnten. Aber dann hatte sie herausgefunden, dass nicht sie diejenige war, die es nicht wert war, uneingeschränkt geliebt zu werden, sondern dass ihre Großmutter dieses Gefühl aus irgendeinem Grund niemandem entgegenbringen konnte, weder ihren Kindern noch ihrem Mann. Auch Friedrich hatte sie immer auf Distanz gehalten, die sie niemals aufgab.

Warum nur musste ich ausgerechnet bei einer Frau Trost suchen, die selbst Trost zu brauchen schien?, hatte sich Marie in den vergangenen Wochen oft gefragt. Sie hatte Thereses Fröhlichkeit schon lange als nicht ganz echt entlarvt und vermutet, dass sich hinter ihrem Lächeln tiefe Trauer über etwas verbarg, worüber sie niemals sprach.

Sie dachte an ihre Freunde in München. Ich kann sie ja besuchen, sie werden mir bestimmt helfen, sagte sie halblaut. Vor dem Altonaer Bahnhof fand sie sofort einen Parkplatz. Sie stieg aus, schloss das Auto ab und ging in Richtung Fahrkartenschalter.

Aus den Lautsprechern in der Halle schepperten Weihnachtslieder. Auf den Bahnsteigen warteten Menschen mit Koffern und Tüten beladen, die meisten von ihnen schienen allein zu reisen. Vor dem Fahrkartenschalter hatte sich eine Schlange gebildet. Vier Leute standen vor ihr, und auch an den anderen Schaltern sah es nicht besser aus. Marie stellte sich an. Sie hatte ihren Mantel im Auto vergessen und fror.

Hinter ihr wartete eine Frau, die ungefähr in Thereses Alter war. Unvermittelt sprach sie Marie an: »Fehlt Ihnen etwas?«

Marie reagierte nicht.

»Entschuldigen Sie, dass ich Sie anspreche, aber Sie sehen so blass aus. Brauchen Sie Hilfe?«

»Nein, danke.«

»Aber Kind, ich merke doch, dass Sie frieren. Sie haben gar keinen Mantel an«, sagte die Frau jetzt und nestelte an ihrem Portemonnaie herum, das sie in der Hand hielt, dann streckte sie ihr einen Zehnmarkschein hin.

»Kind, kaufen Sie sich zumindest etwas zu essen. Es ist doch Weihnachten. Ich würde Ihnen gerne Gesellschaft leisten, aber ich kann nicht, mein Zug fährt gleich ab. Wissen Sie, ich besuche meine Tochter in Stuttgart. Die Arme hat in diese Stadt geheiratet. Schön finde ich es dort nicht, aber ich habe zwei Enkelkinder, die ich sehr liebe, und mein Schwiegersohn ist auch wirklich nett.«

Die Frau hielt ihr den Geldschein noch immer unter die Nase.

»Nehmen Sie doch, bitte, machen Sie mir die Freude, weil Weihnachten ist.«

»Nein, danke, ich brauche kein Geld«, sagte Marie mit gepresster Stimme. Sie bemerkte, wie sie die Tränen nicht mehr zurückhalten konnte.

»Meine Oma ist heute gestorben«, schluchzte sie, drehte sich um und stürzte aus der Schalterhalle, rannte über den Vorplatz zu ihrem Wagen, schloss mit fahrigen Bewegungen die Tür auf, ließ sich auf den Sitz fallen und verriegelte die Tür von innen, als ob jemand hinter ihr her wäre. Nein, sie konnte nicht nach München fahren, sie würde die Bahnfahrt nicht überstehen, sie wollte sich verkriechen.

Sie startete den Motor und fuhr los, ohne auf den Verkehr zu achten, sie bemerkte nicht, dass hinter ihr jemand hupte, dem sie die Vorfahrt genommen hatte. Sie drehte das Radio an, suchte Musik, die ihr gefiel, lenkte mit einer Hand, ohne zu kontrollieren, wohin, aber sie war jetzt ohnehin auf der Elbchaussee, da ging es sowieso geradeaus.

Irgendwo muss ich doch die Kassette mit der Musik von Alan Clark und The Cure haben, dachte sie. Sie öffnete das Handschuhfach, beugte sich nach vorne, um besser suchen zu können, und fuhr mit gleicher Geschwindigkeit weiter.

Plötzlich krachte es, das Auto kam ruckartig zum Stehen, und Maries Kopf wurde nach vorne geschleudert. Sie konnte den Stoß noch abfangen, indem sie sich mit beiden Händen auf dem Lenkrad abstützte. Sie hörte nur noch das Quietschen der Scheibenwischer, sonst war es still. Sie versuchte, sich zu orientieren. Ihr ging es anscheinend gut, aber was war eigentlich geschehen? Sie sah aus dem Fenster und erschrak, denn Thereses Wagen stand quer auf der Gegenfahrbahn. Sie hatte in die falsche Richtung gelenkt und war so über den Mittelstreifen hinausgefahren. Der Wagen war gegen den gegenüberliegenden Bordstein geknallt. Sie legte den Rückwärtsgang ein. Sie musste so schnell wie möglich weg, bevor ihr ein Auto entgegenkam.

Marie lenkte den Wagen wieder auf die richtige Fahrbahn und fuhr dort auf den Bürgersteig. Ihr Herz raste.

Am Wagen schienen keine wichtigen Teile beschädigt worden zu sein.

Wenn ihr jemand entgegengekommen wäre – sie war schnell gewesen, und wenn der andere sechzig Kilometer in der Stunde gefahren wäre, schoss es ihr durch den Kopf, aber sie hatte nicht die Kraft, weiter darüber nachzudenken. Sie ließ den Wagen an und fuhr langsam in Richtung Blankenese.

Als sie vor Thereses Haus im Strandweg parkte, waren alle Fenster im Erdgeschoss erleuchtet. Am liebsten wäre sie sofort umgekehrt, aber nur in diesem Haus hatte sie ein Bett, in das sie jetzt auf der Stelle wollte, um sich die Decke über den Kopf zu ziehen und zu schlafen. Sie wusste, was sie drinnen erwartete. Georg und Christian oder deren Frauen hatten bestimmt schon damit begonnen, sich das Haus zu eigen zu machen. Warum habe ich Therese nicht gleich gesagt, dass ich ihr Haus übernehme?, dachte Marie. Sie hatte die Entscheidung hinausgeschoben, und so war Therese nicht mehr dazu gekommen, das Testament zu ändern.

Sie wollte unbemerkt nach oben in ihr Zimmer schleichen, aber in der Diele stieß sie mit Karin zusammen.

»Marie, wo warst du bloß? Du kannst doch nicht einfach verschwinden. Wir haben schon auf dich gewartet. Du weißt doch bestimmt, wo Therese ihr Testament aufbewahrt hat?«

»Wie bitte? – Nein.«

»Dann komm mal mit, damit wir gemeinsam suchen. Georg und Christian mussten noch Formalitäten in der Klinik erledigen, und Stefanie feiert mit den Kindern Weihnachten. Die müssen ja nicht darauf verzichten, nur weil ihre Oma gestorben ist. Ausgerechnet an Weihnachten.«

Marie folgte Karin wie betäubt ins Wohnzimmer. Sie konnte es nicht fassen, dass diese Frau so herzlos war. Sie starrte auf die geöffneten Schubladen von Thereses Schreibtisch. Briefe und Papiere lagen auf dem Esstisch verstreut. Marie betrachtete Karin fassungslos, wie sie mit einer Schere an einer kleinen Schublade auf dem Aufbau des Sekretärs herumhantierte.

»Georg hat mir erzählt, dass sie hier irgendwo ein Geheimfach hat. Wie funktioniert das bloß?«

»Lass die Finger davon«, zischte Marie.

»Sei nicht so empfindlich. Ich will doch nur das Testament finden.«

»Wie kannst du nur, sie ist gerade gestorben.«

»Sie mochte mich nie, das weißt du ganz genau. Immer hat sie an mir herumgemäkelt.«

»Du hast dich ja auch oft unmöglich verhalten. Ihr alle. Wie oft warst du eigentlich in den vergangenen Wochen im Krankenhaus? Ich habe dich dort kein einziges Mal gesehen.«

»Du weißt doch, mit Kindern ist es immer schwierig, das zu organisieren. Außerdem ist Georg da gewesen.«

»Ja, ich weiß, dreimal. Sie lag dort aber zwei Wochen. Meinst du nicht, dass sie sich einsam gefühlt hat?«

Karin wurde unsicher und sagte nichts.

»Das ist noch nicht euer Haus. Therese wollte, dass ich es erbe, damit ich es bewahre. Ihr habt kein Recht dazu.«

»Jetzt mach aber mal einen Punkt. Das stimmt doch gar nicht«, sagte Karin. »Dir hätte sie das Haus nie vererbt. Du bist doch viel zu unstet, und das wusste Therese auch.«

Marie konnte nichts erwidern, irgendwo auf dem Weg von den Stimmbändern zur Zunge erstarben die Worte in ihrem Hals.

Karin wandte sich wieder dem Geheimfach zu, die Sache schien für sie erledigt zu sein. Sie wühlte in der Schublade herum und warf den Inhalt achtlos auf die Platte des Sekretärs.

»Was sie alles aufbewahrt hat, Kinderhaare in Plastiktütchen und erste Zähnchen«, schnaubte Karin verächtlich. »Ich würde nie auf die Idee kommen, so etwas zu tun. Wozu hat sie diese Sachen ins Geheimfach gelegt?«, fragte sie in Maries Richtung, ohne eine Antwort zu erwarten.

»Wir brauchen das Testament jetzt. Du warst doch bei ihr, als sie starb. Hat sie dir nicht vielleicht doch gesagt, wo es ist?«

Marie hörte das Schlagen der Haustür. Georg kam mit großen Schritten ins Zimmer. Er beachtete seine Frau nicht und ging auf Marie zu, riss sie in seine Arme und vergrub seinen Kopf an ihrer Schulter, als ob nur sie ihn trösten könnte. Sie war so überrascht, dass sie nicht anders reagieren konnte als stillzuhalten. Der alte Ekel stieg in ihr auf, sie wollte ihn wegschieben, aber sie konnte sich nicht bewegen. Schließlich ließ er sie los.

»Sie sagt, dass Therese ihr das Haus vererben wollte«, hörte sie Karin.

»Halt den Mund, jetzt ist nicht der Zeitpunkt, darüber reden wir später. Ihr Testament liegt bei Dr. Steiner. Das hat sie mir vor langer Zeit gesagt.«

»Aber ...«

»Sei still. Ich glaube, du kommst jetzt besser mit«, herrschte Georg barsch seine Frau an.

»Marie, willst du mit zu uns?«

»Nein, es geht schon. Ich bleibe hier.«

»Wenn was ist, ruf mich an.«

Im Gehen warf Georg ihr einen Blick zu, der so flehend war, dass sie plötzlich Mitleid empfand.

In dieser Nacht schlief sie nicht, sie weinte nicht, sie lag da und starrte an die Decke, fühlte sich so verloren und hilflos, dass ihr ganzer Körper schmerzte. Sie sehnte sich nach jemandem, der sie in die Arme nahm und tröstete, aber da war niemand. Sie lag in ihrem Bett mit dem Kissen in den Armen und wartete darauf, dass dieser Alptraum vorbeiginge, während sie Fingernagel für Fingernagel bis aufs Fleisch abkaute.

Marie blieb die nächsten Tage im Bett, stand nur auf, um im Stehen etwas in der Küche zu essen. Irgendetwas stopfte sie sich in den Mund, Kekse, Schokolade, saure Gurken, ganz gleich was, und schüttete Wasser hinterher, das ihr über das Kinn rann und auf die Kleidung tropfte, die sie nicht wechselte.

Sie versuchte, so viel wie möglich zu schlafen, denn dann drang dieser dumpfe Schmerz darüber, dass sie nun vollkommen allein war, nicht in ihr Bewusstsein. Sie nahm die restlichen Baldriantabletten, die Therese im Badezimmer aufbewahrte, acht auf einmal, und fiel in einen traumlosen, dumpfen Schlaf. Als sie aufwachte, hatte sie einen pelzigen Geschmack im Mund, den sie mit Thereses Eierlikör und Unmengen von Wasser zu neutralisieren versuchte. Sie rauchte eine Zigarette nach der anderen, und wenn sie ihr ausgingen, warf sie sich irgendeinen Mantel über, kämmte sich nicht und warf auch keinen Blick in den Spiegel, bevor sie das Haus verließ. Ihr war es vollkommen egal, wie sie aussah, sie war davon überzeugt, dass die anderen sie genauso wenig wahrnahmen wie sie sich selbst. Eigentlich dachte sie, sie sei unsichtbar, und war erstaunt, als sie ein Kellner im Fischrestaurant ansprach, ob sie Hilfe bräuchte, als sie in ihrem Portemonnaie wühlte.

»Ja, ich möchte Zigaretten und habe kein Geld zum Wechseln«, sagte sie und versuchte, ihre Finger nicht zu zeigen, denn auch wenn sie glaubte, es würde niemanden interessieren, war sie sich dennoch bewusst, wie unansehnlich die abgekauten Nägel aussehen mussten.

Sie blickte dem Kellner nicht ins Gesicht, als er ihr die Münzen gab, zog sich schnell drei Packungen Camel und floh aus dem warmen Restaurant in die Kälte.

Dichter feuchter Nebel hing über der Elbe. Marie spürte die Kälte nicht und ging mit offener Jacke zurück zum Haus ihrer Großmutter. Es war seit Tagen nicht richtig hell geworden, aber auch das bemerkte Marie nicht.

Wenn jemand ihr verraten hätte, wie man sich in nichts auflösen kann, hätte sie es ausprobiert.

14

Sie fand sich am 30. Dezember in einem holzgetäfelten Raum wieder, saß zwischen Christian und Georg eingekeilt auf einem Biedermeierstuhl, auf der anderen Seite des Eichenholzschreibtisches thronte der Notar, die Brille auf der Nasenwurzel, das Haar graumeliert, und spielte mit einem silbernen Brieföffner. Marie schmerzten die Fingerkuppen, sie versuchte ihre Hände so ineinander zu verschränken, dass niemand die Wunden an ihren Händen sah. Ihr fiel auf, dass sie als einzige Schwarz trug. Eigentlich hatte sie gar nicht kommen wollen, aber Georg hatte es ihr befohlen, sie war schließlich Elkes Erbin, und da ihre Mutter schon lange tot war, nahmen die Männer an, dass der Anteil des Erbes der Tochter auf sie fiel. Marie wollte nichts von Therese erben, die Vorstellung, etwa Schmuck von ihr zu tragen, erschreckte sie. Sie dachte daran, dass Thereses Ringe noch immer auf der Seifenablage in der Küche lagen. Sie hatte es nicht geschafft, sie dort wegzuräumen, als ihre Großmutter ins Krankenhaus kam.

Die Brüder zeigten keine Gefühlsregung. Marie spürte ihre Kälte und fragte sich, ob es daran lag, dass die Trauer so tief ging, oder daran, dass sie es nicht abwarten konnten zu erfahren, wer nun wirklich das Haus erbte.

»Papa hat doch gut vorgesorgt. Und Mama ist so schnell nach ihm gestorben. Da ist bestimmt ein ganz schöner Betrag übrig«, hatte Marie Christian zu Georg sagen hören, als sie in die Kanzlei kam.

War sie die Einzige, der Thereses Tod nahe-ging? In den Augen ihrer Onkel spiegelte sich nichts wider, weder Trauer noch Erschöpfung, sie wirkten genauso geschäftsmäßig und angespannt wie immer.

Der Notar sah jetzt auf die Uhr und nahm einen großen braunen Umschlag in die Hand, auf dem »Testament« stand, in Thereses strenger Handschrift mit den großen Zacken, einer Mischung aus Sütterlin und lateinischer Schreibschrift, die Marie erst hatte entziffern können, als sie in der vierten Klasse war.

Sie hörte dem Notar nicht zu, der jetzt das Testament verlas, denn sie wusste, was in dem Testament stand. Therese hatte es bestimmt nicht ohne ihr Einverständnis geändert. Deshalb wusste sie, dass Georg und Christian das Haus erben würden und sie nichts dagegen tun konnte.

Georg und Christian entspannten sich und sahen sich schnell von der Seite an, als Dr. Steiner dies bestätigte. Sie sagten nichts, aber sie hörte förmlich ihr erleichtertes Ausatmen.

»Ich vererbe Marie, meiner Enkelin, 50 000 Mark mit der Auflage, dass das Geld weiter von unserer Hausbank angelegt wird und nur nach Absprache mit dem Berater investiert wird. Außerdem bekommt sie 25 000 Mark zu ihrer freien Verfügung«, las der Notar vor.

»Da brauchen wir uns ja um dich keine Sorgen zu machen«, sagte Georg und klopfte ihr auf die Schulter.

»Du kannst so lange im Haus bleiben, bis du weißt, wie es bei dir weitergeht«, ergänzte Christian.

Sie wollte das Geld nicht. Sie hätte es gerne den anderen geschenkt, aber der Notar sagte: »Ihrer Großmutter lag sehr viel daran, dass Sie im Notfall erst einmal versorgt sind. Ich werde Ihnen ein Konto einrichten für die 25 000 und den Rest des Geldes gewinnbringend anlegen lassen. Ist Ihnen das recht?«

»Ja, machen Sie es so, wie Sie es für richtig halten.«

Der Termin war vorbei. Marie wollte so schnell wie möglich weg, irgendwo hinfahren, wo sie allein sein und nachdenken konnte.

»Willst du zu uns kommen? Es ist doch bald Silvester«, fragte Christian. Aber sie wollte auf keinen Fall mit einer Familie feiern.

»Nein, ich fahre nach München zu meinen Freunden.«

»Das finde ich gut. Die Beerdigung ist am 2. Januar um 10 Uhr in der Blankeneser Kirche. Wirst du dann zurück sein?«

»Ja, bestimmt.«

»Wir sehen uns«, sagte Christian, nahm sie leicht in den Arm und ging.

Georg wartete schon im Wagen auf ihn. Er müsse dringend ins Krankenhaus, hatte er gesagt.

Am nächsten Tag klingelte es an der Tür. Sie konnte von dem Küchenfenster aus sehen, dass es Andreas war. Sie öffnete ihm die Tür, obwohl sie es eigentlich nicht wollte.

»Ich habe es gerade erfahren. Meine Mutter war beim Bridgespielen, und da wurde ihr erzählt, dass deine Großmutter gestorben ist. Warum hast du mich nicht angerufen?«

»Ich konnte nicht.«

»Ich will dich abholen. Du solltest jetzt nicht allein hier bleiben.«

Ihr kamen die Tränen. Sie war so froh, ihn zu sehen.

»Ich packe schnell deine Tasche«, sagte Andreas und ging, ohne eine Erwiderung abzuwarten, an ihr vorbei die Treppe hinauf in ihr Zimmer. Nach kurzer Zeit kam er wieder herunter, nahm sie am Arm und führte sie zu seinem Auto.

In seiner Wohnung gab es keine Weihnachtsdekorationen mehr, alles sah nüchtern und geordnet aus. Andreas setzte Marie im Wohnzimmer in einen Sessel und gab ihr eine Wolldecke, legte Zeitschriften auf den Couchtisch neben sie, stellte Tee und einen Teller mit Schokoladenkeksen daneben. Er bewegte sich vorsichtig, fast leise um sie herum. Seine Fürsorge rührte sie. So hatte sie noch kein Mann umsorgt. Er setzte sich eine Zeit lang zu ihr, hielt ihre Hand.

»Ich habe deine Großmutter sehr gemocht, weißt du.«

»Ja, sie mochte dich auch.«

»Vielleicht ist es besser so. Jetzt muss sie nicht mehr leiden.«

»Ja, vielleicht.«

»Ich weiß nicht, was ich sagen soll. Ich bin in solchen Dingen nicht so gut.«

»Das macht nichts. Du bist lieb.«

Unbeholfen streichelte er ihre Hand.

»Du bist immer so stark gewesen. Und fröhlich. Obwohl du deine Eltern so früh verloren hast.«

»Meinst du wirklich? Ich fand mich immer unglaublich schwach.«

»Stimmt nicht, auch jetzt, andere Frauen würden zusammenbrechen, aber du sitzt hier, und ich habe das Gefühl, dass du mich tröstest.«

»Ich konnte noch nie besonders gut weinen, wenn jemand dabei war.«

»Du weißt, dass du dich bei mir nicht anzustrengen brauchst. Auch wenn ich dich oft nicht verstehe, deine Aktion neulich, als du so schnell weg wolltest ...«

»Vergiss es, das war doof.«

»Und damals, als du dich von mir getrennt hast ...«

»Es tut mir Leid, ich habe dir sehr wehgetan, ich kann es dir nicht erklären, es lag nicht an dir, aber ich möchte dich nicht wieder so verletzen.«

»Vielleicht war ich auch zu plump. Ich weiß ja, dass du sehr scheu bist.«

»Nein, daran lag es nicht.«

»In der Halle vom Institut hast du so hübsch ausgesehen, alle haben mich am nächsten Tag gelöchert, wer du bist.«

»Kann ich mir nun wirklich nicht vorstellen. Das stimmt doch nicht.«

»Doch, das stimmt. Aber ich hab mich nicht getraut, dich anzurufen. Ich dachte, du hättest kein Interesse an mir, weil du zu viele Verabredungen hast.«

»Ich war überhaupt nirgendwo.«

»Ja, jetzt weiß ich das natürlich. Du hättest mich anrufen sollen.«

»Ja.«

»Was möchtest du essen?«, fragte er, als es draußen dunkel wurde, aber ihr fiel nichts ein, und so machte er Bratkartoffeln mit Spiegeleiern und Speck. Sie aß gehorsam, obwohl ihr alles viel zu fett war.

Einmal klingelte das Telefon, und Marie hörte ihn sagen: »Nein, ich komme nicht«, und erst da wurde ihr klar, dass ja Silvester war und die ganze Stadt feierte.

Sie wusste nicht, was sie mit Andreas reden sollte, und so blieb auch er stumm, stellte irgendwann Musik an, die Konzerte für zwei Violinen von Bach. Er hat nicht vergessen, dass ich sie so gerne mag, dachte Marie dankbar. Sie wollte nicht über Therese sprechen, und so tat er es auch nicht. Schweigend lag sie auf seinem Sofa, den Kopf auf seinem Schoß, er kraulte sie hinterm Ohr.

Andreas schaltete den Fernseher an, um mitzubekommen, wann es zwölf Uhr war. Sie hörte nicht zu und sah auch nicht hin, sondern lag mit geschlossenen Augen da, den Kopf auf seinem Schoß, und konzentrierte sich auf das gleichmäßige Streicheln seiner Hand. Sie schloss die Augen, keine Bilder stiegen in ihr auf, sie verspannte sich nicht.

Draußen krachten die Feuerwerkskörper, Andreas stand nicht auf, um Sekt zu holen oder auf den Balkon zu gehen, er blieb sitzen, schaltete den Fernseher wieder aus und fuhr ihr sanft durch das Haar, bis sie fast einschlief. Dann brachte er sie zu Bett wie ein kleines Mädchen, zog ihr die Decke bis zum Kinn hoch und gab ihr einen Kuss auf die Wange.

»Oder soll ich nicht doch lieber bei dir bleiben?«, fragte er, aber sie schüttelte den Kopf, denn sie wollte allein schlafen.

Doch als sie aufwachte, war es noch dunkel, und sie bekam Angst, also schlich sie barfuß in Andreas' Zimmer, schlug die Decke zurück und legte sich neben ihn, ohne dass er aufwachte, und als sie neben ihm lag, löste sich der Schmerz über Thereses Tod, der sie wie ein Nagen in den Eingeweiden durch die ganzen letzten Tage begleitet hatte, in Schlaf auf.

»Hast du gut geschlafen?«, murmelte er am nächsten Morgen und küsste ihr Haar.

Er liebt mich, dachte sie, und es ist falsch, hier neben ihm zu liegen, ohne genau zu wissen, ob ich es auch tue.

Ich möchte ihn nicht wieder verletzen. Ich muss gehen, dachte sie, auch wenn ich mich am liebsten weiter von ihm trösten lassen würde.

Sie stand auf und gab ihm einen Kuss auf die Wange.

»Sei mir nicht böse, aber ich kann nicht bleiben.«

»Warum denn das schon wieder nicht?«

»Ich weiß nicht, was ich für dich empfinde.«

»Na und, das spielt doch jetzt keine Rolle. Ich will dir helfen.«

»Du wirst mich sicher für bescheuert halten, wenn ich gehe und lieber im Strandweg allein sitze als bei dir.«

»Ja, allerdings.«

»Ich muss mir über so vieles klar werden.«

Andreas schwieg lange und sah dabei aus dem Fenster.

»Das ist mir zu kompliziert. Geh, wenn du meinst, es hat wohl keinen Sinn, dich zurückzuhalten. Aber denke nicht, dass ich ewig auf dich warte.«

»Das tu ich auch nicht.«

Marie zog sich an und packte ihre Sachen zusammen. Andreas sah ihr dabei zu.

»Ich kann nicht zur Beerdigung kommen, ich muss einen Vortrag in Frankfurt halten«, sagte er zum Abschied.

»Ist nicht so schlimm«, gab Marie zurück.

Sie wollte die Tür hinter sich schließen, aber er hielt sie zurück.

»Das, was ich eben gesagt habe, dass du nicht zu lange warten sollst, war blöd. Du weißt, dass ich dich liebe. Ich kann dir nicht versprechen, dass es immer so sein wird, aber ich habe noch nie so etwas empfunden.«

»Ich weiß«, sagte sie und machte die Tür hinter sich zu.

15

Diesen Sarg hätte Therese bestimmt nicht gewählt, dachte Marie und musterte den schwarz lackierten Kasten aus Eiche kritisch, der unter einem riesigen Strauß weißer Lilien und lachsfarbener Rosen thronte. Dieses Arrangement trug eindeutig Karins Handschrift. Therese hätte sich einen hellen schlichten Sarg gewünscht ohne Rosen und aufwändiges Gebinde, sondern als Blumen dicke Asternsträuße in Lila, Altrosa und Gelb sowie Christrosen. Aber Marie bezweifelte, dass Thereses Söhne oder ihre Schwiegertöchter wussten, welche Lieblingsblumen Therese gehabt hatte. Und sie selbst hatte niemand gefragt, als ob sie nicht zur Familie gehörte.

Die Kirche war nur in der vorderen Hälfte besetzt. In der ersten Reihe saßen Georg mit Familie, Christian mit Familie und sie selbst, am liebsten hätte sie einen Platz zwischen sich und den anderen freigelassen, aber das ging nicht. Hinter ihnen hatten sich die Mitglieder des Kirchenvorstandes versammelt, von denen jeder

Einzelne wirklich ergriffen und traurig aussah. Therese hatte sich schon immer in ihrer Kirchengemeinde engagiert, aber erst jetzt wurde Marie klar, welchen Einfluss sie dadurch auch ausgeübt hatte.

Auf der anderen Seite des Ganges hatten sich die Damen vom Blankeneser Hang versammelt, sie trugen alle blaue oder grüne Hüte, die Bridgedamen, die Damen des Literaturkreises, eine Abordnung des Blankeneser Kirchenchores und des Bibelkreises. Es waren nur wenige Ehemänner mitgekommen. Die meisten waren wie Friedrich schon tot. Die Gemeinde trauerte ehrlich um Therese, Marie sah Tränen und versteinerte Mienen.

Bei Friedrich haben sogar einige Beerdigungsbesucher auf die Galerie ausweichen müssen, weil sie im Kirchenschiff keinen Platz mehr gefunden hatten, dachte Marie. Damals saß sie neben Therese, die sich voll Stolz umgedreht und etwas von dankbaren Patienten und Treue gemurmelt hatte und davon, dass sich ihre Aufopferung letztendlich doch ausgezahlt hatte. Natürlich waren damals auch Ärztekollegen gekommen und Schwestern von Friedrichs Station. Aber in kaum einem Gesicht hatte sie dieselbe Bestürzung wahrgenommen, die sie jetzt bei Thereses Freundinnen bemerkte.

Georg und Christian saßen kerzengerade auf ihren Plätzen, verzogen keine Miene und schwiegen. Sie hatten ihr vor Beginn der Beerdigung gesagt, dass sie morgen zum Makler gehen würden, um die Einzelheiten des Hausverkaufs zu besprechen. Gut, dass Therese nicht mehr mitbekommt, wie schnell sie ihr Haus loswerden wollen, dachte Marie. Sie war sich sicher, dass Therese an dem Haus mehr als an allem anderen gehangen hatte.

Als sie noch in die Grundschule ging, hatte einmal der Toaster in der Küche Feuer gefangen, es hatte gequalmt und die Gardine hatte angefangen zu brennen. Damals griff Therese mit bloßer Hand in die Flammen und riss den Stoff herunter, sprang dann in Sandalen auf der brennenden Gardine herum, bis die Flammen ausgingen. Erst als Marie sie darauf hinwies, hatte Therese die Verbrennungen an ihrer Hand bemerkt und sie sich verbunden. Und abends erzählte Therese Friedrich beim Abendessen immer wieder, wie glücklich sie darüber war, ihre weißen Einbauschränke gerettet zu haben.

Marie starrte auf den dunklen Sarg vor dem Altar und versuchte nicht daran zu denken, dass dort auf Samt ihre Großmutter lag und damit alles, was von ihrer Familie noch übrig war. Innerhalb kurzer Zeit müsste sie ausziehen; sie stellte sich vor, mit ihren Kisten von Thereses Boden und zwei Koffern irgendwo in Hamburg durch die Straßen zu irren und nicht zu wissen, wohin. Sie glaubte nicht, dass sie die Kraft hatte, sich jetzt eine Wohnung zu suchen. Wo sollte sie sich auch niederlassen? Sie hatte keine Arbeit. Und zu Andreas zu gehen war nicht die Lösung.

Warum musstest du ausgerechnet jetzt sterben, Therese, gerade dann, wenn ich dich wirklich brauche? Heute Morgen hatte sie am Ausgang des Schlafes wieder dieser drückende Schmerz erwartet, und sie hatte sich geschämt, weil sie wusste, dass er nicht mit Thereses Tod in Zusammenhang stand, sondern mit ihrer eigenen Hoffnungslosigkeit, die sie schon viel zu lange begleitete. Aber zum ersten Mal seit Wochen hatte sie es dann geschafft, nicht auf diese Gefühle einzugehen, sondern sie wegzuschieben, denn Mutlosigkeit konnte sie sich jetzt nicht erlauben. Das hätte auch Therese nicht zugelassen.

Sie konnte der Predigt nicht folgen, aber es tröstete sie, dass der Pastor und die Gemeinde mit ihr trauerten, obwohl sie gleichzeitig davon überzeugt war, dass dazu niemand außer ihr das Recht hatte.

Vier alte Männer in schwarzen Gewändern und schmuddelig weißen Halskrausen und zerdrückten Zylindern trugen den Sarg aus der Kirche. Christian schob Marie vor sich her, und sie spürte wieder die Hand ihrer Großmutter, an der sie sich bei Elkes Beerdigung die ganze Zeit festgeklammert hatte. Damals reichte sie ihrer Großmutter noch nicht einmal bis zur Schulter, sie war hinter dem Sarg hergegangen mit

Schmerzen im ganzen Körper und hatte es nicht gewagt, den Sarg und die Blumen anzusehen. Sie hatte auf ihre Füße gestarrt, die so schwer waren, dass sie sich ausschließlich konzentrieren musste, sie vom Boden zu lösen.

Beim Empfang nach Thereses Beerdigung setzte Marie sich abseits und verkroch sich in sich selbst. Immer wenn jemand versuchte, mit ihr ein Gespräch anzufangen, starrte sie ihn ausdruckslos an, bis er verstummte.

Sie bewegte sich nicht, sie ließ die Zeit um sich herum vergehen. Sie hoffte, dass sie für immer dort sitzen bleiben könnte, in dieser traurigen Untätigkeit. Sie konnte das Ganze bewältigen, weil sie nichts tun musste, als nur zuzusehen, wie die anderen für sie agierten.

16

Sie lehnte an Thereses Schlafzimmertür, wollte die Klinke hinunterdrücken, aber sie traute sich nicht. Sie hatte zum Schlafzimmer ihrer Großeltern nur Zutritt bekommen, wenn ihre Großmutter es ihr ausdrücklich erlaubte, was zweimal vorgekommen war, als Therese mit Grippe im Bett lag. Marie durfte ihr damals Tee und eine Kraftbrühe mit Einlage ans Bett bringen, und bei der Gelegenheit hatte sie Therese zum ersten Mal im Nachthemd gesehen. Sonst war sie schon immer angezogen gewesen, wenn sie Marie morgens weckte. Das Nachthemd war mit Rüschen am Kragen und an den Manschetten verziert, und Marie hatte sich gewundert, Therese in einer solch romantischen Aufmachung zu sehen, die gar nicht zu ihrem sonst so hanseatisch-strengen Kleiderstil passte. Ihre Großmutter blätterte damals mit drei Kissen im Rücken in der *Brigitte*. Daran erinnerte Marie sich noch, weil sie diese Zeitschrift verachtet hatte, als sie heranwuchs; so etwas las man nicht als intelligenter Mensch. Aber war Therese eigentlich intelligent oder sogar intellektuell?, hatte sie sich damals oft gefragt und die Antwort gleich selbst gegeben: Nein, sie war vielleicht klug und patent, wusste, wie man im praktischen Leben zurechtkam, für die wichtigen Dinge interessierte sie sich nicht.

Als sie noch kleiner war, hatte Marie es überhaupt nicht vermisst, dass sie mit ihrer Großmutter keine ernsthaften Gespräche führen konnte. Da hatte sie noch geglaubt, dass es lebenswichtig war, die Handlung aller Sissi-Filme bis ins Detail auswendig zu können, über das Privatleben der Prominenten Bescheid zu wissen oder sich stundenlang darüber zu unterhalten, warum jener Stoff in Safrangelb besser zu ihren Augen paßte als der in Zinnoberrot.

Wenn Friedrich am Wochenende oder den Feiertagen arbeiten musste, hatte sie sich mit ihrer Großmutter oft auf das Sofa im Wohnzimmer gekuschelt und ferngesehen, ausgestattet mit einer Schachtel Pralinen, Saft für sie selbst und Eierlikör für Therese und einer Packung Taschentücher. Bei den Filmen, die sie damals zusammen sahen, mussten sie oft weinen. Es waren die Musicals mit Gene Kelly, Frank Sinatra, Fred Astaire, Ginger Rogers oder anderen Stars. Und gemeinsam mit Therese versank sie in diesen Geschichten, hatte bei »I'm singing in the rain« Tränen in den Augen und wollte einmal so hinreißend aussehen wie Audrey Hepburn während der Szene beim Pferderennen in Ascot in dem Film »My fair Lady«. Sie träumte davon, auch von jemandem so geliebt zu werden wie Maria von Tony in »West Side Story«, und brauchte nach diesen Nachmittagen immer ziemlich lange, bis sie wieder in die Wirklichkeit zurückfand.

Jetzt im Flur mit den eierschalenfarbenen Wänden und den lackierten weißen Holztüren, dem hellen Teppichläufer auf dem Parkettfußboden und dem Spiegel mit der goldfarbenen Einfassung in ihrem Rücken, wünschte sie sich, eine Figur aus diesen Filmen zu sein, denn dort hatte es fast immer ein Happy End gegeben oder zumindest war selten jemand gestorben, ohne vorher noch ewige Liebe geschworen zu bekommen. Und diejenigen, die sich allein fühlten, waren am Schluss immer aus ihrer Einsamkeit errettet worden. Aber hier half ihr niemand.

Sie hätte am liebsten Georg oder Christian angerufen, um ihnen zu sagen, dass sie die Kleider ihrer Großmutter nicht aussortieren konnte, damit sie die Kirchengemeinde bekäme, aber diese Blöße wollte sie sich nicht geben. In den Augen ihrer Onkel war sie Thereses Tochter, und eine Tochter musste sich um die Sachen der Toten kümmern, während ein Sohn im Hintergrund den Papierkram erledigte, dessen es bedurfte, um jemanden auch für die Bürokratie, die Versicherungen und Vereine sterben zu lassen.

»Okay, los«, sagte sie zu sich selbst und drückte die Klinke so energisch herunter, dass sie das Geräusch zusammenzucken ließ.

Die Tapete mit den grünen, ineinander verschlungenen Rosenstielen und roten Tupfen als Blüten, die schwere Mahagonischrankwand, die fast die gesamte Stirnseite des Zimmers einnahm - alles wirkte düster, die Vorhänge, die dasselbe Muster wie die Tapete aufwiesen, waren zugezogen. Marie zog sie auf und öffnete das Fenster, von dem man den besten Blick des ganzen Hauses über die Elbe hatte. Auf dem Nachttisch neben Thereses Bett lagen eine ihrer Lesebrillen und ein Buch. Marie ging näher heran, um das Titelblatt zu erkennen. Es war *Mein glückliches Leben* von Arthur Rubinstein. Therese hatte immer gerne Autobiografien berühmter Leute gelesen und das, was sie schrieben, für bare Münze genommen. Früher hatte sich Marie über so viel Naivität aufgeregt, jetzt nahm sie das dicke Buch in die Hand und schlug es dort auf, wo Thereses dunkelrotes, ledernes Lesezeichen steckte. »Ich würde dir die ganze Nacht aus diesem Buch vorlesen, wenn du nur wieder da wärst«, sagte Marie halblaut. Der runde weiße Reisewecker mit den Messingfüßen war auf halb acht stehengeblieben. Marie zog ihn auf und hörte das mechanische Klicken des Uhrwerks, Oma hatte nie Uhren mit digitaler Anzeige besessen, in diesen Dingen war sie hoffnungslos altmodisch gewesen.

Maries Blick fiel auf den Spiegel, der die gesamte Front der Schrankwand einnahm. Jemand in einer schwarzen Jeans, einem schwarzen Rollkragenpullover, mit schwarzen Socken an den Füßen, dünn, blass im Gesicht, mit schwarzen kurzen Haaren sah ihr entgegen, und Marie begriff auf einmal, wie sehr sich Therese bei ihrem Anblick auf dem Flughafen erschreckt haben musste. Die gefärbten Haare fielen über die schwarzen kräftigen Augenbrauen und ließen ihren Ausdruck düster und fremd erscheinen. Unter den Augen lagen dunkle Schatten. Ihr Mund wirkte schmal mit nach unten gezogenen Mundwinkeln. Sie betrachtete ihre Finger und schämte sich dafür, wieder damit angefangen zu haben, ihre Nägel bis zur Schmerzgrenze mit den Zähnen zu bearbeiten.

Thereses Nägel waren bis kurz vor ihrem Tod perfekt manikürt gewesen. Einmal hatte Marie ihrer Großmutter im Krankenhaus die Nägel gefeilt und dabei festgestellt, dass sie gar nicht wusste, wie man das machte. Bei ihren eigenen hatte sie selten die Frage gestellt, ob sie oval oder gerade gefeilt werden sollten. Wenn sie lang genug gewesen waren, hatte sie ihre Nägel um keinen Zentimeter kürzen wollen, und dann waren sie immer schnell abgebrochen oder abgekaut gewesen.

Sie öffnete die Schranktür, die genauso knarrte wie früher. Aus dem Schrank strömte der Geruch von Lavendel. Sie wäre am liebsten davongelaufen, raus aus diesem Zimmer und diesem Haus. Was sie vorhatte, empfand sie als Leichenschändung. Wie konnte sie es überhaupt nur wagen, Thereses Kleider zu berühren, sie von den Bügeln zu nehmen, zusammenzufalten und in die blauen Müllsäcke zu verstauen, die schon unten in der Küche lagen? Sie hatte hier nichts verloren, es waren Thereses Sachen, sie hatte kein Recht, sich in den Bereich einzumischen, den ihre Großmutter stets vor ihr verschlossen gehalten hatte. Aber was wäre die Alternative? Sie stellte sich vor, wie Georgs oder Christians ungeduldige Hände den Stoff der Kleider berührten und sie von den Bügeln zögen, ohne sie überhaupt noch einmal anzusehen. Nein, Marie wusste genau, dass ihre Großmutter auch ihren Schwiegertöchtern niemals erlaubt hätte, den Inhalt ihres Kleiderschrankes zu begutachten. Auch bei ihren Söhnen wäre es ihr unangenehm gewesen, also blieb nur sie übrig.

Sie machte die Türen so weit auf, dass sie den gesamten Inhalt des Schrankes überblicken konnte. Dort hingen auf einer Seite die Kleider auf Bügeln, die alle in dieselbe Richtung ausgerichtet waren, daneben ihre Röcke und Blusen. In den Fächern lagen Thereses Pullover, exakt aufeinander gestapelt, darunter ihre Twinsets. Ganz oben im Fach hatte sie ihre Sommerblusen und Baumwollpullover untergebracht. Marie öffnete den zweiten Schrank, der ursprünglich Friedrich gehört hatte, und war nicht erstaunt, nichts mehr von ihrem Großvater vorzufinden. Therese hatte gleich nach seinem Tod alles weggegeben. Jetzt hingen dort Kleidersäcke, in denen sich sicher Thereses Sommerkleider und Abendroben befanden.

Marie strich über die Bügel mit den Stoffbezügen.

Therese hatte die Wäsche für die gesamte Familie immer selbst gewaschen, gebügelt, gemangelt. Niemals hatte Marie erlebt, etwas nicht in ihrem Schrank vorzufinden, was sie gerade anziehen wollte. Ihre Großmutter war stolz darauf gewesen, ihre eigenen Kleider in Blankeneser Boutiquen kaufen zu können, aber für Marie hatte sie vieles selbst genäht. Als sie Friedrich kennen lernte, arbeitete sie als Schneiderin, das wusste Marie. Aber über die Kriegszeit erfuhr sie nichts, nur von dem Stoffladen ihrer Eltern in Altona und ihren Spielen am Oevelgönner Strand hatte Therese erzählt.

Marie erinnerte sich an eine Szene, als sie elf Jahre alt gewesen war.

»Oma, wie war für dich der Krieg?«, hatte sie gefragt.

»Warum willst du das wissen?«, antwortete Therese mürrisch, ohne von dem Topf, in dem sie gerade rührte, aufzuschauen.

»Wir sollen unsere Eltern fragen, hat die Lehrerin gesagt.«

»Deine Mutter ist tot. Sie ist außerdem nach dem Krieg geboren.«

»Oma!«

»Es gibt nichts zu erzählen. Es war Krieg, und der ist nicht amüsant«, antwortete Therese mit leiser, aber gleichzeitig schriller Stimme.

»Aber Oma, das kann ich doch nicht sagen, dann wird Frau Holz denken, dass ich nicht gefragt habe.«

»Dann sieh zu, dass du ihr klarmachst, dass es bei mir nichts zu erzählen gibt. Und jetzt lass mich in Ruhe kochen.«

Marie war aus dem Zimmer geschlichen, weil sie wusste, dass es keinen Sinn gehabt hätte, weiter zu fragen. Eine Stunde später geschah etwas vollkommen Unerwartetes. Therese ging aus dem Haus, ohne zu sagen, wann sie wiederkommen würde. Marie blieb den ganzen Nachmittag allein im Haus und ängstigte sich. Ihre Großmutter kam erst nach Anbruch der Dunkelheit zurück, ohne mitzuteilen, wo sie gewesen war. Schweigend hatte sie Marie das Abendbrot gemacht und war dann in ihrem Zimmer verschwunden, ohne selbst etwas zu essen oder noch einmal zum Gute-Nacht-Sagen in Maries Zimmer zu kommen. Am nächsten Morgen war Marie in der Schule bei den Hausaufgaben übergangen worden, und als sie mittags nach Hause kam, war alles so gewesen wie immer.

Es war nicht so gewesen, dass Therese nicht gerne über die Vergangenheit gesprochen hätte, aber es gab einige Tabus, und jeder hielt sie ein, ohne daran erinnert werden zu müssen. Marie war sich sogar sicher, dass sie mit ihrer Mutter und dem Rest ihrer Familie niemals über diese Themen sprach, selbst wenn Therese nicht dabei war. So weit reichte das Redeverbot, das Therese verhängt hatte, ohne es jemals ausgesprochen zu haben.

Warum hast du so viele Geheimnisse ins Grab mitgenommen, Oma?, flüsterte Marie.

Sie vergrub ihr Gesicht in Thereses lachsfarbenem Twinset, das noch schwach nach Chanel 5 roch, als ob sie dort Thereses Geheimnisse finden könnte. Zum ersten Mal seit Thereses Tod konnte sie weinen. Sie nahm das grüne Hemdblusenkleid mit dem Gürtel vom Bügel, legte sich die Ärmel über die Schultern, als würde sie Therese wieder umarmen. Jetzt nahm sie ein Kleid nach dem anderen aus dem Schrank und legte es auf das Bett. Sie deckte sich mit ihnen zu und wickelte sich darin ein. Mit angezogenen Beinen lag sie da und stellte sich vor, dass Therese sie wieder in den Armen hielt, wie sie es jeden Abend vor dem Einschlafen getan hatte. Sie schloss die Augen und spürte die Wärme von Großmutters weichem Körper und war wieder das Kind, das darauf lauschte, wie sich ihr eigener Herzschlag an den ihrer Großmutter anpasste. Was hatte Therese immer gesungen, während sie Marie leicht wiegte? Marie forschte in ihrem Gedächtnis nach diesem kleinen Lied. Es hatte anders geklungen als die Schlaflieder, die sie kannte. Marie summte vor sich hin. Wie von selbst entstand die Melodie, und ihr fiel der Text wieder ein. »Oh Jesulein klein, was bist du so rein, schlaf ein, schlaf ein, schlaf ruhig ein und schließe deine Äugelein«, hatte Therese damals gesungen. Und Marie hatte sich immer gefragt, was das denn bedeutete, dieses Reinsein, und sich gewünscht, dass sie es auch wäre.

Jetzt sang Marie dieses kleine Lied, das sie all die Jahre vergessen hatte. Ihre Stimme war viel tiefer als die von Therese, die beim Singen eigentlich immer etwas schrill geklungen hatte, was sie als kleines Mädchen aber nicht bemerkte, als sie noch daran glaubte, dass Großmütter Recht damit hatten, wenn sie behaupteten, am nächsten Tag schiene die Sonne, wenn man nur schnell einschliefe.

Warum habe ich es Therese so schwer gemacht, als ich wieder aus London zurückkam?, dachte Marie. Ich hätte mich verwöhnen lassen und ihr zeigen sollen, dass ich mich bei ihr wohl fühle. Warum bin ich an dem Abend weggegangen? Vielleicht wäre es nicht so weit gekommen, wenn ich bei ihr geblieben wäre, aber sie wusste gleichzeitig auch, dass Therese ihr verboten hätte, sich diese Frage zu stellen, weil sie zu nichts führte. Nein, Schuldgefühle wollte Marie gar nicht erst entstehen lassen. Der Arzt hatte zu ihr gesagt, dass es jederzeit hätte geschehen können und dass sie sich richtig verhalten hatte.

Marie ging zur Kommode aus Mahagoni, die unter dem Fenster stand. Sie wusste, dass in den beiden oberen Schubladen Thereses Nachthemden und ihre weiße Baumwollunterwäsche lagen. Jetzt zog sie die unterste Schublade heraus und fand zwei kleine rote Hutschachteln. Marie öffnete sie in dem Bewusstsein, etwas zu tun, das Therese niemals gebilligt hätte. Sie faltete das Seidenpapier auseinander und entdeckte Höschen mit schwarz-rotem Rosenmuster. Sie nahm sie in die Hand und bemerkte erstaunt ihre Transparenz. Dazu passend gab es BHs, die bestimmt nur notdürftig dazu ausgereicht hatten, Thereses üppige Brüste zu bedecken.

Sie schmunzelte. Sollte sich hinter der Schlafzimmertür doch mehr abgespielt haben, als ich vermutete?, dachte sie, konnte sich aber dennoch nicht vorstellen, dass ihre konservative Großmutter jemals so etwas getragen hatte.

Als sie die Büstenhalter wieder zurücklegen wollte und deshalb die Hutschachteln ganz aus der Kommodenschublade herausnahm, hörte sie ein Klacken. Sie stellte die Hutschachtel auf die Kommode und nahm die Dessous, die noch in der Schachtel lagen, heraus. Auf dem Boden fand sie eine blaue emaillierte Metalldose, deren Belag an einigen Stellen abgesplittert war. Zuerst wollte Marie sie einfach ignorieren und alles zurücklegen, schließlich gehörten die Sachen ihrer Großmutter, aber dann nahm sie die Dose doch in die Hand. Die Metallschachtel war ungefähr zehn Zentimeter hoch und rechteckig, offensichtlich schon ziemlich alt, und Marie hatte keinen Zweifel daran, dass Therese den Inhalt vor ihrem Mann hatte verbergen wollen. Dafür war die Schublade mit den Dessous das sicherste Versteck gewesen, denn niemals hätte Friedrich es gewagt, diese Schublade zu öffnen und sich ihre Unterwäsche anzusehen, dachte Marie.

Sie setzte sich mit der Dose in der Hand inmitten von Thereses Kleidern auf ihr Bett. Mit zitternden Händen betrachtete sie ihr Fundstück genauer. Es hatte keinen Aufdruck, seine Farbe musste einmal ein strahlendes Kornblumenblau gewesen sein. Sie hatte solche Dosen schon einmal gesehen, im Altonaer Museum in der Spielzeugabteilung, wo sie auch Puppenstuben, Puppen und Spielzeug ausstellten, das vor dem Zweiten Weltkrieg entstanden war. Früher bewahrten Kinder in solchen Schachteln ihre Murmeln auf, wenn sie keinen Stoffsack dafür benutzten.

Warum bewahrte Therese all die Jahre ihr eigenes Spielzeug hier auf?, fragte sich Marie. Großvater hätte bestimmt nichts dagegen gehabt, wenn wir es uns einmal angesehen hätten. Er redete doch immer davon, dass die Kinder früher noch fähig waren, sich stundenlang mit ganz einfachen Spielen zu beschäftigen, und dass somit ihre Phantasie geschult worden sei. Er wollte auch nicht, dass Marie fernsah, aber sie tat es trotzdem, weil Therese es ihr erlaubte. Und Marie erinnerte sich, dass Friedrich ihre Großmutter ständig darauf hingewiesen hatte, die Kinder nicht zu sehr mit modernem Spielzeug zu verwöhnen.

Marie hielt sich die Dose ans Ohr und schüttelte sie leicht. Wieder hörte sie es klicken. Anscheinend sind dort tatsächlich Murmeln drin, dachte sie enttäuscht, denn sie hatte gehofft, Liebesbriefe oder ein kleines Tagebuch zu finden.

Der Deckel ließ sich schwer öffnen. Offensichtlich hatte Therese die Dose lange nicht mehr aufgemacht.

Drei Murmeln fielen Marie entgegen, und sie fing sie mit der Hand auf. Sie fühlten sich warm an. Es waren eine leuchtendblaue Murmel, eine dunkelgrüne und eine perlmuttfarbene. Marie hielt sie gegen das Licht und betrachtete die Glaskugeln von allen Seiten. An einigen Stellen hatten sie Dellen und Sprünge, als ob viel mit ihnen gespielt worden war. Bestimmt hatte Therese noch mehr Murmeln besessen, die jetzt verloren gegangen waren, dachte Marie. Sie stellte sich vor, wie Therese die Schachtel als Kind in ihrer Rocktasche verstaut und im Hof mit ihren Freundinnen damit gespielt hatte.

Sie wusste nicht viel über Thereses Kindheit, aber einmal hatte ihre Großmutter ihr erzählt, dass sie als kleines Mädchen immer im Lager des Stoffladens ihrer Eltern gespielt hatte, und dabei hatten ihre Augen fast gestrahlt.

Marie legte die Murmeln in die silberne Schmuckschale, die auf Thereses Nachttisch neben ihrer Lesebrille und der Biografie von Rubinstein lag. Dann sah sie erneut in die Dose. Auf ihrem Metallboden lagen vergilbte Fotos. Maries Herz schlug plötzlich schneller. Noch nie zuvor hatte sie ein Mädchenfoto von ihrer Großmutter zu Gesicht bekommen, und sie war sich sicher, dass sie jetzt eins finden würde. Sie bemerkte, wie sich zu ihrer Neugierde eine leise Wut gesellte. Warum hatte Therese ihr diese Dose vorenthalten?

Die Fotos lagen mit der Rückseite nach oben in der Metallschachtel. Vorsichtig nahm Marie sie heraus und drehte das erste um.

Solche Augen hatte sie noch nie gesehen. Sie waren eine Mischung aus Hell- und Dunkelblau, ungefähr so, als wenn man vom Segelboot aus bei gutem Wetter ins Wasser der Ostsee sieht. Ja, die Augen des Mädchens, die Marie lachend anstrahlten, waren meerblau und das Intensivste und Schönste, was sie jemals gesehen hatte. Gut, ihre eigenen Augen waren auch blau, aber nicht so tiefgründig und dennoch zart, nicht so klar und gleichzeitig verschleiert, nicht so fröhlich und gleichzeitig sehnsüchtig. Marie wusste, dass sie immer nur eines ausdrücken konnte, entweder Trauer oder Freude. Ihre

Augen spiegelten ihren jeweiligen Gemütszustand immer genau wider, deshalb konnte sie auch niemanden anlügen. Aber das Mädchen auf dem Farbfoto konnte beides gleichzeitig: lachen und klarmachen, dass ihr eigentlich nicht zum Lachen zumute war, ohne dass ihr Lachen deshalb künstlich wirkte. Sie machte das mit ihren Augen.

Sie trug ein kurzärmeliges, blau-weiß kariertes Kleid mit weißem Kragen und zwei vorne auf dem Rock aufgesetzten Taschen. Sie saß auf einem Stuhl, ihre Beine nebeneinander etwas schräg gehalten, den Rock über den Knien glattgestrichen. Sie trug weiße Socken und schwarze Lackschuhe, und an der Haltung der Füße konnte Marie erkennen, dass sie eigentlich niemals schwarze Lackschuhe trug und auch sonst nicht das brave Mädchen war, das sie versuchte darzustellen, denn sie wippte mit ihren Füßen, während die Fotos aufgenommen wurden, das konnte man deutlich erkennen. Die krausen blonden Haare hatte ihr jemand zu zwei straffen Zöpfen gebunden, aber hier und da staken einige Härchen aus der Frisur heraus, und eine Locke hing ihr in die Stirn, als ob auch die Haare die Rebellion der Füße gegen die artige Haltung fortsetzen wollten. Das Mädchen musste ungefähr fünf Jahre alt sein.

Marie drehte das Bild um, *Photo Pfeiffer* stand auf der Rückseite und darunter Mai 1943.

Nicht der Name des Kindes.

Wer war sie?

Marie hatte keine Ahnung. Therese konnte es nicht sein. 1943 war sie schon eine junge Frau gewesen, knapp über zwanzig. Ihre Schwester? Eine gewisse Ähnlichkeit bestand, das Mädchen auf dem Foto hatte auch diese Locken wie Therese, die ihre Großmutter allerdings seit langer Zeit vom Friseur hatte bändigen lassen.

Auch der Mund ähnelte dem von Therese, die Lippen waren genauso voll, die Oberlippe leicht nach oben geschwungen, so dass ein Schmollmund entstand. Aber dem Mund des Mädchens fehlte der angestrengte Zug, den Thereses Mund oft angenommen hatte, allerdings nicht mehr auf ihrem Totenbett, da waren ihre vollen Lippen absolut entspannt gewesen, und Marie hatte bedauert, nicht früher erkannt zu haben, wie schön ihre Großmutter gewesen war.

Marie wollte sich jetzt das zweite Foto ansehen. Es war am Strand entstanden und ein Schnappschuss. Marie kamen der Strand, der dahinterliegende Fluss bekannt vor. Natürlich – es war der Strand von Blankenese ohne den Leuchtturm, der seit einigen Jahren unten am Strand schräg gegenüber von Thereses Haus stand.

Das Foto war schwarzweiß, im Vordergrund spielte das Mädchen vom ersten Foto im Sand, es baute gerade eine Burg und trug einen Badeanzug mit Rüschen an der Seite, der eigentlich gar nicht zu ihrer energischen Art passte, die

Schaufel zu halten. Sie war wohl vier Jahre alt, dünn, aber gleichzeitig kräftig und schien sonnengebräunt zu sein. Und hinter ihr stand ein Mann mit durchtrainiertem Oberkörper in einer dunklen Badehose, einer dieser altmodischen, deren Bund bis zum Bauchnabel reichte. Aber der Mann sah dennoch ausgesprochen gut aus, mit langen, leicht behaarten, muskulösen Beinen und Armen. Sein Arm lag auf der Schulter einer Frau, die in die Kamera lachte, Marie glaubte ihr schallendes Lachen zu hören. Sie hatte ihre dunklen Haare zu einem Zopf geflochten, der ihr über die linke Schulter nach vorne fiel, und trug einen einteiligen Badeanzug ohne Träger, aber mit kurzen Hosenbeinen.

Es war Therese, das erkannte Marie beim zweiten Hinsehen, und sie erschrak, denn sie hatte ihre Großmutter niemals so lachen gesehen.

Das Foto schien aus einer anderen Zeit zu stammen, aus einer glücklichen Zeit, in der ihre Großmutter noch jung gewesen war, aber nicht nur das, sondern auch vollkommen unverkrampft und gelöst, unbeschwert.

Sicher lag es nur daran, dass sie so viel jünger war, hinten auf dem Bild stand *Juli 1942 in Blankenese.*

Aber Marie wusste, dass nicht allein die Ferienstimmung Therese so fröhlich aussehen ließ. Es war eindeutig. Die Familie auf dem Foto war glücklich, denn auch daran, dass es eine

Familie war, bestand kein Zweifel – Therese, ihr Mann und ihr Kind. Marie wusste es, obwohl hinten auf dem Bild keine Namen notiert waren. Der Mann und das Kind hatten so viel Ähnlichkeit miteinander, die Figur, die Art sich zu bewegen, und Marie war sich sicher, dass Therese die Frau dieses Mannes war. Sie strahlten so viel Vertrautheit und uneingeschränkte Liebe aus. Die Art, wie Therese neben ihm stand, sagte aus, dass sie sich bei diesem Menschen vollkommen aufgehoben fühlte.

Und ich nahm an, sie sei gar nicht dazu in der Lage gewesen, glücklich zu sein, dachte Marie, und sie war traurig, weil ihre Großmutter mit ihr selbst wohl nie so unbeschwert gewesen war wie auf dem Foto, aber am meisten tat es ihr für Therese selbst Leid. Wie musste es gewesen sein, mit der Erinnerung an glücklichere Tage durch ein Leben zu gehen, das aus irgendwelchen Gründen nicht so erfüllt war wie das, das man dort auf dem Foto sah? Natürlich, es war eine Aufnahme an einem Ferientag, da sahen die Menschen meistens wesentlich ausgelassener aus, als wenn sie den alltäglichen Dingen nachgingen, und Marie hatte Therese eigentlich nie mit ihrem Mann zusammen in den Ferien erlebt. Sie waren im Sommer allein auf Sylt gewesen, und Friedrich war am Wochenende angereist, wenn er keinen Nachtdienst hatte, was vielleicht zweimal in sechs Wochen vorgekommen war.

Der Blick, den Therese halb in die Kamera, halb auf das Mädchen gerichtet hatte, das zu ihren Füßen spielte, tat Marie weh, denn Therese sah ihre Tochter zwar nur aus dem Augenwinkel, und die Aufnahme war auch nicht ganz scharf, aber Marie entdeckte so viel Wärme und Liebe in diesem Blick. Therese brauchte ihre Tochter gar nicht genau zu beobachten, um zu wissen, dass es ihr gutging. Die Verbindung zwischen den beiden war so natürlich und logisch, dass sie selbst auf diesem kleinen, unscharfen alten Bild zu erkennen war. Mich hat sie nie so angesehen, schoss es Marie durch den Kopf. Hat sie mich nie so geliebt?

Sie legte die Fotos neben die Schmuckschale mit den Murmeln. Unter den Bildern lagen noch zwei vergilbte Zettel. Vorsichtig holte sie den ersten aus der Schachtel.

Es war eine Todesanzeige.

In der linken oberen Hälfte prangte ein schwarzes Kreuz, daneben stand der Text.

In Erinnerung an
Unsere geliebte Tochter
Anna Hansen
geb. am 14. Aug. 1938
gest. am 25. Juli 1943

Therese Hansen
Jan Hansen

Sie wurde auf dem Ohlsdorfer Friedhof beerdigt.

Das zweite Blatt war auch eine Todesanzeige:

Mein geliebter Mann
Jan Hansen
Geb. am 7. September 1911
Gest. am 25. November 1943
blieb für immer auf See

Therese Hansen

Marie sah aus dem Fenster auf die Elbe, um einen klaren Gedanken fassen zu können. Es war mittlerweile dunkel, der Schein des Leuchtturms fuhr über das schwarze Wasser. Es war kein Schiff unterwegs. Auf See geblieben, dachte sie, das hieß Tod durch Ertrinken oder Ersticken. Sehr wahrscheinlich war sein Schiff torpediert und versenkt worden.

Marie sah einen Mann im Wasser schwimmen und verzweifelt nach etwas suchen, an dem er sich festhalten konnte. Im Hintergrund sah sie ein brennendes Schiff, hörte Krachen und Splittern, dumpfes Dröhnen. Der Mann schrie etwas, neben ihm tauchte ein Kopf auf, der kurz danach in den Fluten verschwand.

Ich habe wirklich zu viel Fernsehen geschaut, dachte sie, denn das, was sich gerade in ihrem Kopf abspielte, hatte die Dramatik und Qualität eines Hollywoodfilmes. So war es bestimmt nicht abgelaufen, und sie wollte sich eigentlich gar nicht vorstellen, wie es gewesen sein mochte.

Sie wehrte sich gegen die Bilder von Anna, die in ihrem Innern aufstiegen. Es war leichter zu ertragen, dass ein erwachsener Mann starb, auch wenn er noch verhältnismäßig jung gewesen war, fand sie.

Aber Anna, dieses vergnügte Kind! Wenn ich einmal eine Tochter haben sollte, müsste sie so sein wie dieses Mädchen, dachte Marie. Warum war dieses kleine Mädchen gestorben? Sie ahnte, dass sich ihre Großmutter diese Frage bis an die Grenze des Verrücktwerdens gestellt haben musste und sich oft sehnlichst gewünscht hatte, selbst anstelle ihrer Tochter gestorben zu sein. Ihr war klar, dass Therese sich von Annas Tod niemals erholt hatte und dass der Schlüssel für ihre strikte Weigerung, über den Krieg zu sprechen, in diesem Tod lag.

Marie beschloss spazieren zu gehen, weil sie so besser nachdenken konnte. Ihr Atem bildete in der Luft kleine Wölkchen. Es war kalt geworden. Sie ging an den Strand hinunter, der Sand unter ihren Füßen fühlte sich hart vom Frost an.

Marie zog ihren Schal enger um den Hals, holte ihre Handschuhe aus der Tasche und setzte ihre schwarze Mütze auf. Niemand sonst war unterwegs. Die meisten, die hier unten wohnten, schienen nicht zu Hause zu sein, wenige Fenster waren erleuchtet.

Arme Therese, arme Therese, dachte Marie, während sie in Richtung Mühlenberg lief. Sie war froh, niemanden zu treffen, sie wollte nicht, dass ihr jemand ins Gesicht sah und bemerkte, wie durcheinander sie war.

Mit 15 hatte sie angefangen, lange Spaziergänge an der Elbe zu unternehmen, meistens allein. Sie war immer schnell gegangen, und es war am besten gewesen bei Regen oder viel Wind, denn dann hatte sie den Strand fast für sich allein gehabt und die Kälte und Nässe auf ihrem Gesicht gespürt, die sie daran erinnerte, dass sie etwas fühlen konnte. Oft nämlich hatte Marie in dieser Zeit nichts mehr gespürt, weder Trauer noch Verzweiflung, nur einfach gar nichts. Ein dumpfes Gefühl hatte in ihrem Körper gelauert, vollkommen unabhängig davon, wie sehr sich Andreas um sie bemühte, der irgendwann um diese Zeit in ihrem Semester aufgetaucht war, ein Jahr älter als die anderen, und sich ab dem Zeitpunkt eigentlich immer dort blicken ließ, wo sie auch war. Sie hatte nie darüber nachgedacht, warum es so war. Erst viel später wurde ihr klar, dass er ihre Nähe gesucht hatte, weil er sie auch schon damals liebte, sie liebte, obwohl sie traurig war, obwohl sie ihn gar nicht wahrnahm, obwohl sie sich mit Jungs abgab, die Andreas nicht das Wasser reichen konnten, aber witziger waren und charmanter.

Manchmal war sie auf ihren einsamen Spaziergängen fast bis nach Flottbek gelaufen und hatte sich an der Pommes-Frites-Bude unten am Strand mit Andreas getroffen und ihn schon von weitem entdeckt, weil er größer war als die anderen, und sie freute sich zuerst, ihn zu sehen. Ihr Herz hatte sogar schneller geschlagen, aber nur so lange, wie sie auf ihn zuging und ihn anlächelte. In dem Moment, als er dann dicht neben ihr stand und ihre Hände hielt, weil er sich nicht traute, sie zu küssen, und sie mit einem Blick ansah, der ihr dennoch sagte, dass er dies am liebsten täte, waren jedes Mal dieses zuversichtliche Gefühl und die Freude aus ihrem Innern verschwunden. Sie zog ihre Hände zurück, wich seinem fragenden Blick aus und ging ein Stück rückwärts, um mehr Platz zwischen sich und Andreas zu schaffen. Und sie fing an zu reden, um zu kaschieren, dass sie die Enttäuschung in seinen Augen, die er zu verbergen suchte, sehr wohl wahrnahm.

Jetzt konnte Marie die Tränen nicht mehr zurückhalten. Sie begann zu weinen. Warum habe ich Andreas auch jetzt keine Chance geben können? Es wäre so einfach, ihn anzurufen und in seine Arme zu flüchten, ihm alles zu erzählen, was sie über Therese herausgefunden hatte, ihn entscheiden zu lassen, was mit den Kleidern ihrer Großmutter geschehen sollte, ihn zu fragen, welchen Weg sie jetzt einschlagen sollte, was sie mit ihrem geerbten Geld tun sollte, wo sie sich bewerben sollte. Er würde sich auch jetzt noch um mich kümmern, dachte sie. Wenn ich in Thereses Auto stiege und zu ihm führe, wäre er für mich da, er würde mich wieder in seine Arme nehmen und nicht fragen. Er würde mich nicht bedrängen, sondern warten, bis ich bereit wäre, mich ihm zu öffnen.

Warum tu ich das nicht einfach?, dachte Marie und wischte sich die Tränen ab. Mittlerweile war sie am Mühlenberger Hafen angelangt. Die Stege, an denen früher auch ihr Pirat gelegen hatte, waren über den Winter abgebaut. Sie wanderte auf die Mole hinaus und sah über das Wasser.

Plötzlich wurde ihr klar, dass Therese ihre Trauer über Annas und Jans Tod immer mit sich herumgetragen hatte, dass sie von dieser Aura umgeben gewesen war, auch wenn sie niemals darüber gesprochen hatte.

Marie war sich sicher, dass niemand aus Thereses Familie, außer vielleicht Friedrich, von Anna und Jan wusste, und auch bei ihrem Großvater war sie sich nicht ganz sicher. Es schien ein Abkommen zwischen den beiden gegeben zu haben, dachte Marie, nicht an die Vergangenheit zu rühren. Niemals hatte sie ihre Großeltern erlebt, wie sie zusammensaßen und Erinnerungen austauschten, als ob sie dadurch gehofft hatten, sich von den Gespenstern der Vergangenheit zu befreien.

Und dennoch hatte etwas immer auf Therese gelastet. Marie hatte es oft gespürt, aber sich nicht erklären können, woher diese melancholische Schwere kam, die ihre Großmutter oft ausstrahlte, selbst wenn sie fröhlich war. Sie hatte einfach niemals erlebt, dass ihre Großmutter wirklich herzhaft lachte oder scherzte. Sie hatte sich immer zurückgehalten und auch die anderen in ihrer Umgebung dazu gebracht, sich nicht vorbehaltlos zu freuen.

Und plötzlich wurde Marie klar, dass auch sie all die Jahre Thereses Last auf ihren Schultern getragen hatte. Dieses Gefühl unbestimmter Trauer, deren Grund sie nicht kannte, war nicht nur aus ihr selbst herausgekommen, sondern sie hatte wie ein Empfänger fungiert, der die traurigen Schwingungen ihrer Großmutter aufnahm, um sie in eigene Trauer umzusetzen. Wirkliche, tiefe Freude war in Thereses Haus nicht möglich gewesen, weil dieses Haus so angefüllt war mit Thereses unterdrückter Trauer.

Elke muss es gespürt haben, dachte Marie, vielleicht ist sie deshalb in ihre Drogen geflüchtet und hat mich allein gelassen, vielleicht konnte sie diese alle frohen Gefühle erstickende Atmosphäre nicht mehr ertragen, und auf einmal konnte Marie ein wenig begreifen, warum Elke sie im Stich gelassen hatte. Hatte Elke über Anna Bescheid gewusst?, fragte sich Marie jetzt, aber sie war sich sicher, dass Therese ihrer Tochter nichts erzählt hatte.

Sie erinnerte sich wieder an den Abend, als sie ihre Mutter zum letzten Mal gesehen hatte, aber dieses Mal mit einem anderen Gefühl als

Trauer, Schmerz und Wut. Sie empfand Mitleid mit ihrer Mutter, die mit ihrer unbeschwerten, lauten Art versucht hatte, die Geister der Vergangenheit, die in den Ecken in dem Haus am Strandweg lauerten, zu vertreiben. Es ist ihr nicht gelungen, dachte Marie, und ich habe diese Schatten zwar bemerkt, aber nicht richtig gedeutet.

Sie wurde wütend. Warum hast du mich nicht aufgeklärt und mir von Jan und Anna erzählt, Therese?, dachte sie, ich hätte so vieles begreifen können und hätte nicht im Dunkeln tappen müssen, ich hätte deine oft vorhandene Härte nicht auf mich bezogen, sondern richtig einordnen können, hätte begriffen, dass du gerade in einem See von Trauer zu verschwinden drohtest und nur diese Möglichkeit kanntest, dich daraus zu befreien.

Und sie war zornig auf ihren Großvater, der mit Sicherheit auch daran beteiligt gewesen war, dass Therese nichts von ihrer Vergangenheit preisgegeben hatte. Ich kann mir gut vorstellen, dass du diese Bedingung an sie gestellt hast, Friedrich, als ihr euch kennen lerntet. Vergiss deine Vergangenheit, dann können wir ein gutes Leben führen. Und du, Therese, hast eingewilligt, aber dich innerlich dagegen gewehrt. Warum sonst hättest du wohl die Blechdose mit den Murmeln, Fotos und Todesanzeigen zwischen deiner Wäsche aufbewahrt, also an einem Ort, wo du sicher sein konntest, dass

Friedrich sie niemals finden würde, aber vielleicht einmal ich? Denn ich kann mir nicht vorstellen, dass du es jemand anderem erlaubt hättest, in deiner Wäsche zu stöbern. Wolltest du, dass ich nach deinem Tod die Wahrheit erfahre?

Es ist gut, dass dein Haus verkauft wird, Therese, soll es jemand anderer wieder mit Leben füllen und es vielleicht schaffen, die Gespenster der Vergangenheit zu vertreiben. Ich möchte es nicht, dachte Marie.

Am liebsten wäre sie gar nicht mehr in das Haus am Strandweg zurückgekehrt, aber dort waren ihre Sachen und lagen Thereses Kleider verstreut auf dem Bett. Langsam wurde es kalt. Marie drehte um und ging die Uferpromenade zurück. Es war still, und sie begegnete niemandem. Sie sah über die Elbe und ahnte, dass sie sich bald von diesem Fluss verabschieden würde. Sie wusste zwar noch nicht, was sie tun sollte, aber ihr wurde plötzlich klar, dass sie nicht in Hamburg bleiben wollte, sie musste irgendwo anders noch einmal ganz von vorn beginnen. Vielleicht in München, schoss es Marie durch den Kopf, aber gleichzeitig sträubte sie sich gegen diesen Gedanken. Wenn sie in ihre Studienstadt zurückginge, würde das einen Rückschritt bedeuten, jedenfalls sah sie das so, nein, sie wollte sich nach vorne bewegen. Auf jeden Fall Hamburg hinter sich lassen, denn diese Stadt engte sie ein und legte sie fest. Vielleicht werde ich eines Tages wieder hierher zurückkommen, dachte Marie. Sie wusste aber, sie würde, egal, wo sie war, die Elbe vermissen und den Wind, und diese Sehnsucht würde sich so wie Heimweh anfühlen. Das hatte sie auch schon in München bemerkt. Doch es wäre falsch, nicht wieder fortzugehen, dachte Marie.

Aber ich bin nicht umsonst nach Hamburg zurückgekehrt, dachte sie. Ohne mich wäre Therese wohl schon in ihrem Haus gestorben, es hätte sie niemand so schnell gefunden, oder ihre Söhne hätten von ihr noch rechtzeitig benachrichtigt werden können, aber sie sicher nicht oft besucht.

Und Therese konnte mit der Vorstellung in den Tod gehen, dass ich ihr Haus vielleicht weiterführe.

Sie hatte kein schlechtes Gewissen, es nicht zu tun, sie wollte nur noch die Zeit in dem Haus am Strandweg bleiben, die sie benötigte, um sich zu überlegen, wo sie am liebsten hingehen wollte. Mit dem Geld von Therese hatte sie einigen Handlungsspielraum.

Als sie die Eingangshalle mit dem schwarzweißem Fußboden betrat, überlegte sie sich, ob sie nicht nach weiteren Hinweisen auf Jan und Anna suchen sollte, aber sie verwarf den Gedanken wieder, weil sie sich sicher war, dass Therese nichts weiter aufbewahrt hatte, und wenn ja, nicht wollte, dass irgendjemand diese

Dinge entdeckte. Marie entschied sich, nicht auf den Dachboden zu steigen und dort nach alten Koffern und Schachteln mit staubigen Kleidern, Fotos oder Tagebüchern zu suchen. Was würde sie tun, wenn sie tatsächlich ein Tagebuch fände? Würde sie dem Drang, es zu lesen, widerstehen können? Sie wollte sich gar nicht erst in Versuchung bringen.

Sie ging in das Wohnzimmer, wischte den Staub von Thereses Sekretär. Sie hatte Karins Unordnung schon lange beseitigt. Sollte sie nach dem Geheimfach suchen, das sich hier irgendwo befinden sollte?

Wenn Andreas jetzt hier wäre, würde er bestimmt sagen: »Warum nicht, sie ist doch gestorben und würde nichts mehr dagegen haben«, dachte sie, aber Marie konnte sich dennoch nicht dazu aufraffen, eine Schere zu nehmen und die gesamten Ritzen des Schreibtisches zu untersuchen.

Vielleicht könnte ich ihre Freundinnen fragen, fiel ihr ein, aber gleichzeitig wusste sie, dass auch ihre Freundinnen vom Hang wohl nicht über ihre Vergangenheit Bescheid wussten. Mit ihnen hatte Therese Bridge gespielt und sich um die Benachteiligten der Gemeinde gekümmert, da war sicher kein Platz für Beichten gewesen. Vielleicht weiß Pastor Kranz etwas, dachte Marie, sie wusste, dass ihre Großmutter ihm vertraute. Aber sie wollte nicht zu ihm gehen, um noch mehr herauszufinden. Sie war sich auch nicht sicher, ob er ihr überhaupt etwas sagen durfte.

Nein, sagte sie sich, ich werde niemanden fragen und auch jetzt nicht mit einer Papierschere alle Ritzen des Schreibtisches untersuchen. Therese wollte ihr Geheimnis mit ins Grab nehmen, das muss ich respektieren, auch wenn es mir schwer fällt.

Es ist gut für dich, nicht mehr zu leben, Therese, denn jetzt kannst du mit den Menschen zusammen sein, die du wirklich geliebt hast, Anna und Jan. Marie war klar, dass keiner der Menschen, von denen sie wusste, dass sie in Thereses Nähe gewesen waren, so geliebt worden waren wie diese beiden Menschen, die nur eine kurze Lebensspanne mit ihr verbringen konnten.

Sie wunderte sich, dass ihr der Gedanke an ein Leben nach dem Tod auf einmal so logisch vorkam, dass Therese jetzt mit ihrer Tochter und ihrem Mann zusammen war. Sie war sich schon lange nicht mehr sicher, ob es einen Gott gab und einen Himmel, in den die Seelen nach dem Tod zurückkehrten, aber jetzt erschien es ihr auf einmal tröstlich zu glauben, dass Therese nun bei den Menschen sein konnte, die ihr am nächsten gestanden hatten.

Sie ging die Treppe hinauf und wollte eigentlich in ihr Zimmer, um sich ein wenig auszuruhen, aber vor Thereses Schlafzimmertür fiel ihr Blick auf die Kleider, die noch überall verstreut lagen. Und plötzlich wusste sie, was sie mit ihnen anfangen wollte. Sie würde sie in die Elbe werfen, vielleicht um Therese Jan noch näher zu bringen.

Sie holte die blauen Mülltüten aus der Küche und stopfte Pullover, Röcke, Kleider hinein, öffnete die Schubladen der Kommode und leerte deren Inhalt in die Säcke, schleppte sie die Treppe hinunter und vor die Haustür. Niemand war auf der Straße, in der Windstille hörte Marie das leise Glucksen der Elbe, nirgends war ein Schiff in Sicht. Sie überquerte die Straße und ging hinunter zum Strand. Sie leuchtete mit einer Taschenlampe auf das Wasser, um die Tonnen sehen zu können. Es war gerade Ebbe, also genau richtig für ihr Vorhaben, das Wasser lief ab.

Im Schuppen neben dem Haus fand sie ihren alten Bollerwagen, mit dem Therese sie immer über den Strand gezogen hatte, und stapelte die Müllsäcke hinein.

Sie überquerte mit dem vollbepackten Wagen die Straße, schob ihn vorsichtig die Stufen zum Strand hinunter und zog ihn keuchend über den gefrorenen Sand und auf den Plattenweg, der zum Leuchtturm führte. Ihre Wangen prickelten vor Kälte. Der rot-weiße Turm warf sein Licht über die Elbe. Marie hoffte, jetzt niemandem zu begegnen, denn wie sollte sie die Situation erklären?

Im Mondschein konnte sie die Stufen zur

ersten Plattform gut erkennen. Sie nahm den ersten Sack auf den Rücken und trug ihn hinauf, dann holte sie den nächsten. Als sie alle oben hatte, lehnte sie sich nach Luft schnappend über die Brüstung und sah die Elbe hinunter. Die Kälte der vergangenen zwei Tage hatte den Strom langsamer gemacht, wie ihr schien, aber wenn sie weit genug würfe, könnte es klappen. Sie hob den ersten Müllsack über ihren Kopf und warf ihn ins Wasser. Das klatschende Geräusch zerriss die Stille. Marie kam es so laut vor, dass sie befürchtete, gleich würde jemand aus den Häusern gegenüber stürzen, weil er dachte, es sei jemand ins Wasser gesprungen.

Es funktionierte, der Sack ging nicht unter, sondern wurde von der Strömung erfasst und trieb die Elbe hinunter Richtung Wedel. Ein Sack nach dem anderen folgte dem ersten.

Es war so, als ob sie ihre Großmutter ein zweites Mal beerdigte, und dieses Mal konnte sie es ertragen. Therese hatte die Elbe geliebt, sie würde auf diese Weise mit Jan vereint sein, es war richtig, ihre Kleider ins Wasser zu werfen.

Sie sah den Müllsäcken noch lange hinterher.

Vielleicht bist du jetzt glücklicher, murmelte Marie, ich hoffe es für dich. Sie hatte das Gefühl, dass auch ein Teil ihres Lebens den Fluss hinunter trieb. Aber die Erinnerungen an den

Geruch von Thereses Kleidern, an ihr Parfum, ihre fantastischen Kochkünste, an den Duft ihrer Haut nach Honigseife würde sie überallhin mitnehmen und sie würden sie bis zu ihrem Tod begleiten und sie wusste bei aller Distanz, die ihre Großmutter zu ihr gewahrt hatte, dass die Erinnerungen ihr immer ein Gefühl der Geborgenheit geben würden.

17

In der Nacht träumte sie sich in Annas Körper hinein, sie spürte den Sand unter ihren kleinen Händen und die Wärme der Sonne auf ihrem Rücken, die Träger ihres Badeanzuges rutschten ihr über die Schulter, und sie schob sie mit dicken, kurzen Fingern zurück. Sie hatte keine Zeit, irgendetwas anderes wahrzunehmen außer dem Graben, den sie gerade baute und der bald so lang sein würde, dass er bis ans Wasser reichte. Es konnte nur noch einige Minuten dauern, und dann würde ein vorbeifahrendes Schiff eine Welle produzieren, die Wasser in den Graben schwappen lassen würde. Sie buddelte mit beiden Händen tief im Sand, es strengte sie an, und ihr Magen knurrte etwas, aber das machte ihr nichts. Eigentlich war ihr Essen nicht besonders wichtig, jedenfalls nicht, wenn es um so bedeutende Dinge ging wie einen Wassergraben. Jetzt war die Rinne lang genug.

Marie spürte, wie sie als vierjährige Anna die Augen mit der Hand abschirmte und über die

Elbe sah. Von ganz hinten bei Teufelsbrück näherte sich ein Schiff, das groß genug sein würde, um die entscheidende Welle zu produzieren. Das Schiff kam näher, und für einen Moment zog sich Annas Magen zusammen, als ob sie würgen müsste. Papa, ich vermisse dich so, wann kommst du wieder?, dachte sie und beobachtete den näher kommenden Frachter. Als er parallel zum Blankeneser Strand war, stellte sie sich vor, dort oben an der Reling winkende Hände zu sehen, die zu den starken Armen ihres Papas gehörten, der sie, wenn er auf Besuch war, in die Luft warf und wieder auffing und mit ihr tobte und raufte, wie es Mama nicht konnte.

Und Marie spürte zum ersten Mal in ihrem Leben, wie es war, einen Vater zu haben, der einen liebte und von dem man wusste, dass er immer an einen dachte, auch wenn er gerade irgendwo auf einem anderen Fluss oder Meer unterwegs war.

In der Nacht waren die Temperaturen weit unter Null gesunken, das graue Wasser der Elbe sah am nächsten Morgen so aus, als ob es immer zähflüssiger würde. Keine Wolke zog über den Himmel, Helligkeit strömte in die Küche und legte sich auf die mittlerweile staubigen Möbel. Eigentlich müsste ich hier mal sauber machen, dachte Marie, als sie mit einem Kaffee am Küchentisch saß, aber sie beschloss, dass es sich nicht mehr lohnen würde, weil sie sowieso nur noch für kurze Zeit in diesem Haus bleiben wollte.

Anna war bei ihr, aber dieses Mal nur in ihrer Vorstellung. Sie versuchte sich auszumalen, wie es für Therese gewesen sein musste, während des Krieges allein mit einer kleinen Tochter zu leben, während der Mann auf See war. Es war bestimmt nicht einfach gewesen, hatte Entbehrungen gegeben. Hat sie mit den Nazis sympathisiert, ist sie selbst braun gewesen?, schoss es Marie durch den Kopf. Nein, sicher nicht, denn sie konnte sich nicht vorstellen, dass ihre Großmutter sich irgendwann in ihrem Leben für Politik interessiert hatte.

Bei Friedrich dagegen würde ich nicht die Hand ins Feuer legen, dachte sie, zu seinem akkuraten Haarschnitt hätte eine braune Uniform gut gepasst, genauso wie seine Soldatenuniform, auf die er so stolz gewesen war. »Gut habe ich darin ausgesehen, ich war Offizier«, hatte er ihr einmal erzählt, aber nicht, wo er gewesen war oder was er dort getan hatte. Und während ihres Geschichtsstudiums hatte sie niemals über die Wehrmacht recherchiert.

Je länger sie an ihren Großvater dachte, sich seine schmalen Lippen und seine blauen Augen mit dem kritischen Blick vorstellte, desto klarer wurde Marie, dass ihre Großmutter diesen Mann nicht geliebt haben konnte, jedenfalls nicht so wie ihren Seemann Jan.

Sie stellte sich ihn als einen starken, verwegenen, aber auch treuen Mann vor, der seine Therese auf Händen trug, aber auch kein Hehl daraus machte, dass sie gegen das Meer immer verlieren würde, und sie wünschte sich, Jan Hansens und nicht Friedrichs Enkeltochter zu sein.

Einen Augenblick hatte sie den Wunsch, das gesamte Haus nach weiteren Hinweisen auf Jan und Anna zu durchforsten, aber sie widerstand dieser Versuchung, denn sie wollte nicht herumschnüffeln und glaubte auch nicht, irgendetwas zu finden, wenn Therese schon die Murmeln, die Anzeigen und Fotos in einer kleinen Blechdose zwischen ihrer Unterwäsche versteckt gehalten hatte.

Sie holte die Dose nach unten in die Küche und legte die beiden Anzeigen, die drei Murmeln und die Fotos vor sich auf den Küchentisch. Sie nahm die Glaskugeln in die Hand und beschloss in dem Moment, Georg und Christian nichts von ihrer Entdeckung zu erzählen. Sie waren so sehr Friedrichs Söhne und würden nie begreifen, dass ihre Mutter noch ein anderes Leben vor dem Leben mit ihrem Vater gehabt hatte, in dem sie sich bis zu der Katastrophe wohlgefühlt hatte.

Sie klappte den Deckel der Dose auf und zu und wusste, dass sie diesen Schatz in Zukunft überallhin mitnehmen würde und dass er die wichtigste Erinnerung an ihre Großmutter war, neben einem Porträt von ihr, das auf ihrem Schreibtisch stand und auf dem sie beinahe so glücklich lächelte wie damals am Strand.

Das Porzellan, die Schallplatten, ihre Bücher, Thereses Möbel wollte Marie den anderen überlassen, denn auf einmal wurde ihr klar, dass diese Dinge nur wenig mit ihrer Großmutter zu tun hatten, sondern nur angeschafft worden waren, weil sie nach Friedrichs Meinung zu einem respektablen Leben gehörten. Aber etwas würde sie doch aus der Küche mitnehmen.

Marie öffnete den Küchenschrank. Hinter dem Porzellan mit dem friesischen Muster fand sie einen Becher, weiß und an einer Seite angeschlagen, mit einem blauen Anker darauf. Ja, diesen Becher würde sie mitnehmen, aus ihm hatte Therese immer ihren Kaffee getrunken, wenn sie nachmittags Pause machte und die eine Zigarette rauchte, die sie sich täglich gönnte, als Marie noch bei ihr wohnte. Diesen Becher hatte sie geliebt und gehütet, erinnerte sich Marie, und sie selbst hatte niemals gewagt, ihn zu benutzen.

Jetzt wollte sie ihn mitnehmen, wohin auch immer sie ging, und aus ihm trinken und sich dabei vorstellen, sie und Therese hätten gemeinsam ein fröhlicheres Leben führen können.

Sie las den Text der Todesanzeigen noch einmal. Ihr fiel auf, dass bei Jan keine Grabstätte angegeben war. Also ist nichts mehr von ihm übrig geblieben, dachte sie schaudernd. Aber Annas Grab lag auf dem Ohlsdorfer Friedhof.

Und plötzlich wusste Marie, wohin Therese an jenem Nachmittag verschwunden war, als sie sie gefragt hatte, was mit ihr im Krieg geschehen war.

Sie hatte wohl Angst, verrückt zu werden, wenn sie mich eingeweiht hätte, dachte Marie. Es muss für sie unvorstellbar schmerzhaft gewesen sein, ihre Tochter zu verlieren.

Ich werde das Grab suchen, dachte Marie und beschloss, sofort zum Friedhof zu fahren, ohne sich vorher zu informieren, wo das Grab liegen könnte. Das würde sie dort schon erfahren. Sie nahm die Dose und ihren Inhalt, steckte alles in ihre braune Ledertasche, warf sich im Vorbeigehen Thereses schwarzen Schal und die braune Lederjacke mit Innenfell über, griff sich Thereses blaue Mütze und ihre Lederhandschuhe, fand den Autoschlüssel auf der Mahagonikommode im Flur und verließ das Haus.

Sie freute sich, dass sie nicht mehr über sich selbst nachgrübelte. Ihre Neugier war geweckt wie bei der Recherche für einen Artikel oder wenn sie in ihrem Studium ein Thema bearbeiten sollte, von dem sie am Anfang nicht mehr wusste als seinen Titel.

Bombenangriffe 1943 auf Hamburg – war sie während ihres Studiums auf diese Thematik gestoßen? Sie durchforschte ihr Gedächtnis, während sie in ruhigem Tempo die Elbchaussee entlangfuhr. Sie hatte sich zuerst gar nicht mit dem Dritten Reich auseinandersetzen wollen und war dann doch immer wieder auf diese Zeit gestoßen, sie hatte die Goebbels-Tagebücher gelesen, eine Seminararbeit über Todesurteile im Dritten Reich geschrieben, über die Zensur der Presse gearbeitet, sich mit der Vichy-Regierung auseinandergesetzt, mit den Judenverfolgungen, aber niemals war sie auf das Thema Bombenangriffe auf Deutschland gestoßen, und sie konnte sich auch nicht erinnern, dass während ihrer Studienzeit in München ein Professor ein Seminar zu diesem Thema angeboten hätte. Als ob es tabu gewesen wäre. Als ob niemand den Mut oder die Lust gehabt hätte, daran zu rühren.

Auch in der Schule hatten sie nie darüber gesprochen, und sie hatte sich auch nie mit jemandem unterhalten, der ausgebombt worden war. Diese Thematik bildete einen weißen Fleck in ihrem Bewusstsein. Auch in den Bibliotheken, in denen sie für ihre Magisterarbeit recherchiert hatte, war sie niemals auf Abhandlungen zu diesem Thema gestoßen.

Eigenartig, dachte sie, vor allem, weil sie wusste, wie sehr die deutschen Städte durch Bombardements zerstört worden waren und dass sie nach dem Krieg fast vollständig wiederaufgebaut werden mussten.

Aber wenn sie bisher darüber nachgedacht

hatte, war die Zerstörung immer etwas Abstraktes gewesen, mit dem Hintergedanken: Irgendwie haben sie es ja auch verdient, die Deutschen und vor allem die Nazis.

Aber im Fall Therese war kein Nazi betroffen, sondern ein kleines Mädchen und ihre sehr junge Mutter. Sie wäre meine Tante gewesen, dachte Marie, aber dann korrigierte sie sich selbst. Wenn Anna am Leben geblieben wäre, hätte Therese wohl nicht Friedrich geheiratet, selbst wenn Jan gestorben wäre, denn sie spürte, dass ein großer Teil des Fundamentes dieser Ehe aus der Abmachung bestanden haben musste, den Anderen vor den grausamen Erinnerungen an den Krieg zu retten.

Dass ihr Mann gefallen ist, hätte Therese vielleicht noch verkraftet, dachte Marie, während sie an der Musikhalle vorbeifuhr. Aber dass sie kurz vorher ihre Tochter verlor, das hat sie für immer verändert.

Sie parkte ihren Wagen vor dem Informationscenter des Ohlsdorfer Friedhofes. Sie konnte sich nicht erinnern, jemals vorher hier gewesen zu sein. Wie oft hatte Therese diesen Ort aufgesucht?

»Ich suche das Grab von Anna Hansen, sie ist am 25. Juli 1943 während eines Bombenangriffes auf Hamburg gestorben, können Sie mir weiterhelfen?«, fragte sie die Frau hinter dem Tresen. Ihre Stimme klang heiser, und sie merkte erst jetzt, dass sie seit der Beerdigung fast nicht mehr gesprochen hatte.

»Da müsste ich erst in den Unterlagen nachsehen, das dauert.«

»Ich habe nicht so viel Zeit.«

»Warten Sie, eigentlich kann Anna Hansen nur an zwei Orten beerdigt worden sein, wenn sie hierher gebracht worden ist: entweder auf dem Gräberfeld an der Kapelle zehn oder am Mahnmal für Bombenopfer.«

»Wo ist das?«

»Fahren Sie die Cordesallee herunter, dann kommen Sie an einem Wasserturm vorbei, fahren Sie weiter geradeaus, rechts sehen Sie dann zwei Kränze mit schwarz-rot-goldenen Schleifen und eine Dornenkrone, dann kommt die Kapelle zehn, kurz dahinter können Sie ihr Auto parken. Ich gebe Ihnen einen Plan mit. Und ich wünsche Ihnen, dass Anna Hansen dort liegt.«

»Wenn sie überlebt hätte, wäre sie heute meine Tante«, sagte Marie.

»Auf der Rückseite finden Sie den Plan und die Wegbeschreibung noch einmal«, sagte die Frau und reichte ihr eine Broschüre über den Tresen.

»Viel Glück«, rief sie noch, und Marie hatte das Gefühl, dass sie die Frau wegen ihres Vorhabens bedauerte.

Sie setzte sich in Thereses Wagen, zündete eine Zigarette an und legte eine Kassette ein, die sie im Jugendschreibtisch ihres Zimmers am Strandweg gefunden hatte. Billy Joel sang vom »Piano man«, eine Freundin hatte ihr die Kassette zusammengestellt, als sie vierzehn war, gleich würde Phil Collins »I can hear it coming« singen, ein Lied für einen toten Freund. Das passt gut, dachte Marie, sie war aufgeregt, als ob sie gleich einem Menschen begegnen würde, den sie schon seit langem kennen lernen wollte. Dabei ist es doch nur ihr Grab, und ich bin ihr nie begegnet, also hör auf damit, schalt sie sich selbst, aber das half wenig.

Sie fuhr die Cordesallee entlang, eine breite, von hohen Rotbuchen und Fichten gesäumte Straße. Sie drosselte ihr Tempo und sah aus dem Fenster, sie kam an Bronzeskulpturen vorbei, Frauengestalten, fuhr noch langsamer, um besser sehen zu können, und beschloss, auf dem Rückweg anzuhalten und einen Spaziergang über den Friedhof zu machen, um die Skulpturen noch einmal aus der Nähe zu betrachten.

Neben ihr auf dem Beifahrersitz lag ein kleiner Strauß mit Tannengrün und Christrosen, sie hatte ihn gegenüber vom Friedhofseingang gekauft. Zuerst wollte sie einen Strauß roter Tulpen nehmen, aber die Verkäuferin hatte ihr abgeraten, als sie hörte, wofür sie ihn benötigte: »Bei der Kälte erfriert er Ihnen sofort«, hatte sie gesagt.

Jetzt fuhr sie an dem Wasserturm vorbei, also weiter geradeaus, und dann soll es auf der rechten Seite kommen, dachte Marie. In ihre Aufregung hatte sich Angst gemischt. Was erwartete sie?

Sie erblickte die Kapelle, einen weißen, runden Bau mit Holzdach und Holzstützen. Dahinter musste der Parkplatz liegen, die Dornenkrone und die beiden Kränze hatte sie nicht entdeckt. Erst einmal das Auto abstellen und dann zu Fuß weitersuchen.

Auf dem Parkplatz kurz hinter der Kapelle 10 stand kein weiteres Auto. Marie stieg aus, die Kälte fuhr ihr ins Gesicht. Vorhin hatte der Radiomoderator davon gesprochen, dass es mindestens zehn Grad minus kalt war. Der Boden unter ihren Füßen war gefroren, ein leichter Wind ließ die Äste der alten Bäume knarren, sie hörte ihre Schritte auf dem harschen Boden des Fußweges, sonst war es still.

Nein, sie mochte Friedhöfe nicht, sie fühlte sich unwohl inmitten all der Toten, sie war der Meinung, dass es wenig sinnvoll war, alle auf einen Friedhof zu bringen und sie nebeneinander aufzureihen, auch wenn sie wusste, dass es nicht anders ging. Aber für sie hatte ein Grabstein eigentlich keine Bedeutung, und sie ahnte, dass sie selten zum Blankeneser Friedhof gehen würde, um Thereses Grab zu besuchen. Sie fand diese an einen Ort gebundene Erinnerung überflüssig. Sie erinnerte sich an Leute, wann und wo sie wollte, und wenn sie Thereses Grab nicht mehr aufsuchte, bedeutete das nicht, dass sie ihre Großmutter nicht weiter in ihrem Herzen trug.

Aber bei Anna war es anders, denn neben den Murmeln, den Fotos und ihrer Todesanzeige war es wohl das Einzige, was sie von ihr jemals entdecken würde. Sie wollte ihr die Blumen aufs Grab legen und etwas beten, wenn sie könnte.

Sie ging an der Kapelle vorbei und sah jetzt schon von weitem die zwei Trauerkränze und die Dornenkrone.

In der Ferne schnarrte eine Motorsäge, ein Wagen der Friedhofsgärtnerei fuhr vorbei. Maries Herz schlug schneller, sie schwitzte trotz der Kälte, ihr Atem sah so aus, als ob er, kaum hatte er ihren Mund verlassen, gefrieren müsste. Ihre Haut prickelte vor Kälte. Sie machte sich keine Gedanken darüber, ob sie Annas Grab finden würde. So viele konnte es dort nicht geben, sie würde einfach die Reihen abschreiten.

Aber auf den Anblick, der sich ihr bot, als sie zwischen der Dornenkrone und den Kränzen ankam, war sie nicht vorbereitet.

Rechts und links des Weges erstreckten sich gerade Reihen von Grabsteinen: abwechselnd ein Grabstein, ein Rosenstrauch mit erfrorenen, ehemals rosafarbenen Blüten, ein grauer Grabstein, ein Rosenstrauch, ein Grabstein. Unwillkürlich zählte Marie die einzelnen Steine in einer Reihe. Es waren 45, und soweit sie es von hier aus übersehen konnte, lagen mehr als zehn Reihen vor ihr.

Das sind auf jeden Fall über tausend Gräber, dachte sie, wie soll ich Annas Grab hier überhaupt finden?

Unsicher drückte sie den Strauß an ihre Brust, sie sah sich um, neben ihr erhob sich eine Lärche, die sicher schon hier gestanden hatte, als Anna beerdigt worden war.

Warum gehe ich nicht einfach wieder?, dachte Marie unwillig, hier finde ich eh nichts, es ist nur ein Stein, und Therese wollte gar nicht, dass ich Annas Grab kennen lerne. Dieses kleine Mädchen geht mich doch eigentlich nichts an, warum setze ich mich dieser bedrückenden Stimmung aus, so kurz nach Thereses Beerdigung, als ob ich nicht eigene Sorgen hätte?, dachte sie. Aber diese Gedanken wurden von dem Gefühl verdrängt, etwas für Anna tun zu müssen.

Deshalb blieb sie stehen und betrachtete die Grabreihen weiter aus der Entfernung. Sie stellte sich vor, wie es hier aussah, wenn die Rosen blühten. Bestimmt verliehen sie der Szenerie etwas Versöhnliches. Sie schaute in den blauen Himmel, die Grabstätte wurde von Fichten, Rotbuchen und Rhododendren eingerahmt, hier war es bestimmt idyllisch im Frühling und Sommer.

Aber sie war jetzt im Januar hier, im Frühjahr würde sie sehr wahrscheinlich nicht mehr in

Hamburg sein, und sie wollte diese Aufgabe erledigen, bevor sie ihre Heimatstadt wieder verließ. Sie tastete in ihrer Manteltasche nach der emaillierten Dose und hörte die Murmeln klicken. Dieses Geräusch gab ihr Mut, damit zu beginnen, die Grabreihen nach Anna Hansen abzusuchen.

Schon in der ersten Reihe hielt sie inne, denn unter drei Namen stand dasselbe Todesdatum. Das irritierte sie, obwohl sie wusste, dass auf diesem Feld ausschließlich Bombenopfer begraben waren und dass es also normal war, dass mehrere am selben Tag gestorben waren, aber es schockierte sie dennoch.

Sie hatte sich noch nie richtig bewusst gemacht, dass den Bombardierungen der Alliierten auch unschuldige Menschen zum Opfer gefallen waren. Für sie waren diese Dinge abstrakte Größen geblieben; sie hatte sich bei älteren Menschen immer gefragt, ob sie während der Nazizeit Täter oder Mitläufer gewesen waren, und sich wirklich niemals vorgestellt, wie es sein musste, die Nächte mit der Angst im Luftschutzkeller zu verbringen, dass das Haus getroffen worden sein könnte und der Tod nahe war.

Bisher hatte sie jedem, der sich in einer für ihn bedrohlichen Situation befand, geraten, sich zu befreien und wegzugehen, aber wäre es auch Therese möglich gewesen, ihre Tochter zu nehmen und einfach zu verschwinden? Irgendwohin, wo die Gefahr, den Bomben zum Opfer zu fallen geringer gewesen wäre als in Hamburg. Aber wohin hätte sie gehen können, wo hätte sie sich sicher gefühlt? Und wäre sie überhaupt dazu in der Lage gewesen, Jans und ihre gemeinsame Wohnung und ihre Heimatstadt zu verlassen?

Marie schritt die Reihen ab und las die Namen der Toten. Einige Steine musste sie erst vom Moos befreien, um die Buchstaben entziffern zu können, die alle in derselben Schrift in den Stein gemeißelt worden waren, hier und da fehlte das Geburtsdatum des Toten. Und Marie las diese Namen und stellte sich die Menschen vor, die um ihre Toten getrauert hatten oder noch trauerten.

Ein kleiner Junge war nicht einmal zwei geworden, sie las viele Frauennamen, manchmal lagen drei oder mehr Tote derselben Familie nebeneinander. Es war befremdlich, auf einmal Mitleid mit Menschen haben zu können, die einer Generation entstammten, der sie fast ausnahmslos misstraut hatte.

Aber Annas Grab fand sie nicht in den ersten zehn Reihen. Erschöpft setzte sich Marie trotz der Kälte auf eine Steinbank in der Mitte des Gräberfeldes. Sie schloss die Augen. In einiger Entfernung hörte sie Kindergeschrei, Rufe von Erwachsenen und Lachen. Und die Sonne schien, das machte ihr Mut. Jenseits des Friedhofes gab es eine Welt, in die sie zurückkehren würde, sobald sie hier ihre Aufgabe erfüllt hätte. Vielleicht fahre ich nachher noch in die Stadt und gehe irgendwo was essen, dachte sie, und sie tröstete sich mit der Vorstellung, in einem Café zu sitzen und Menschen beim Reden zuzusehen.

Sie ließ den Strauß auf der Bank liegen, den würde sie holen, wenn sie das Grab gefunden hatte. Weiter und weiter schritt sie die Reihen ab, hob die unteren Zweige von zwei Fichten hoch, um die Schrift auf den Grabsteinen lesen zu können, die halb unter den Bäumen versteckt lagen.

Aber es waren nur wenige der hier Begrabenen in der letzten Juliwoche 1943 gestorben, als Opfer einer ganzen Reihe von Angriffen auf Hamburg, die sich über mehrere Tage erstreckten. Das hatte Marie gestern Abend noch recherchiert und sich dabei geschämt, dass sie nicht vorher darüber Bescheid gewusst hatte.

Jetzt war sie in der letzten Reihe vor den Rhododendronbüschen mit den vor Kälte eingerollten Blättern angelangt. Aber auch hier fand sie Annas Grab nicht.

»Okay, es ist ja lächerlich, was ich hier tue, und außerdem viel zu kalt«, sagte Marie zu sich selbst, holte den Strauß von der Bank und ging zurück in Richtung Kapelle. Vielleicht habe ich das Grab auch einfach übersehen, dachte sie, ich setze mich jetzt erst einmal wieder ins Auto und wärme mich auf.

Sie hörte Musik und betrachtete den Friedhofsplan von Neuem. Sie wollte noch nicht aufgeben, bevor sie alle Möglichkeiten ausprobiert hatte. Jetzt war sie bei den Bombenopfer-Einzelgrabanlagen. Wie nüchtern das klingt, dachte sie, A auf der Karte. Unter B fand sie die Bezeichnung Bombenopfer-Sammelgrab mit Mahnmal. Wenn ich annehme, dass ich ihren Grabstein nicht übersehen habe, muss sie dort begraben sein, dachte Marie mit leichtem Schaudern.

Sie startete das Auto und fuhr die Mittelallee hinunter. Sie sah auf die Uhr, es war schon drei Uhr nachmittags. Ich muss mich beeilen, wenn ich den Friedhof noch im Hellen verlassen möchte, dachte sie, und das wollte sie ganz bestimmt.

Sie fuhr die Mittelallee entlang, bog dann in die Kirschenallee ab und war dankbar für die Sonne, die auf die Straße schien und die Umgebung etwas weniger unheimlich erscheinen ließ.

Zuerst sah sie nur Tore aus dunklem Holz in Miniaturform, vier standen hintereinander, dazwischen Gras. Die Tore richteten sich an einem Steinquader aus. Dort muss sich auch die Skulptur von Gerhard Marcks befinden, dachte Marie, er hat sie 1952 vollendet. So viel stand in der Broschüre und dann noch diese Zahl. In diesem Sammelgrab lagen 37 000 Tote.

Marie parkte den Wagen und ging zögernd

den Weg rechts von den Eichenbalken entlang. Sie las die Inschriften auf dem Holz: Eppendorf, Winterhude, Uhlenhorst, Barmbek. Vereinzelt hatte jemand Holzkreuze und Steine in den Boden gesteckt, auf denen *Zur Erinnerung an* stand und dann der Name einer Person oder der Name einer gesamten Familie.

Über dieser Grabstätte hing so viel Leid und Trauer, dass sie es fast spüren konnte. Hatten alle, die hier lagen, 37 000, den Tod verdient, weil sie Nazis waren? Marie sah Frauen, Männer, Kinder, normale Menschen, die irgendwie versucht hatten, die Diktatur und den Krieg zu überleben, sich ihre Nischen gesucht hatten, die vielleicht trotz der Entbehrungen und der Angst und des Drucks glücklich gewesen waren, weil sie jemanden gefunden hatten, den sie lieben konnten, weil sie gerade eine Familie gegründet hatten wie Therese und Jan und alles dafür tun wollten, diese Familie heil durch den Krieg zu bringen.

Oder weil man so wie Anna als Vierjährige glücklich ist, wenn man eine Mutter hat, die für einen da ist und einen liebt, einen Vater hat, den man vermissen kann und von dem man weiß, dass er einen auch vermisst, Freunde hat und Spielzeug. Hat sie sich im Luftschutzkeller gefürchtet?, fragte sich Marie. Sie kannte praktisch nichts Anderes, insofern gehörte es bei ihr wohl zur Normalität des alltäglichen Lebens.

Sie umkreiste den Steinquader und schritt die vier Reihen mit den Eichenbalken ab, die wie ein Kreuz ausgerichtet waren. Sie las Hammerbrook, Hamm, Horn, Veddel und Rothenburgsort, Stadtteile, in denen sie noch nie gewesen war. Diese Stadtteile waren damals am meisten zerstört worden. Straßen voller Leichen, Menschen, die bei lebendigem Leib verbrannten. Sie hatte gestern Abend nur Stichworte gelesen, aber die hatten sie lange Zeit nicht einschlafen lassen.

Sie ging zum nächsten Strang des Kreuzes. St. Georg, Borgfelde, Eilbek, Wandsbek. Und wieder standen hier kleine Holzkreuze zur Erinnerung an diejenigen, die dort begraben lagen, namenlos, weil es zu viele waren oder nur noch Teile von ihnen übrig blieben.

Und dann kam sie zum letzten Strang, Altona, las sie, Eimsbüttel, St. Pauli, Altstadt, Neustadt. Sie war sich sicher, dass Anna mit Therese in Altona gewohnt hatte, in der Nähe des Ladens ihrer Eltern und der Elbe.

Sie suchte die Ränder des Sammelgrabes ab, aber sie fand kein Kreuz und keinen Stein mit der Inschrift *In Erinnerung an Anna Hansen, geboren am 14. August 1938, gestorben am 25. Juli 1943.*

Was soll ich jetzt mit dem Strauß anfangen?, dachte Marie. Sie musste ihn irgendwo hinlegen, um sich zumindest für eine Sekunde vorgaukeln zu können, ein normales Grab vor sich zu haben. Einige hatten Gebinde und Sträuße unter die Eichenbalken gelegt. Das wollte sie auch tun. Vorsichtig überquerte sie einen Streifen, der mit Efeu bepflanzt war, und gelangte auf die Rasenfläche, in die die niedrigen Holztore eingelassen worden waren.

Sie beeilte sich, weil sie Angst hatte, jemand könnte sie entdecken und rügen, weil sie den Weg verlassen hatte.

Sonnenstrahlen fielen rötlich auf Rotbuchen und Fichten. Maries Fingerspitzen wurden augenblicklich kalt, als sie die Handschuhe auszog und mit den Händen sanft über den Strauß strich, als ob sie Anna über das Gesicht streicheln würde.

»Das ist das Einzige, was ich für dich tun kann, Anna », sagte sie, »ich hätte gerne mehr über dich erfahren.«

Sie legte den Strauß unter das Altonaer Holztor, stand wieder auf, faltete die Hände und sprach das Vaterunser, und dieses Mal kam es ihr leicht über die Lippen.

Sie ging zum Quader zurück und umrundete ihn, weil sie auf der Suche nach der Skulptur von Gerhard Marcks war. Durch ein schmiedeeisernes Tor sah sie in einem leeren Raum auf ein Relief an der Stirnseite.

Ein Kahn überquert einen Fluss, den Styx, im Kahn sitzt Charon, der Fährmann der Toten, mit hässlicher, gleichgültiger Fratze, als ob ihn die, die er über den Fluss in das Totenreich bringen muss, überhaupt nichts angehen. Neben ihm kauert ein nackter Mann, dann kommt ein Brautpaar, sie in einem Kleid, er nackt, dann folgt eine ältere Mutter mit ihrem Kind, und im Bug steht ein alter nackter Mann und blickt zum Hades hinüber.

Marie bemerkte nicht, dass die Sonne langsam tiefer sank und ganz verschwand, dass der Halbmond am Himmel deutlicher hervortrat, dass die Kälte in die Ärmel ihrer Jacke kroch. Sie verharrte vor der Skulptur und weinte um Anna, Therese und Jan und alle, die hier einmal begraben worden waren.

Dann fuhr sie zurück in den Strandweg, ging in den Keller und holte die teuerste Flasche Rotwein hervor, die sie finden konnte, setzte sich ins Wohnzimmer in Friedrichs Sessel an das Fenster und trank ein Glas nach dem anderen, bis die Flasche leer war.

18

Ein Klingeln an der Tür riss Marie aus unruhigen Träumen. Sie lief zum Fenster, um nachzusehen, wer dort war. Vor dem Haus stand der Postbote und sah zu ihr hinauf. Ein lebendiger Mensch, dachte Marie. Der soll auf keinen Fall weggehen, ohne mit mir gesprochen zu haben. Sie öffnete das Fenster und rief: »Ich komme gleich.«

»Ich wollte Ihnen mein Beileid ausdrücken«, sagte der Postbote und schüttelte ihr die Hand. »Ihre Großmutter war eine großartige Frau. Hat immer mit mir geredet. Sie wird mir fehlen.«

»Das ist nett von Ihnen«, sagte Marie und wollte die Tür wieder schließen.

»Aber ich habe auch noch etwas für Sie. Das wollte ich Ihnen persönlich geben, weil es bestimmt schwer für Sie ist«, sagte der Postbote.

»Was ist es denn?«

»Es ist ein Brief für Ihre Großmutter angekommen. Ich habe es eben zufällig gesehen, als ich den Brief aus der Tasche holte.«

»Geben Sie, ich werde ihn lesen.«

»Wenn ich noch etwas für Sie tun kann«, sagte der Postbote verlegen.

»Nein, danke«, sagte Marie und schloss die Tür.

Sie untersuchte den Poststempel und stellte fest, dass er nach Thereses Tod in London abgestempelt worden war. Also musste der Absender nichts von ihrem Tod gewusst haben. Wen konnte Therese in London überhaupt gekannt haben? Sie suchte den Absender: Ralph Cross, Sloane Square, nicht schlecht, dachte Marie, Sloane Square lag im feinen Chelsea. Wer war Ralph Cross?, fragte sich Marie, traute sich aber noch nicht, den Brief zu öffnen. Sie betrachtete die Schrift, sie war groß und kantig, bestimmend, sie gefiel ihr. Niemand, den sie kannte, hatte so eine charakteristische Handschrift. Der Absender war geübt im Schreiben mit der Hand, er musste älter sein, niemand Jüngeres konnte so schreiben. Wer ist dieser geheimnisvolle Mann, der sogar Büttenpapier verwendet, um Oma zu schreiben?, fragte sie sich.

Sie öffnete den Umschlag behutsam, um das Büttenpapier nicht zu beschädigen.

Sie faltete das Blatt auseinander und begann zu lesen. Ralph Cross schrieb auf Deutsch.

Liebe Therese,
es ist so viel Zeit vergangen, da wage ich es,

Dir diesen Brief zu schreiben, auch wenn Du mir vor langer Zeit keinen meiner Briefe beantwortet hast.
Vielleicht legst Du den Brief wütend aus der Hand, wenn Du ihn gelesen hast, oder wirfst ihn ungelesen in den Papierkorb, aber ich muss es zumindest versuchen.
Ich bin jetzt alt und habe nichts mehr zu verlieren. Ich lebe allein, meine Lebensgefährtin Suzanne ist vor einiger Zeit gestorben. Ich habe sie nie geheiratet, ich glaube, Du weißt warum.
Ich höre gerade Glenn Miller und spüre Dich wieder in meinen Armen, wie Du Dich vorsichtig an mich schmiegst, immer ein wenig auf der Hut und ängstlich, dass ich Dir wehtun könnte.
Nie wieder habe ich mich einem Menschen so nahe gefühlt wie Dir während unserer gemeinsamen Zeit in Hamburg. Natürlich war ich auch mit anderen Frauen zusammen, besonders als ich erfuhr, dass Du geheiratet hast. Ich musste einsehen, dass es keinen Sinn mehr hatte, länger auf ein Lebenszeichen von Dir zu warten.
Jetzt sind wir alt, und ich wage zu hoffen, dass Du die Dinge etwas anders beurteilst.
Ich habe Dir nicht wehtun wollen. Ja, ich habe Dich zuerst angelogen, aber nur um Dich zu schützen.
Wenn Du doch etwas für mich empfindest,

melde Dich, nein, schreibe mir auf jeden Fall, ich möchte mich Dir durch Deinen Brief nahe fühlen.
Ich habe es oft bereut, nicht in Hamburg geblieben zu sein und um Dich gekämpft zu haben.
Dein Ralph

Wofür bat dieser Mann Therese um Verzeihung? Wer war Ralph? Marie wühlte in ihren Erinnerungen, stellte jedoch fest, dass Therese ihr niemals von einem Ralph erzählt hatte, eigentlich hatte sie überhaupt nicht über andere Männer gesprochen, als ob es für sie in ihrem Leben nur Friedrich gegeben hätte. Sie konnte sich nicht vorstellen, dass ihr Großvater Therese jemals eine Liebeserklärung gemacht hatte. In ihren Gesprächen war es immer nur um praktische Dinge gegangen, nie um Gefühle. Gut, vielleicht hatten sie sich anders benommen, wenn sie allein waren, aber das konnte Marie einfach nicht glauben. Friedrich in leidenschaftlicher Umarmung mit Therese? Das passte nicht zu ihm. Nein, wenn Marie sich ihre Großeltern vorstellte, sah sie ihren Großvater immer Pfeife rauchend in seinem Ledersessel und Therese auf der anderen Seite des Couchtisches allein auf dem Sofa. Niemals saßen sie gemeinsam auf dem Sofa, es war immer ein großer Abstand zwischen ihnen gewesen, und früher hatte Marie gedacht, alle Ehepaare würden sich so verhalten, bis sie Andreas' Eltern kennen lernte, die sich auch noch nach zwanzig Ehejahren in die Arme nahmen und küssten, selbst wenn jemand anderes dabei war.

Aber Ralph hatte es vor Friedrich gegeben, da war sich Marie sicher, ihre Großmutter war nicht der Typ, der einen Liebhaber hatte, dafür war sie zu geradlinig gewesen.

Sie muss ihn nach Jans Tod kennen gelernt haben, dachte Marie, und bevor Friedrich in ihr Leben trat. Sie hat wohl noch unter den beiden Schicksalsschlägen gelitten, denn sonst hätte Ralph nicht geschrieben, dass sie sich immer ängstlich und ein wenig auf der Hut an ihn schmiegte. Ralph musste Therese geliebt haben – war es auch umgekehrt so gewesen? Und was hatte Ralph und Therese getrennt? Anscheinend hatte Ralph ihr so wehgetan, dass es für sie offensichtlich keine Versöhnung mehr hatte geben können.

Marie zögerte. Dieser Londoner war vielleicht jemand, der ihr mehr über Thereses Leben vor Friedrich offenbaren könnte. Aber wollte sie es wissen? Der Besuch auf dem Ohlsdorfer Friedhof war schon schmerzlich genug gewesen. Wollte sie die Enthüllung von noch mehr Geheimnissen verkraften?

Ich kann den Brief auch unbeantwortet lassen. Das würde diesen Ralph Cross zwar schmerzen, aber die Sache war ja vorbei. Das ist die einfachste Lösung, und sie lenkt mich nicht von meinen eigenen Dingen ab, dachte Marie. Aber dann stellte sie sich vor, wie dieser alte Mann jeden Morgen zum Briefkasten ging und enttäuscht feststellte, dass wieder keine Antwort von Therese zwischen den Rechnungen war, wie er jedes Mal zusammenzuckte, wenn das Telefon klingelte, und sich räusperte, weil er hoffte, dass Therese ihn anrief. Ich könnte ihm einfach eine Todesanzeige schicken, dachte sie.

Nein, ich muss ihm die Nachricht von Thereses Tod persönlich überbringen. Das bedeutet London. Ich fahre hin, treffe Mr. Cross und überlege dann, was ich weiter tun will, schoss es ihr durch den Kopf, froh darüber, wieder ein Ziel zu haben.

Am nächsten Tag schleppte sie ihre Kisten mit Büchern und Küchenutensilien zusammen mit Christian vom Boden hinunter und in einen Kleintransporter, den sie gemietet hatte, ohne vorher zu fragen, wie viel das kostete, und fuhr ihn zu Christians Haus. Sie war plötzlich fröhlich, scherzte sogar mit ihrem Onkel, der keine überflüssigen Fragen stellte, warum sie wieder nach England gehen wollte, und sich bereit erklärte, ihr die Post nachzuschicken, sobald sie ihm ihre neue Adresse mitteilte.

»Ich rufe dich alle paar Tage an, um zu fragen, ob irgendetwas von den Verlagen angekommen ist. Ich bin mir zwar nicht mehr sicher, ob ich wirklich ein Volontariat machen will, aber ich möchte mir meine Chancen nicht verbauen«, sagte sie, als sie in einem Fischrestaurant in der Nähe von Thereses Haus saßen und auf Maries Zukunft anstießen.

»Lass dir Zeit mit deiner Entscheidung. Es ist nicht gut, etwas zu beginnen, von dem man nicht ganz überzeugt ist. Wenn ich die Zeit gehabt hätte, mir Gedanken zu machen, hätte ich vielleicht etwas anderes als Medizin studiert.«

»Wirklich? Aber ich dachte, du liebst deinen Beruf.«

»Schon, aber es gibt auch noch eine andere Seite von mir, die sich zu Hause bei Friedrich und Therese nicht entwickeln konnte. Du weißt, dass ich Musik liebe, ich wäre gern Pianist geworden, aber das durfte ich gegenüber Papa nicht in den Mund nehmen, er wäre ausgeflippt.«

»O ja, kann ich mir vorstellen, Friedrich hat immer nur das geduldet, was er für richtig hielt. Deshalb kam er ja auch nie mit Elkes Widerspruchsgeist klar.«

Marie zögerte, weiterzusprechen. Sie hatte mit Christian noch nie über ihre Mutter geredet.

»Vielleicht hast du Recht, aber ich kann nicht viel zu den Ereignissen damals sagen. Ich war mit meinen eigenen Sachen beschäftigt. Elke und du habt mich damals nicht sehr interessiert, weißt du? Und ich war auch eifersüchtig auf dich, weil Therese nur noch für dich da zu sein schien.«

»Hat dir der Tod deiner Schwester nicht wehgetan?«

»Eigentlich nicht. Weißt du, ich kannte sie nicht besonders. Sie war so ... anders. Als ob sie einer anderen Familie entstammte.«

»Und ich, bin ich auch anders?«

»Ja und nein. Du ähnelst Therese in vielem. Dein Lächeln, deine Begeisterung fürs Kochen, früher hast du immer versucht, es allen recht zu machen, wie Therese, aber jetzt bist du viel eigenwilliger. Du lässt dich nicht so von Konventionen beeinflussen wie Georg und ich, zumindest nicht mehr, seit du weg bist. Ich finde es mutig. Wünschte, ich wäre auch so.«

»Ich dachte, du bist glücklich! Stefanie und du und die Kinder?«

»Ja, sind wir auch, aber manchmal nagt dieser Wunsch an mir, auszubrechen und doch noch zu versuchen, von der Musik zu leben. Aber da sind ja die Kinder. Und du weißt, dass Stefanie nicht arbeitet.«

»Warum eigentlich nicht?«

»Sie wollte nie, und Therese hätte es auch nicht geduldet«, sagte Christian und schaute traurig in sein Rotweinglas.

»Vielleicht solltest du dir jemanden suchen, mit dem du musizierst«, sagte Marie.

»Sicher, aber wann, die Arbeit frisst mich

auf, das weißt du doch«, erwiderte er deprimiert, dann straffte er sich.

»Ach, lassen wir diese Sachen, trinken wir lieber auf deine Zukunft.«

»Und auf Therese.«

»Ja, und auf Mama – und Papa.«

Ohne seinen großen Bruder ist Christian richtig nett. Der Arme steht gegenüber Georg so unter Erfolgsdruck, dachte sie und freute sich das erste Mal darüber, dass sie keine Geschwister hatte.

Es war herrlich, plötzlich Geld zu haben. Marie wusste, dass sie nie wieder abhängig von jemandem sein wollte, weder von ihrer Familie noch von einem Mann. Sie wollte endlich damit beginnen, auf eigenen Füßen zu stehen, auch wenn es ihr jetzt noch Angst machte.

Sie hatte im Stillen um Zeit gebeten, und die bekam sie nun, weil ein ehemaliger Liebhaber Thereses einen Brief geschrieben hatte.

Ich gehe erst einmal nach London und warte ab, was geschieht, dachte sie. Ich bin mit dieser Stadt noch nicht fertig und habe zu früh aufgegeben und sie verlassen. Vielleicht werde ich mir eine Arbeit als Aushilfe in einem Restaurant suchen, dachte sie. Mittlerweile konnte sie sich vorstellen, als Kellnerin zu arbeiten, denn es würde dort niemand darüber die Nase rümpfen, dass sie lieber jobben wollte, anstatt sich eine feste Stelle als Journalistin zu suchen.

Im Moment wollte sie keine Arbeit, die sie zu

irgendetwas verpflichtete, sie wollte nur genug Geld verdienen, um einigermaßen über die Runden zu kommen, ohne ihr gesamtes Barvermögen aufbrauchen zu müssen, und sie wollte Zeit, um die Stadt zu erleben, sich treiben und ihren Gedanken und Gefühlen freien Lauf zu lassen und irgendwann auch Ralph Cross kennen zu lernen.

Beinahe hätte sie Christians Fehler gemacht und einfach etwas angefangen, von dem sie nicht überzeugt war, nur weil es die logische Konsequenz aus ihrem Studienabschluss war. Sie wollte mit Anfang 40 nicht genauso unglücklich sein wie Christian, weil sie einmal vor 15 Jahren die falsche Entscheidung getroffen hatte.

Sie packte ihre Koffer und legte die blaue Dose mit Annas Murmeln, den Fotos und Anzeigen in ihre Tasche, zusammen mit dem Brief von dem geheimnisvollen Engländer.

19

Sie will nichts von mir wissen, dachte Ralph, als er wieder nur Rechnungen aus dem Briefkasten zog. Sie will mich nicht sehen. Er kehrte in seine Wohnung zurück und war froh, auf der Treppe niemanden zu treffen, denn alle hätten seine Enttäuschung bemerkt.

Ich kann es nicht auf mir sitzen lassen, dass sie mir nicht antwortet, dachte Ralph. Ich will sie nicht noch einmal kampflos aufgeben.

Wenn sie mich nicht mehr sehen will, soll sie es mir direkt ins Gesicht sagen.

Wenn sie in der nächsten Woche nicht schreibt, gehe ich in ein Reisebüro und buche einen Flug, nahm er sich vor. Wäre doch gelacht, wenn ich diese stolze Frau nicht umstimmen könnte. Jedenfalls werde ich dieses Mal über meinen Schatten springen, nach Hamburg fliegen und mich vor ihre Tür stellen. Soll sie mich doch dann abweisen. Aber den Mut muss sie erst einmal aufbringen.

20

Verdammt, warum heule ich jetzt. Nur weil niemand am Strand steht und ein Bettlaken schwenkt. Letztes Mal, als Therese es tat, wollte ich es doch gar nicht.

Marie kauerte auf einer Bank auf dem Promenadendeck der Englandfähre, obwohl es kalt und windig war. Weil jemand vorbeikam, kroch sie noch tiefer in ihre Lederjacke. Niemand sollte ihr verweintes Gesicht sehen. Warum bin ich nicht so stark wie Therese? Die hat niemals die Fassung verloren, dachte sie.

Marie kramte in ihrem Gedächtnis nach einer Situation, in der sie ihre Großmutter hatte weinen sehen. Lange sah sie nichts, aber nach einer Zeit entstand vor ihrem inneren Auge eine Szene, die sich ereignet haben musste, als sie selbst noch auf einem Hocker stehen musste, um Therese beim Kochen zuschauen zu können.

Ihre Großmutter hatte in der Küche Kartoffeln geschält, als die Sirenen losgingen. Plötzlich waren Tränen über Thereses Gesicht gelaufen, und sie hatte geschluchzt. Ihre Hände zitterten und umklammerten gleichzeitig das Messer. Blut sickerte zwischen den Fingern der rechten Hand hindurch und tropfte auf den Boden.

Damals wusste Marie nicht, was die Sirenen bedeuteten, dachte nur, sie sei daran schuld, dass Therese weinte, und war schnell zu ihr gelaufen und hatte sich an ihr Bein geklammert. Und das löste Therese aus der Erstarrung.

Warum hast du mich nie an deinem Kummer teilhaben lassen, warum hast du mir nicht von deiner Tochter und Jan erzählt? Ich hätte es verstanden und dich getröstet. Vielleicht hätte es dir geholfen, wieder fröhlicher zu werden, wenn ich die Erinnerung mit dir zusammen ertragen hätte.

Hatte Thereses Liebhaber Bescheid gewusst? Marie nahm es an, denn aus dem Brief sprach so viel Nähe.

Glücklicherweise sah sie niemand auf dem Weg zur Kabine. Das Schiff war ziemlich leer, so kurz nach Neujahr waren nicht viele Menschen unterwegs nach England, zumindest nicht mit dieser Fähre. Im Badezimmer ihrer Kajüte, die sie allein bewohnte, tauchte sie einen Waschlappen in kaltes Wasser und legte ihn sich auf das Gesicht, bis es nicht mehr verheult aussah. Sie cremte sich ein und schminkte sich sorgfältig, denn sie wollte auf keinen Fall, dass irgendjemand erkennen könnte, dass sie geweint hatte.

Sie ging in die Bar, bestellte sich einen Irish Coffee und freute sich, dass sie sich keine Sorgen zu machen brauchte, ob sie sich diesen Luxus überhaupt leisten konnte. Es war nicht in Thereses Sinn, das Geld so auszugeben, das wusste sie, aber es störte sie nicht mehr. Ihre Großmutter hatte sicher gewollt, dass sie das Geld für ihre Aussteuer aufsparte oder für die Renovierung des Strandweges hernahm. Aber sie brauchte kein Haus und keinen Mann, jedenfalls auf unbestimmte Zeit nicht.

Sie dachte an Andreas. Sie wusste nicht, ob sie zu ihm zurückkehren würde. Aber zum ersten Mal empfand sie Dankbarkeit, dass er sie so geliebt hatte oder vielleicht sogar noch liebte. Vielleicht würde sie ja eines Tages feststellen, dass auch sie ihn liebte. Vielleicht würde er dann mit jemand anderem zusammenleben und für sie unerreichbar werden. Aber das Risiko musste sie eingehen. Sie wollte sich nicht mehr auf halbe Sachen einlassen.

Und ich will nicht der Mittelpunkt einer Familie sein, mit mehreren Kindern und einem Haufen Verantwortung, dachte Marie. Eigentlich ist es logisch, dass Therese jetzt gestorben ist und niemand mehr da ist, um den sie sich hätte kümmern können. Ich möchte später nicht nur für andere da sein und meine Bedürfnisse zurückstellen. Aber sie wusste dennoch, dass sie irgendwann eine eigene Familie gründen wollte, wenn auch nur mit dem richtigen Mann. Aber ob Andreas jemals der Richtige sein würde, bezweifelte sie, denn er wäre wohl nicht in der Lage, seiner Frau ihre Unabhängigkeit und ihr eigenes Leben zu lassen. Sie vermisste ihn nicht. Ohne ihn konnte sie hier in der Bar sitzen und entspannt einen Irish Coffee nach dem anderen trinken, wenn sie wollte. Es war vollkommen egal, denn niemand würde sie nach einer Weile am Arm nehmen und sagen: »Komm Marie, ich bringe dich in deine Kabine, du bist doch bestimmt müde«.

Sie wusste nicht, woran es lag, aber sie hatte bei allen Männern, mit denen sie im Studium befreundet gewesen war, immer das Gefühl gehabt, unfrei zu sein, weil sie ständig etwas an ihr verbessern wollten, sei es ihre Art, sich anzuziehen, ihr Benehmen, ihre Figur, ihren Intellekt. All ihre Freunde hatten zwar festgestellt, dass sie Potential besaß, wie es Robert tatsächlich einmal ausgedrückt hatte, mit dem sie sogar zwei Jahre in einer Wohngemeinschaft zusammenlebte, aber dass man sie noch etwas schleifen müsste wie einen Diamanten, um sie zu der ihr möglichen Perfektion zu bringen. Sie wusste nicht mehr, was sie daraufhin geantwortet hatte, sehr wahrscheinlich war sie sogar stolz darauf gewesen, ein, wenn auch ungeschliffener Diamant zu sein. Ihr war damals überhaupt nicht aufgefallen, wie unverschämt

Robert gewesen war, dass er ihr damit viel zu nahe getreten war.

Sie hatte lange Zeit nicht gewusst, dass es Grenzen gab, die andere nicht überschreiten durften, selbst diejenigen nicht, die vorgaben, sie zu lieben. Aber sie wusste, dass ihr so etwas nicht wieder geschehen würde. Sie wollte so lange allein bleiben, bis sie herausgefunden hatte, was sie selbst eigentlich wollte, um nicht wieder eine Rolle zu spielen, wie sie es für die Männer, mit denen sie zusammen gewesen war, immer getan hatte. Das scheint in der Familie zu liegen, Therese, dachte sie und prostete ihrer Großmutter im Stillen zu.

Für Pete habe ich die unabhängige, lockere Journalistin gegeben, die nichts und niemanden wirklich brauchte und einfach nur Spaß wollte, weil ihm genau das in den Kram gepasst hatte. Er wollte sich mit einer Jüngeren über Heather hinwegtrösten, ohne irgendwelche Verpflichtungen einzugehen. Und Marie wurde plötzlich klar, dass sie sich, als seine Exfreundin zurückkehrte, ganz typisch verhalten hatte, als sie sich ohne Gegenwehr zurückzog. Marie ärgerte sich darüber, dass sie damals einfach ihre Empörung und ihren Schmerz hinuntergeschluckt hatte. Wenn ich geheult und getobt hätte, wäre ich vielleicht nicht so traurig geworden, sondern hätte den Schmerz überwunden und die Kraft gehabt, in London zu bleiben. Aber dann wäre Therese allein gestorben, dachte sie und war doch froh, dass sie nach Hamburg zurückgekehrt war.

Sie fühlte sich schon leicht benebelt von dem Alkohol. Vor ihr stand der dritte Irish Coffee, und sie wusste, dass sie morgen Schwierigkeiten mit ihrem Magen haben würde, aber das machte ihr nichts aus. Sie genoss diesen Schwebezustand, sie fühlte sich unsichtbar, weil sie niemandem auffallen wollte. In der Bar saßen nur noch einige Paare an Zweiertischen und drei Männer am Tresen. Es war eine Wohltat, sich für keinen dieser Leute interessieren zu müssen.

Nach ihrem vierten Drink stand sie mühsam auf. Sie machte sich schwankend auf den Weg in ihre Kabine.

Glücklicherweise war es fast windstill, so dass sie nur mit dem Kreisel in ihrem Kopf kämpfen musste, der sich unaufhörlich drehte, und nicht noch mit den Schiffsbewegungen. Sie rollte sich unter ihrer Decke zusammen und nahm das Kissen in den Arm. Kurz vor dem Einschlafen sehnte sie sich nach einem Mann, der jetzt mit ihr schliefe und den sie am nächsten Morgen auch noch gerne neben sich hätte. Dieser Schritt, wieder nach London zu gehen, wäre bestimmt leichter mit jemandem an meiner Seite, der mich unterstützt, dachte sie, der mich liebt und mir das Gefühl gibt, irgendwo zu Hause zu sein.

Ich muss lernen, auch ohne eine Familie

glücklich zu sein, dachte sie dann. Da ist niemand, den ich anrufen kann, außer vielleicht Christian, aber der hat selbst so viele Probleme, den werde ich bestimmt nicht mit meinen eigenen behelligen.

Also, ich bin allein, habe zwar noch meine Freunde in München, aber die würden mich und meine einsame Entscheidung, einfach aus der Bewerbungsschiene auszusteigen, nicht verstehen. Es wird hart werden, ich bin nicht so unabhängig, ich brauche eigentlich Geborgenheit, und Therese gab mir so viel davon, wie sie überhaupt konnte. Aber jetzt ist sie tot, und andere können auch vollkommen allein leben, ohne Familiennetz, also werde ich es wohl auch schaffen.

»Ich möchte nach Kensington in die Queens Gate«, sagte Marie dem Taxifahrer und stieg in den Fond des schwarzen Taxis ein. Dies war das erste Mal, dass sie sich diesen Luxus gönnte. In den ganzen drei Monaten vorher war sie in London nicht einmal Taxi gefahren, noch nicht einmal während des U-Bahn-Streiks, sondern sie hatte mit all den anderen stundenlang an der Bushaltestelle gewartet und einen überfüllten Doppeldeckerbus nach dem anderen an sich vorbeifahren sehen.

Jetzt konnte sie es sich leisten, ihre Koffer nicht durch die langen U-Bahn-Gänge zu schleppen und die Rolltreppen hochzuzerren.

Ich werde das Geld nicht hinauswerfen, dachte sie, aber nach dem Stress der vergangenen Wochen habe ich mir dieses Extra verdient.

»Fahren Sie die Queens Gate bitte hinunter, ich werde Ihnen dann sagen, wo Sie halten sollen«, sagte sie dem Fahrer und freute sich, dass sie wieder ohne Schwierigkeiten in die englische Sprache einsteigen konnte.

Wenn sie englisch sprach, fühlte sie sich leichter und unabhängiger, sie fand diese Sprache unverbindlicher als die deutsche. Doch obwohl sie sehr gut englisch sprechen konnte, hatte sie im Sommer in London wenig über Probleme oder ihre Gefühle geredet. Sie benutzte diese Sprache als Schutzschild, hinter dem sie sich verstecken konnte. Damals hatte sie sogar angenommen, sich selbst neu erfinden zu können.

Sie wollte sich erst einmal erholen und zur Ruhe kommen. Ich werde meine Lieblingsplätze aufsuchen und in die Redaktion gehen. Vielleicht gibt es dort doch etwas für mich zu tun. Sie spielte mit dem Gedanken, Petes Freunde anzurufen, die sie im Sommer kennen gelernt und mit denen sie sich gut verstanden hatte. Aber sofort verwarf sie den Gedanken wieder. Es waren Petes Freunde, nicht ihre eigenen.

Ich muss es noch einige Zeit ertragen, wenige Leute zu kennen, dachte sie, aber sie nahm sich vor, dieses Mal die Nerven zu behalten und nicht wieder vor der Einsamkeit davonzurennen.

Sie hielten vor dem Fünf-Sterne-Hotel in der Queens Gate, an dem sie immer vorbeigekommen war, wenn sie zur U-Bahn South-Kensington ging. Werde ich mir so ein Hotel jemals leisten können?, hatte sie sich damals gefragt und angenommen, dass das niemals der Fall sein würde. Deshalb ging sie jetzt mit hoch erhobenem Kopf durch die Halle und freute sich, an der Rezeption selbstbewusst sagen zu können, dass sie ein Zimmer reserviert habe.

»Vielleicht möchte ich auch eine Woche bleiben«, sagte Marie.

»Das ist ohne weiteres möglich, Madam. Geben Sie uns nur rechtzeitig Bescheid.«

Madam - noch nie hatte sie jemand so angesprochen! Es klang sehr erwachsen. Aber das bin ich ja auch, dachte sie. Ich bin Mitte 20, erwachsen, das hatte ich nur die letzten Monate in Thereses Haus vergessen, ich kann mein Leben selbst in die Hand nehmen.

Das Zimmer hatte geblümte Tapeten und ging zur Straße hinaus. Marie schob das Fenster hoch und legte sich auf das Bett. Unten fuhr gerade ein roter Doppeldeckerbus vorbei. Gleichzeitig hörte sie Autohupen, Reifenquietschen, Stimmen. Es war herrlich, in der Stadt zu wohnen - sie schwor sich, nie wieder in einen so leisen Vorort wie Blankenese zurückzukehren, wo niemand tagsüber zu arbeiten schien außer die

Gärtner und die Aupairmädchen. Sie brauchte das Gefühl, in der Nähe anderer Menschen zu leben und mochte die vornehme Anonymität der Villenviertel nicht, in denen es darum ging, dass einem niemand zu nahe kam. Sie wollte sich ein Zimmer in einem der Wohnheime am Earls Court mieten, denn dort war es nicht so nobel wie hier in Kensington. In den nächsten Tagen würde sie sich dort umsehen und einen Job in einem Restaurant oder einer Bar suchen.

Vielleicht kann ich auch als Deutschlehrerin arbeiten, schoss es ihr durch den Kopf.

Sie hatte keine Lust, gleich mit Ralph Cross Kontakt aufzunehmen. Sie wollte momentan nichts mit der Vergangenheit ihrer Familie zu tun haben, sondern sich mit ihrer Zukunft beschäftigen, ohne zusätzlich zu dem, was sie sowieso schon herausgefunden hatte, von einem Wissen belastet zu werden, das vielleicht schmerzhaft sein konnte.

Sie packte ihren Koffer aus. Die blaue Dose ließ sie in der Seitentasche des Koffers.

Jetzt wollte sie hinaus in ihre Stadt, erst auf die Kings Road, um dort in ihrer Stamm-Sandwichbar ein Thunfisch-Gurken-Sandwich zu essen und Kaffee zu trinken und die Leute, die auf der Straße vorbeigingen, zu beobachten. Sie brauchte keinen Stadtplan, um den Weg zu finden. Sie hatte den Eindruck, sich in London besser auszukennen als in Hamburg, zumindest in den Stadtteilen, in denen sie sich immer aufgehalten hatte, und das waren nicht die Viertel, in denen sie sich spät abends nicht allein auf die Straße trauen konnte. Eigentlich bin ich doch ein ziemlicher Snob, dachte sie, weil sie sich daran erfreute, sich jetzt die Auslagen der eleganten Geschäfte entlang der Kings Road ansehen zu können und nicht gleich denken zu müssen: Nein, das kann ich nicht kaufen, es ist viel zu teuer.

Sie beobachtete zwei Frauen, die in die Sandwichbar kamen, beide in grauen Kostümen und Pumps, sie hatten Aktentaschen bei sich und sahen so aus, als ob sie Anwältinnen wären und ihre Mittagspause zusammen verbrachten, um Neuigkeiten aus ihrer Branche auszutauschen. Sie tragen beide keinen Ehering, stellte Marie fest. Das gefiel ihr. Selbstverständlich bezahlten sie aus schicken Portemonnaies von Gucci, wie es nur Frauen tun können, die ihr eigenes Geld verdienen. Marie stellte sich vor, dass sie am Wochenende manchmal ihre Eltern einluden und einfach überhörten, wenn ihre Mütter anfingen, von Enkelkindern zu sprechen. Jedenfalls das bleibt mir erspart, dachte sie.

Nach dem Essen beschloß sie, sich wieder von diesen schwarzen Haaren zu trennen, die überhaupt nicht zu ihr passten, sie wollte sich ihre Haare in ihre ursprüngliche Farbe zurückfärben lassen.

In dem Salon war sie noch nie gewesen. Er

war zu teuer und zu schick gewesen, aber jetzt fand sie, dass sie eine exklusive Behandlung verdient hatte. Nach all den dunklen Wochen in Hamburg, in denen sie sich nicht eine Sekunde freundlich im Spiegel betrachtet hatte, genoss sie es jetzt, auf dem Friseurstuhl zu sitzen und sich aufmerksam anzuschauen, während Paul an ihren Haaren herumzupfte. Sie musterte sich und bemerkte, wie sich ein Lächeln in ihre Augen stahl. Sie musterte ihren Mund, der in ihrem schmaler gewordenen Gesicht noch größer wirkte, und beschloss, sich nachher einen neuen Lippenstift zu kaufen, in der Farbe ihrer Lippen und nicht in diesem krassen Rotbraun, das sie in den vergangenen Monaten benutzt hatte.

Als ihre Haare nach Stunden endlich wieder den ursprünglichen Ton ihrer Haarfarbe hatten, wäre sie am liebsten aufgesprungen und hätte Paul umarmt, denn dort im Spiegel sah sie wieder jemanden, der sie freundlich angrinste, dessen Augen strahlten, dessen Hautfarbe nicht mehr blass wirkte.

Sie kaufte sich Lippenstift, Wimperntusche, Lidschatten, und auf der Toilette in ihrer Sandwichbar schminkte sie sich. Sie ließ sich dabei Zeit, weil sie es genoss, sich endlich wieder ansehen zu können, ohne sich hässlich zu finden.

Mittlerweile war es dunkel. Sie fuhr zur Kensington High Street hinüber, weil sie etwas bei einem China-Imbiss, den sie vom Sommer her kannte, essen wollte. Sie traute sich noch nicht, einfach in ein Restaurant auf der Kings Road zu spazieren und sich an einen Einzeltisch zu setzen, weil sie den Eindruck hatte, dann sofort als einsame Frau abgestempelt zu werden, die allein essen gehen musste, weil sie niemanden kannte.

Sie nahm sich vor, irgendwann in der nächsten Zeit einen Tisch in einem kleinen französischen Restaurant zu reservieren, in das sie mit Pete manchmal gegangen war, sich gut anzuziehen, kein Buch mitzunehmen, sich mindestens drei Gänge zu bestellen und nicht hektisch eine Zigarette nach der anderen zu rauchen, nur weil sie allein am Tisch saß.

Sie hatte keine Schwierigkeiten, in einem Imbiss allein zu essen oder in einem Burgerrestaurant, denn dort saßen viele starr vor ihrem Essen, sahen nicht auf und lasen Zeitung, während sie sich das Essen in den Mund steckten, ohne darauf zu achten, was es war.

Marie bestellte sich Chicken süßsauer, denn sie liebte es, an bestimmten Orten immer dieselben Dinge zu essen. In einem Café auf der Münchner Leopoldstraße hatte sie es fertiggebracht, fünf Jahre lang nur Vanilleeis mit Schokoladensauce zu bestellen, wenn sie dort war.

Sie suchte einen Tisch in der Nähe des Fensters aus und sah auf die Straße. Es regnete. Sehnsüchtig dachte sie an den vorigen Sommer in London, als es warm gewesen war und sie in einem roten Sommerkleid und Sandalen hier durch die Straßen gelaufen war.

Morgen fahre ich in meine ehemalige Sprachenschule am Holland Park und spreche mit Laura. Sie kann mir sicher eine Bescheinigung ausstellen, dass ich Studentin bin, fiel Marie ein, sie ist ja schließlich die Sekretärin, und zur Not kann ich ja auch noch einen Abendkurs belegen. So viel Geld habe ich, und schaden wird es mir nicht. Und dann lade ich Laura zum Essen ein, dachte Marie und freute sich darauf, bald wieder jemandem beim Essen gegenüber sitzen zu können, den sie mochte.

Die Tür des Imbisses ging auf, und eine skandinavisch aussehende Frau in ihrem Alter kam herein. Sie sah sich suchend im leeren Imbiss um und stellte sich dann an Maries Tisch.

Die ist noch nicht lange in London und kennt hier niemanden, dachte Marie. Dieser suchende, leicht verzweifelte, aber auch entschlossene Blick verriet sie. Die Arme, sie hat noch nicht begriffen, dass man in einer Stadt wie London der Einsamkeit nicht aus dem Weg gehen kann, wenn man als Ausländer hier ankommt.

»Hi, I am Lara«, sagte die Frau mit skandinavischem Akzent. »du bist nicht aus England, oder?«

»Nein, ich komme aus Deutschland. Aber schade, dass ich nicht als Engländerin durchgehe.«

»Ich weiß auch nicht, aber du wirkst sehr kontinental.«

»Und du bist aus Norwegen oder Schweden?«

»Schweden, das ist ja nicht zu übersehen. Jedenfalls glauben die hier, dass es bei uns nur so hellblonde Menschen gibt wie mich, naja.«

»Was machst du hier?«

»Sprachenschule, ein halbes Jahr, und dann möchte ich studieren. Aber du hast überhaupt keinen Akzent. Wohnst du schon lange hier?«

»Nein, eigentlich bin ich erst seit heute wieder in London. Aber ich habe schon einmal hier gelebt.«

»Hoffentlich spreche ich auch mal so gut englisch wie du. Was machst du hier?«

»Urlaub, oder ich will versuchen, hier zu leben.«

»Hast du einen Job, alles ist hier doch so unheimlich teuer?«

»Ich muss mir demnächst etwas suchen, aber ich weiß noch nicht genau, was. Darüber mache ich mir aber jetzt keine Sorgen. Ich werde etwas finden.«

»Mutig, das würde ich mich nicht trauen. Abgesehen davon würden meine Eltern es auch nicht erlauben.«

»Meine Eltern sind tot.«

»Oh, ich wollte dir nicht zu nahe treten.«

»Bist du nicht. Aber jetzt muss ich los, vielleicht sieht man sich noch.«

»Wo wohnst du? Vielleicht können wir uns morgen wieder hier zum Essen treffen?«, fragte Lara.

»Morgen habe ich keine Zeit. Ich wünsche dir viel Glück.«

Armes Mädchen, dachte Marie, als sie durch den Regen zur *tube* stapfte. Sie wird sehr wahrscheinlich noch ins Kino gehen und sich schrecklich fühlen, weil sie allein dort sitzt. Und dann wird sie sich wahnsinnig auf morgen freuen, weil endlich wieder Montag ist und sie in ihre Sprachenschule gehen kann, und sie wird in Zukunft dafür sorgen, jedes Wochenende mit anderen Sprachenschülern unterwegs zu sein, egal, ob sie sie mag oder nicht, nur um nicht allein sein zu müssen.

Das habe ich schon hinter mir, dachte sie. In Hamburg hatte sie sich, obwohl sie dort Leute kannte, so erbärmlich allein gefühlt, dass sie ihr jetziges Alleinsein im selbst gewählten Exil genoss.

»Ich kann dir helfen, Marie«, sagte Laura. Sie saßen in einem Pub, hatten jeder einen Gin Tonic und zwei Sandwiches vor sich stehen. »Eigenartig, dass du mich gerade jetzt fragst, ob ich jemanden kenne, der Deutschunterricht haben möchte. Gestern rief die Tochter einer Bekannten bei mir an. Sie ist Bankerin, geht in fünf Wochen nach Frankfurt zum Arbeiten, sie möchte ihre Deutschkenntnisse bis dahin auffrischen. Das wird bestimmt ein Intensivtraining.«

»Genau das ist jetzt richtig. Ich rufe sie morgen an. Wie geht es euch allen sonst so?«

»Pete hat mal wieder Stress mit Heather. Ich denke nicht, dass es hält.«

»Wenn ich ehrlich bin, freut mich das.«

»Kann ich mir vorstellen. Es war aber auch nicht nett, wie er dich behandelt hat. Denkst du, du triffst dich noch einmal mit ihm?«

»Ich weiß es nicht. Halte mich aber auf dem Laufenden. Ich möchte es erfahren, wenn mit Heather wieder Schluss ist.«

»Mach ich, es ist schön, dass du wieder hier bist. Du hast mir gefehlt. Ich denke, du wirst es schaffen, länger zu bleiben. Ich würde mich freuen. Du musst bald zum Essen zu uns kommen, du musst Chris kennen lernen. Passt es dir nächste Woche Samstag?«

»Gern, Laura, ich freu mich. Bis dahin bin ich auch wieder telefonisch zu erreichen. Ich möchte erst einmal im Wohnheim unterkommen. Meinst du, dass du mir eine Bescheinigung schreiben kannst, dass ich hier noch Studentin bin?«

»Das nicht, aber ich rufe den Hausverwalter an, er bekommt immer so viele Studenten durch mich vermittelt, er muss mir einen Gefallen tun.«

»Du bist ein Schatz. Es ist viel leichter, als ich gedacht habe.«

»Wenn du Hilfe brauchst, frag einfach, wir finden schon einen Weg. Viele haben so angefangen wie du. London ist ein anstrengendes Pflaster. Aber wenn du willst, schaffst du es hier.«

Nach dem Essen mit Laura fuhr Marie zurück ins Hotel und gönnte sich noch einen Drink in der Bar. Sie hörte dem Klavierspieler zu, und es störte sie auf einmal gar nicht, allein an einem Tisch zu sitzen. Wie eigenartig es ist, dass ich mich in London so wohl fühle, dachte sie. Und frei. Als ob ich keine Vergangenheit hätte und mir noch einmal neu begegnen könnte, ohne den Ballast meiner Familie, den ich schon seit Urzeiten mit mir herumschleppe.

Pete und Heather haben Streit. Vielleicht sollte ich ihn anrufen oder, besser noch, eine Karte schreiben. Ja, das werde ich tun, eine Postkarte nur mit dem Satz: Ich bin wieder hier und bleibe für länger, call me, und dann die Telefonnummer. Mal sehen, ob er darauf reagiert, dachte sie. Auch wenn sie nicht die große Liebe wollte, einen Mann im Bett konnte sie schon gebrauchen.

Am nächsten Tag traf sie sich in einem Restaurant in der City mit Anne Steiner. Marie kam zu früh und setzte sich an einen Tisch, von dem aus sie die Tür im Blick hatte. Um sie herum saßen Anzug tragende Männer und einige Frauen im grauen Kostüm. Ich werde nie einer von diesen Menschen sein, die ans große Geld glauben und cool sind, dachte Marie. Dafür habe ich das Falsche studiert. Aber das störte sie nicht. Sie wollte gar nicht dazugehören und zwölf Stunden am Tag arbeiten, nur um sich die Kostüme der angesagten Marken leisten oder teure Autos fahren zu können.

Aber Marie genoss es dennoch, sich vorzustellen, wie die Geschäftsmänner in Boxershirts und weißen T-Shirts aussehen würden. Sie bemühte sich nicht, ihren Gesprächen zu folgen, was sie sonst immer gern tat, da sie annahm, dass es nur ums Geschäft ging und von Bankgeschäften verstand sie nichts. Es interessierte sie auch überhaupt nicht.

Anne Steiner war eine große, langbeinige, blonde Erfolgsfrau in grauem Hosenanzug. Sie segelte eine Viertelstunde zu spät in das Restaurant, ließ sich auf den Stuhl gegenüber von Marie fallen und bestellte einen Weißwein und ein Perrier.

»Ich bin Anne, Sie sind doch Marie, nicht, es war nicht schwer, Sie zu erkennen, Sie sehen ganz und gar nicht wie eine Bankerin aus.«

Marie antwortete nicht. Annes Bemerkung klang nicht wie ein Kompliment.

»Ich habe nicht viel Zeit, lassen Sie uns gleich zur Sache kommen.«

»Gut, wollen Sie das Gespräch in Deutsch führen?«

»Nein, lieber noch nicht, dazu muss ich mich

noch zu sehr konzentrieren. Sehen Sie, das ist mein Problem. Ich kann Businessdeutsch perfekt, aber bei einfachen Unterhaltungen komme ich manchmal ins Schleudern.«

»Ich bin mir sicher, dass Sie mit einiger Übung schnell reinkommen.«

»Woher können Sie so gut englisch? Haben Sie englische Verwandte?«

»Nein, aber ich habe hier schon einmal eine Weile gelebt.«

»Interessant, aber ich habe leider nicht mehr so viel Zeit. Also, lassen Sie es uns doch versuchen. Jeden Tag anderthalb Stunden über Mittag beim Lunch. Sagen wir in diesem Restaurant? Oder ist es Ihnen hier zu laut?«

»Ich denke, man kann es probieren. Besser wäre es allerdings an einem ruhigeren Ort.«

»Ich habe nur mittags Zeit, abends arbeite ich bis um zehn.«

»Gut, wir versuchen es. Ab morgen rede ich deutsch mit Ihnen. In Ordnung? Wir unterhalten uns einfach und sehen, was Sie noch brauchen.«

»Eine gute Idee. Sie bekommen zwanzig Pfund pro Tag und das Essen. Ist es Ihnen recht, wenn ich Sie bar bezahle?«

»Ja.«

»Es soll nämlich niemand in meiner Firma herausfinden, dass ich mich im Deutschen noch nicht sicher fühle.«

»Ich verstehe.«

»Also dann, bis morgen um 13 Uhr«, sagte Anne auf Deutsch und stand auf.

»Bis dann«, konnte Marie ihr noch schnell antworten, bevor sie verschwunden war.

Von Annes Auftritt war ihr etwas schwindelig. Diese Frau hatte ein Tempo, mit dem sie nicht Schritt halten konnte. Ich werde versuchen, sie etwas runterzubringen, nahm sich Marie vor, war sich aber überhaupt nicht sicher, ob ihr das gelingen würde. Das wird kein leichter Job, dachte sie und hoffte, dass ihr morgen irgendetwas einfallen würde, worüber sie mit Elizabeth reden könnte. Am besten lasse ich sie erzählen, dachte sie, und korrigiere sie nur. Sie fand, dass Elizabeth zu den Frauen gehörte, denen man schon ansehen konnte, wie egozentrisch sie waren.

Es fing an zu regnen. Sie hatte keine Lust, ins Hotel zurückzugehen. Kino – nein, es lief momentan kein Film, der sie interessierte, und sie hatte auch keine Lust, allein in einem Café zu sitzen.

Vielleicht ist jetzt genau der richtige Zeitpunkt, Ralph Cross aufzusuchen, dachte sie und beschloss, ohne Anmeldung bei ihm vorbeizugehen. Sie sah auf die Uhr. Es war erst halb fünf. Genau richtig für einen Besuch auf eine Tasse Tee.

Sie fuhr ins Hotel, holte den Brief an Therese und ging zu Fuß zum Sloane Square.

Eigentlich wäre es höflicher, vorher anzurufen, dachte sie kurz, fand es dann aber besser, ohne Vorankündigung zu erscheinen. Sie wollte diesen Mann, der ihre Großmutter liebte, so erleben, wie er wirklich war.

21

Erst fünf Uhr nachmittags, dachte Ralph, zu früh, um jetzt schon schlafen zu gehen. Dieser Tag hatte sich schon unendlich lange hingezogen. Er war um sieben Uhr morgens aufgestanden und hatte in der Küche im Schlafanzug ein Brot mit Schinken gegessen und ein aus Teebeuteln zubereitetes Gebräu getrunken, das abscheulich schmeckte, weil er keine Lust gehabt hatte, sich einen richtigen Tee nur für sich allein aufzugießen. Er war lange an dem Holztisch sitzen geblieben und hatte in seine Tasse gestarrt; er war zu faul gewesen, die Milch oder die Zeitung hereinzuholen. Es würde ja sowieso nichts drinstehen, was ihn interessierte, und wozu war es überhaupt noch wichtig, dass ein alter Mann wie er wusste, was auf der Welt los war?

Weil ihm kalt wurde, zog er sich an, die blaue Kordhose von gestern und einen grauen Rollkragenpullover. Er ging durch die Wohnung, heute würde Mrs. Smith nicht kommen und auch morgen nicht. Sie hatte zwei Wochen Urlaub, und er würde in dieser Zeit selbst putzen müssen. Aber heute gab es auch in dieser Hinsicht nichts zu tun, alles war sauber: Die Toilette und das Badezimmer hatte er gestern geputzt, die Küche war aufgeräumt, auf den Teppichen im Wohnzimmer lag kein Staub, den er hätte wegsaugen können. Außerdem erwartete er heute keinen Besuch. Morgen Mittag war er mit Charles zum Essen verabredet, und bis dahin war noch viel Zeit. Als Ralph um zehn Uhr den Briefkastendeckel klappern hörte, nahm er sich vor, dieses Mal nicht gleich nachzusehen. Aber kaum sah er den Briefträger die Stufen vor dem Haus hinunterkommen, hielt er auch schon die Schlüssel in der Hand und ging durch das zugige Treppenhaus von seiner Wohnung im ersten Stock nach unten, öffnete den Briefkasten und zog einen Prospekt heraus und eine Ansichtskarte mit einem Foto von den Malediven: Strand, Palmen, blaues Wasser. Das kann nicht von Therese sein, dachte Ralph enttäuscht, und richtig, die Karte war von Suzannes Tochter, die sich zwar sonst nicht bei ihm meldete, aber ihm jedes Mal aus den Ferien eine Ansichtskarte schrieb.

Wie lange wartete er jetzt schon auf Antwort? War der Brief verloren gegangen?

Er wollte nicht über andere Möglichkeiten nachdenken, verbrachte aber den Rest des Vormittags doch damit, obwohl er versuchte sich abzulenken, seine Wäsche einsammelte und sie in die Waschmaschine steckte, drei Hemden bügelte, sich hinsetzte und einen fehlenden Knopf annähte, zum Metzger ging und sich ein Steak für das Mittagessen kaufte, weil er der Ansicht war, dass man gut essen musste, selbst wenn es einem schlecht ging.

Er hatte sich in den vergangenen Tagen mehrmals aufgemacht, ins Reisebüro zu gehen und einen Flug zu buchen, es aber dann nicht fertig gebracht. Die vage Hoffnung, dass Therese sich doch noch melden würde, war immer noch besser als eine eindeutige Abfuhr.

Jetzt saß er in seinem braunen Ledersessel und hörte dem Ticken der Uhr auf seinem Schreibtisch zu. Draußen wurde es schon dunkel. Wieder ein Tag, der vollkommen ereignislos vorbeigegangen ist, dachte er. Solche Tage hatte es mit Suzanne auch gegeben, aber damals waren sie immer zu zweit gewesen, und er hatte es gemütlich gefunden, die Zeit zu Hause zu vertrödeln. Damals hatte er auch lesen können, ohne sich zu langweilen, jetzt konnte er es nicht mehr. Früher hatte es ihn gestört, wenn Suzanne beim Umblättern ihrer Zeitschriften mit den Seiten raschelte, jetzt sehnte er sich nach diesem Geräusch und ihren leisen Ausrufen: »Was, die lassen sich auch scheiden?«, »Tss, was für ein Kleid!«

Es klingelte. Ralph zuckte zusammen, musste sich erst einmal orientieren, woher dieses schrille Geräusch kam, bis ihm klar wurde, dass jemand an der Tür war und anscheinend etwas von ihm wollte. Er stand ruckartig auf, stürzte aus dem Wohnzimmer in den Flur, wollte schon den Sicherheitsriegel und die Kette wegschieben, bemerkte im letzten Augenblick, dass er Hausschuhe trug, ging zurück ins Schlafzimmer, bückte sich ächzend und angelte schließlich seine guten schwarzen Schuhe unter dem Bett hervor. Mit den Schuhen in der Hand hastete er wieder in den Flur, rief: »Bitte warten Sie noch einen Moment« und bekam Herzklopfen bei der Vorstellung, dass die Person vor der Tür weggegangen sein könnte, weil er zu lange brauchte, um sich die Schuhbänder zu knoten.

Seine Hände waren schweißnass, als er endlich den Riegel wegschob und die Sicherheitskette öffnete.

Auf der anderen Seite der Wohnungstür stand eine junge Frau. Schade, dachte er, sie hat sich bestimmt in der Tür geirrt und will zu Christopher. Gegenüber von ihm wohnte ein junger Banker, zu dem häufig wechselnde Frauen zu Besuch kamen. Es war schon einige Male passiert, dass sie an der falschen Tür klingelten, Ralph fragend ansahen, der nur stumm auf die gegenüberliegende Wohnungstür wies, und sich dann grußlos aus seinem Blickfeld verabschiedeten.

Aber diese junge hübsche Frau schien tatsächlich zu ihm zu wollen, denn sie musterte ihn nicht skeptisch mit hochgezogenen Augenbrauen, sondern interessiert. Sie war nur unwesentlich größer als er, stellte er erfreut fest. Die meisten jungen Frauen überragten ihn um mindestens einen Kopf. Sie drehte mit den Fingern am Verschluss ihrer Umhängetasche, die sie über der Schulter trug, und lächelte verlegen. Er mochte sie sofort.

»Sind Sie Ralph Cross?«, fragte sie mit melodischer Altstimme, die ihm eigenartig bekannt vorkam, ohne jedoch einordnen zu können, warum.

»Ja«, sagte Ralph und ärgerte sich über seine offensichtliche Unsicherheit. Er wollte unbedingt, dass diese junge Frau hereinkam, auch wenn sie vielleicht nur eine Vertreterin für irgendeinen Artikel sein mochte. Aber eigentlich sah sie gar nicht so aus. Sie war salopp gekleidet, mit brauner Lederjacke, blauen Jeans und schwarzen Stiefeln, ihr Haar hatte sie zu einem kurzen Pagenkopf geschnitten, ihr Gesicht wirkte etwas blass. Unter starken Augenbrauen sah sie ihn aus blauen Augen an, die ihre Verlegenheit widerspiegelten. Der Ausdruck dieser Augen, der ihre Gemütsverfassung überhaupt nicht verbergen konnte, warf ihn beinahe um. Er hatte nur wenige Menschen gekannt, die so sprechende Augen hatten, allen voran seine Mutter. Während seiner Kindheit hatte ein Blick in ihre Richtung genügt, um zu wissen, wie sie sich gerade fühlte. Und für ihn war es als kleiner Junge das größte Glück gewesen, von den Augen seiner Mutter angelächelt zu werden, weil sie ihn dann so voll Liebe anstrahlten, dass sich in seinem Kopf kleine Glücksexplosionen ereigneten. Bei keiner Frau, mit der er zusammen gewesen war, hatte er diese Empfindungen gehabt, auch nicht im Zusammensein mit Therese. Andere Empfindungen ja, Verlangen, Anbetung, weil sie so schön war, oder Freude, wenn eine Frau ihn besonders fröhlich angrinste, aber der Blick dieser jungen Frau ging ihm unter die Haut, sie schien ihn in einer Sekunde zu erkennen und zu durchschauen, und das hatte er nur bei seiner Mutter erlebt. Alles andere, ihr Mund mit den vollen Lippen, ihre etwas breite Nase, ihr ovales Gesicht traten in den Hintergrund, sie schien nur aus ihren Augen zu bestehen. Ob sie weiß, was für eine Wirkung sie hat?, fragte sich Ralph unwillkürlich.

»Ich bin Marie Beeken, ich würde Sie gern sprechen«, sagte sie so leise, dass er sie kaum verstand. Nein, sie hat keine Ahnung, dass sie umwerfend ist, beantwortete er seine Frage selbst.

»Kommen Sie doch rein, es ist kalt draußen«, sagte er und ging einen Schritt beiseite, so dass sie an ihm vorbei in den Flur treten konnte.

Er nahm ihr die Jacke ab und hängte sie auf den Garderobenständer, an dem nur noch sein grauer Mantel und seine braune Lederjacke hingen.

»Entschuldigen Sie, wenn ich vorgehe«, sagte er und führte sie ins Wohnzimmer.

»Möchten Sie Tee?«, fragte er. »Ich wollte mir gerade einen kochen.«

»Gerne«, antwortete sie.

Wer ist diese Frau?, überlegte er fieberhaft. Er hatte sie noch nie gesehen und ihren Nachnamen auch nicht richtig verstanden. Auf jeden Fall kam sie nicht aus England, obwohl sie nur einen ganz leichten deutschen Akzent hatte. Sie muss schon lange hier leben, dachte er.

Marie sah sich um, als Ralph Cross das Zimmer verlassen hatte. Sie wusste nicht, woran es lag, aber sie fühlte sich in diesem Wohnzimmer sofort wohl. Natürlich konnte man an der Einrichtung erkennen, dass hier ein alter Mann lebte, aber die Möbel waren nicht so spießig und gleichzeitig starr, mit Troddeln an den Sofas und Goldknäufen als Verzierung, ohne die unvermeidlichen Blumenmuster, die Therese in jedem der Räume im Strandweg mit verschwenderischer Hand auf alle Stoffe und Tapeten gestreut zu haben schien. Hier hatte alles eine klare Linie, die ihr besser gefiel. Sie saß in einem braunen Ledersessel, der vor einem eisernen Kaminofen stand, ihre Füße ruhten auf einem dazu passenden Fußschemel. Auf der anderen Seite eines niedrigen Tisches aus dunklem Holz mit Intarsien aus Messing, der indisch aussah, stand ein mit einem sonnengelben Stoff bezogenes Sofa. Darüber hing ein großes Gemälde, das einen englischen Park zeigte, mit hohen uralten Bäumen, einer Gruppe Reiter und einem Paar, das an einem See picknickte. Auf der anderen Seite des Raumes stand ein großer kantiger Schreibtisch aus Nussbaum, auf seiner Platte stapelten sich Zeitschriften und Bücher. Marie musste schmunzeln, weil auch ihr Schreibtisch in München immer so unaufgeräumt gewesen war. Ein Buch lag aufgeschlagen auf einem runden Mahagonitisch, neben einer kleinen Silberkiste, in der Ralph Cross wohl Zigarillos aufbewahrte, und auf den aufgeschlagenen Seiten des Buches lag Ralphs Lesebrille, eine randlose, eckige Halbbrille, viel moderner als Thereses Modelle. Er hat Sinn für Mode, stellte sie gerührt fest, obwohl er bestimmt auch weit über siebzig sein muss. Das hatte sie vorhin vollkommen vergessen, als er durch den Flur vor ihr herging. Er bewegte sich wie ein Fünfzigjähriger. Sie nahm das Buch in die Hand und sah auf den Titel. Es war *Fiesta* von Ernest Hemingway, ein völlig zerlesenes Exemplar. Diesen Roman hatte sie selbst im Sommer in London entdeckt und begeistert innerhalb weniger Stunden verschlungen.

An der Wand hinter dem Schreibtisch hingen Fotos von Flugzeugen, Boeings der British Airways und ältere Maschinen. Marie fragte sich, ob Ralph das Modell des Doppeldeckerflugzeugs, das über dem Schreibtisch von der

Decke baumelte, selbst zusammengebaut hatte. Vielleicht war er Pilot, dachte sie und fand es aufregend, weil sie noch nie einen Piloten kennen gelernt hatte. Er ist bei den Stewardessen sicher immer gut angekommen, dachte sie. Auch jetzt konnte man noch erkennen, dass er früher ausgesprochen gut ausgesehen hatte. Sein graues Haar war voll – Marie hätte gerne gewusst, welche Farbe es früher gehabt hatte. Seine Augen waren grün und hatten einen spöttischen Ausdruck, aber Marie war sich sicher, dass er das gar nicht wusste und sich gewundert hätte, wenn man ihm erzählte, dass er auch so guckte, wenn er freundlich sein wollte wie eben an der Tür.

Sie war erstaunt, mit welcher Lässigkeit und Selbstverständlichkeit er sie in sein Reich einließ. Das hatte sie bei ihren Großeltern nie erlebt. Es war eigentlich immer ein Drama gewesen, wenn unangemeldet Besuch erschien. Therese war hektisch und gestresst und hatte die Besucher ständig darum gebeten, sich nicht an der Unordnung zu stören, die gar nicht bestand. Vielleicht war auch deshalb selten jemand einfach auf einen Kaffee vorbeigekommen.

Ralph Cross schien allein in dieser hellen Wohnung zu leben. Aber die Titel, die im rechten Bücherregal standen, sagten Marie deutlich, dass hier auch eine Frau gelebt hatte, wie es ja auch in seinem Brief stand. Sie lächelte, weil sie dort genau dieselben Bücher fand wie bei Therese: Pilcher, Danella, Biografien berühmter Schauspieler und Musiker.

Marie nahm an, dass Ralph niemals darauf Wert gelegt hatte, seine Bücher mit denen seiner Lebensgefährtin in dasselbe Regal zu stellen, denn im zweiten Bücherregal standen Bücher über das Fliegen, die Werke von Antoine de Saint-Exupéry und die gesammelten Werke Hemingways neben Büchern deutscher Autoren, was sie erstaunte. Dort fand sie Böll, Hesse und Mann in englischer Übersetzung, die *Deutschstunde* von Lenz neben den Büchern von Max Frisch. Und daneben viele Bücher englischer Autoren, die Marie nicht kannte, die aber so aussahen, als ob die Geschichten, die in ihnen erzählt wurden, ein höheres Niveau hätten als das, was auf der weiblichen Seite der Regale vorherrschte. Sie entdeckte Dickens und Shakespeare und - was sie erstaunte - Lyrikbände. Sie nahm ein schmales Taschenbuch aus dem Regal. Es war eines mit Gedichten von Mascha Kaléko. Sie hatte Tränen in den Augen, denn dieses Exemplar war genauso zerlesen wie das Exemplar, das bei Therese in dem kleinen Bücherregal neben ihrem Schreibtisch gestanden hatte und in dem sie manchmal gelesen hatte, wenn Friedrich nicht zu Hause war und sie sich unbeobachtet fühlte. Hat Ralph Therese diese Gedichte in Hamburg vorgelesen? fragte sie sich und wurde immer ungeduldiger zu erfahren, wie die beiden früher miteinander umgegangen waren.

Sie mochte diesen Mann, der in der Küche herumhantierte. Ihr gefiel seine Ausstrahlung. Er wirkte nicht breitschultrig-herb, sondern feiner, aber durchaus männlich. Dieser Mann war sicher nicht bereit, für eine Frau alle Hindernisse aus dem Weg zu räumen, aber nicht, weil er es nicht konnte, sondern weil er davon überzeugt war, dass auch Frauen ohne Männer allein klarkommen konnten.

Wenn er früher schon so gewesen ist, kann ich verstehen, dass Therese sich in ihn verliebt hat, dachte Marie.

22

Als Ralph mit einem Tablett in das Wohnzimmer zurückkehrte, überraschte er die lesende Marie vor seinem Bücherregal. Er freute sich darüber, dass sie sich eines seiner Bücher genommen hatte und nicht die seichten Romane von Suzanne, die er aus Angst vor dem leeren Regal noch nicht hatte weggeben können.

»Lassen Sie sich nicht stören, ich mach das auch immer, wenn ich eingeladen bin, und für gewöhnlich gucke ich mir auch den Schreibtisch an und lese alles, was offen herumliegt. Es ist keine Neugierde, sondern die Sucht zu lesen.«

»Ist bei mir ähnlich«, gestand Marie mit einem verlegenen Lächeln und stellte das Buch wieder ins Regal.

Ralph fragte sich, was die junge Frau wohl über seine vielen Bücher über Flugzeuge und das Fliegen und über das Modell des Doppeldeckerflugzeuges denken mochte, das über seinem Schreibtisch hing. Sehr wahrscheinlich, was für ein komischer alter Kauz er war ... Wie bin ich überhaupt angezogen?, fragte er sich und sah verstohlen in den Spiegel, der an der Wand gegenüber hing. Na ja, es ging noch, der Rollkragenpullover war nicht sein bestes Stück und die Hose etwas beutelig am Hintern, aber er sah einigermaßen ordentlich aus, und sehr wahrscheinlich würde es diese junge Frau sowieso nicht bemerken, weil man alte Männer nicht mehr so genau ansah.

Er stellte das Tablett auf den Tisch, sie setzte sich schnell wieder in ihren Sessel. Es war ihr peinlich, dass sie sich so ausgiebig für seine Bücher interessiert hatte, und das gefiel ihm.

»Möchten Sie den Tee mit Milch und Zucker?«, fragte er und goss ihr ein.

»Danke, ja. Sie fragen sich sicher, wer ich bin und warum ich hier einfach so hereinplatze.«

»Ein wenig schon, auch wenn ich Ihre Gegenwart genieße.«

Sie schenkte ihm wieder einen von ihren unwiderstehlichen Blicken.

»Ich bin Thereses Enkelin. Sie haben ihr vor kurzem diesen Brief geschrieben«, sagte die junge Frau und legte einen Briefumschlag vor ihn auf den Tisch. Es war eindeutig sein Briefpapier und seine Handschrift. Jetzt fiel es ihm wieder ein. Die Frau hatte gesagt, dass sie Marie Beeken heiße. Und Beeken war der Name dieses Mannes, den Therese geheiratet hatte.

»Wartet sie draußen im Wagen? Hat Ihre

Großmutter Sie vorgeschickt, um zu sehen, ob ich ein alter Kauz geworden bin?«

»Es tut mir Leid, Ihnen das jetzt sagen zu müssen, aber sie ist Weihnachten gestorben. Sie hat Ihren Brief nicht mehr bekommen.«

»Entschuldigen Sie bitte, ich habe Sie nicht verstanden ...«

»Meine Großmutter ist vor drei Wochen gestorben.«

Ralph wurde einen kurzen Moment schwarz vor Augen. Das durfte nicht wahr sein, er musste sie doch unbedingt noch sehen und sie wieder zurückgewinnen. Nein, er hatte sich bestimmt verhört.

»Sie hatte vor Weihnachten einen Schlaganfall, wir mussten sie ins Krankenhaus bringen, aber sie erholte sich nicht mehr richtig.«

Es war doch wahr, Marie Beeken hatte es eben zum zweiten Mal gesagt. Eine Faust drückte sich in seinen Magen. Er wollte nicht sprechen, weil er wusste, dass seine Stimme brüchig klingen würde und dann in ein Winseln übergehen könnte. Um Zeit zu gewinnen, rührte er in seiner Tasse. Seine Gedanken verknäulten sich zu einem schmerzlichen kleinen Knoten, den er nicht lösen konnte.

»Es tut mir sehr Leid, dass meine Großmutter Ihren Brief nicht mehr bekommen hat. Ich habe ihn gelesen. Hoffentlich stört Sie das nicht. Er hat mich sehr gerührt.«

»Nein, überhaupt nicht«, sagte Ralph. Er

merkte, dass ihm Tränen die Wangen hinunter rannen. Verstohlen wischte er sie mit seinem Taschentuch ab.

Thereses Enkelin stand auf und setzte sich neben ihn. Sie legte die Hand auf seine Schulter, nur ganz leicht, aber es tat gut. Ihre Hand war so warm und tröstlich, wie er selten eine Hand gespürt hatte. Von ganz weit her kam eine Erinnerung an die Hände seiner Mutter, die genauso warm gewesen waren wie diese hier.

»Ich kann mir vorstellen, wie traurig Sie sind. Aus Ihrem Brief sprach so viel Hoffnung und Liebe. Ich glaube, von Friedrich hat meine Großmutter niemals so etwas bekommen. Oh, entschuldigen Sie, ich wollte nicht so direkt sein.«

»Hat sie jemals von mir gesprochen?«

»Soll ich Sie anlügen?«

»Ich verstehe.«

»Tut mir Leid. Ich würde gerne von Ihnen mehr über meine Großmutter als junge Frau erfahren, sie hat niemals über diese Zeit in ihrem Leben gesprochen. Möchten Sie mir etwas erzählen?«

»Ja, auch wenn ich dabei vielleicht weinen muss wie ein alberner Schuljunge bei seinem ersten Liebeskummer. Ja, ich möchte über Ihre Großmutter sprechen, denn sie war eine fantastische Frau.«

»Wann haben Sie meine Großmutter kennen gelernt?«

»1948, in Hamburg, ich habe dort Wasserflugzeuge nach Berlin geflogen, wegen der Blockade.«

»Sie müssen sie sehr geliebt haben.«

»Ja.«

»Warum sind Sie dann nicht zusammengeblieben?«

»Ich habe ihr damals sehr wehgetan.«

»Das steht auch in dem Brief.«

Ralph sah stumm aus dem Fenster. So viele Bilder stürmten auf ihn ein, sie zerrten an seinen Nerven, und er konnte nur schwer die Fassung behalten, aber er wollte erzählen, vielleicht brachte ihm das ja Erleichterung. Marie saß ihm mittlerweile wieder gegenüber und sah ihm ins Gesicht. Er fühlte sich sicher unter dem wohlwollenden Blick seiner Besucherin.

»Ich habe ihr nichts direkt getan, aber sie konnte mir nicht verzeihen, dass ich sie anlog. Ich machte ihr weis, dass ich Journalist wäre.«

»Warum?«

»Sie hätte die Wahrheit nicht ertragen.«

»Das verstehe ich nicht.«

»Wissen Sie nicht, dass Ihre Großmutter beim ersten Bombenangriff auf Hamburg im Juli 1943 ihre Tochter verloren hat – Anna? Sie hätte mich niemals angesehen, wenn sie von Anfang an gewusst hätte, dass ich Flieger war.«

»Ich habe erst nach Thereses Tod durch Zufall von Anna erfahren. Selbst hat meine Großmutter es mir niemals gesagt. Sie wollte es wohl nicht. Aber ich habe Annas Grab aufgesucht. Sie liegt in einem Sammelgrab auf dem Ohlsdorfer Friedhof, es ist schrecklich.«

»Das kann ich mir gut vorstellen. Meine Schwester ist bei einem Bombenangriff auf London ums Leben gekommen. Sie war erst fünfzehn.«

»Wie furchtbar ... Was ich nicht begreife, ist, warum Anna nicht in einem Einzelgrab beerdigt worden ist.«

»Ihre Großmutter hat Ihnen niemals erzählt, was damals geschehen ist?«, fragte Ralph. Unter welch großen Schuldgefühlen muss sie die ganzen Jahre gelitten haben, dachte er mitleidig.

»Nein, ich weiß nicht genau warum, vielleicht hängt es mit meinem Großvater zusammen. Er wollte nicht, dass jemand über den Krieg spricht. Er hat es nie getan, obwohl er, soviel ich weiß, gerne Soldat war.«

»Das waren die Schlimmsten«, murmelte Ralph, aber so leise, dass Marie es nicht hören konnte. »Stört es Sie, wenn ich rauche?«

Er nahm sich einen Zigarillo aus seiner silbernen Kiste. »Ihr Englisch ist hervorragend. Wo haben Sie es gelernt?«

»Ich habe voriges Jahr schon einige Monate in London gewohnt, und die Sprache hat mir immer gefallen«, erwiderte Marie.

»Es ist fast so, als ob ich mit einer Londonerin spreche.«

»Danke. Warum hat Therese sich für Annas Tod verantwortlich gefühlt?«

»Ihre Großmutter erzählte mir, dass Anna gestorben sei, weil sie selbst unaufmerksam gewesen war. Sie hat sie losgelassen, um etwas zu trinken, und dann ist Anna weggelaufen und von einem brennenden Balken erschlagen worden.«

Marie schwieg.

»Es hat sie fast umgebracht. Nachdem man im Krankenhaus Annas Tod feststellte – Therese schleppte ihre Tochter kilometerweit zum Krankenhaus –, ist sie zusammengebrochen. Man hat sie zu ihren Eltern gebracht, die wie durch ein Wunder nicht ausgebombt worden waren. Dort hat sie in einem Zimmer gelegen, wochenlang, mit hohem Fieber, immer zwischen Leben und Tod schwebend. Ich kann mich noch erinnern, wie sie mir davon erzählte. Ich wollte damals so gerne sterben, aber sie haben mich nicht gelassen, hat sie mit tonloser Stimme gesagt und mich so verzweifelt angesehen, dass ich unheimlich erschrak.«

»Und als Therese wieder zu sich kam, war Anna schon begraben?«

»Ja, ihre Großeltern konnten auch nichts dagegen unternehmen. In den Tagen der Angriffe häuften sich die Toten überall. Sie mussten weggeschafft werden, ehe sich Seuchen ausbreiten konnten.«

»Ja, es muss unvorstellbar grausam gewesen

sein«, sagte Marie und schämte sich, dass sie nicht mehr über die Angriffe wusste, obwohl sie Geschichte studiert hatte.

»Als ich fünf Jahre später nach Hamburg kam, waren immer noch viele Häuser nicht wieder aufgebaut. Ich konnte nur ahnen, wie viel Not und Leid die Hamburger erlitten haben mussten. Ich denke, dass es nicht richtig war, diese Bomben abzuwerfen. Obwohl die Deutschen ja damit angefangen hatten. Damals war ich überzeugt von der Idee der Vergeltung. Deshalb bin ich auch Flieger geworden. Eigentlich wollte ich ja Jagdflieger werden, aber mir wurde im Flugunterricht bei den waghalsigen Manövern immer schlecht, deshalb reichte es nicht.«

»Flieger sind Sie aber dennoch geworden.«

»Ja, aber nur im Transportwesen.«

Er hoffte, dass sie nicht weiterfragen würde. Denn er wollte ihr nicht erzählen, dass er Bomberpilot geworden war und ein Flugzeug nach Altona geflogen hatte, um die Bomben abzuwerfen, denen vielleicht Anna zum Opfer fiel.

Er betrachtete die junge Frau, die ihm aufmerksam zugehört hatte. Vielleicht könnte er ihr irgendwann von seiner Angst erzählen, die er jedes Mal gehabt hatte, wenn er morgens auf seiner Fliegerbasis auf der Tafel nachsehen musste, wann sein nächster Einsatz war. Und vielleicht würde sie auch verstehen, dass er stolz darauf gewesen war, seine Mannschaft immer heil wieder zurückgebracht zu haben.

Er erinnerte sich noch genau an den Morgen des 24. Juli 1943, als er zur Tafel ging und las, dass er einen Angriff auf Hamburg fliegen sollte. Wie immer verkrampfte sich sein Magen schon, als er noch seinen Namen suchte. Er brauchte nur wenige Sekunden, um ihn zu entdecken, aber er blieb dennoch länger stehen und achtete nicht darauf, dass die anderen Flieger hinter ihm unruhig wurden und ihn beiseite drängen wollten. Die anderen rauchten schon und diskutierten über den Einsatz. Er las seinen Namen immer wieder, weil er sich nur so sicher sein konnte, sich nicht getäuscht zu haben. Ralph wusste, dass einige seiner Kollegen sich schon fragten, ob er Schwierigkeiten mit dem Lesen hätte, weil er dabei immer die Lippen bewegte. Aber das störte ihn nicht. Es gehörte zu seinem Ritual, so lange wie möglich vor der Tafel zu verharren. Aber am 24. Juli war es nicht nur das, ihm war übel und schwindelig, was ihm noch nie vor einem Einsatz geschehen war, und er bemühte sich, seinen rebellierenden Magen in den Griff zu bekommen, ohne dass die anderen Männer es bemerkten.

Er brachte den ganzen Tag keinen Bissen hinunter. Die Männer wurden darüber aufgeklärt, dass sie etwas Neues ausprobieren, nämlich Streifen aus Aluminiumfolie abwerfen sollten, um die Radarschirmbilder der Deutschen zu stören und ihnen so zu erschweren, die Flugzeuge zu orten. Geniale Idee, dachte Ralph, so war die Gefahr, abgeschossen zu werden, noch geringer, wenn es klappte. Eigentlich fühlte er sich sicher, das war sein dritter Einsatz der zweiten Staffel. Er hatte genug Routine, und sein Team war aufeinander eingespielt.

Er hatte keine Angst, abgeschossen zu werden, aber dennoch verließ ihn das mulmige Gefühl den ganzen Tag nicht.

Es war nicht das erste Mal, dass er nach Deutschland flog, aber dieses Mal lag große Anspannung in der Luft, stundenlang stiegen Flugzeuge in den Himmel auf, ihm war so, als ob ganz England sich aufmachte, Hamburg zu vernichten.

Er sollte in die Nähe des Hafens fliegen, die Koordinaten hatte er erhalten. Dorthin würde er seine Mannschaft bringen, damit sie ihre Bomben abwerfen konnten. Und dann würde er dafür sorgen, dass sie so schnell wie möglich wieder zurückkämen.

Der Flug verlief reibungslos. Unbemerkt passierten sie die deutsche Küstenlinie und nahmen Kurs auf Hamburg. Es gab fast keine Beschüsse durch die Flak, alles lief glatt.

»Wir sind im Zielpunkt«, sagte Ralph zu seinem Bordingenieur, der neben ihm saß. Unter ihm sah er die Tannenbäume, die die Pathfinder vor ihm abgesetzt hatten. »Es geht los!«, brüllte er durchs Mikro nach hinten. »Wir öffnen jetzt die Luken.«

Hätte ich gewusst, was wir damit anrichten, hätte ich so getan, als ob die Luken klemmen und die Bomben später über dem Meer abgeworfen, dachte er. Aber damals wollte ich Vergeltung, klar, wir wollten sie alle, es war ja auch unmenschlich, was die Nazis uns angetan hatten.

Und wir wollten sie in die Knie zwingen. Ich wusste nichts von den Frauen und Kindern, die in den Flammen verbrannten. Als ich später von den Ausmaßen des Feuersturms erfuhr, musste ich mich übergeben. Für mich war dieser Bombenkrieg geräuschlos und kalt, ich habe niemals jemanden in Deutschland schreien hören, nachdem ich unser Flugzeug so manövriert hatte, dass wir die Bomben abwerfen konnten.

Aber immer hatte ich das Bild meiner Schwester im Kopf, die ich blutend und wimmernd, mit schweren Verbrennungen aus dem Haus auf die Straße trug, wo sie dann in meinen Armen starb.

Ralph sah aus dem Fenster in die Dunkelheit und schwieg. Er wusste nicht, wie er die Unterhaltung mit Thereses Enkelin weiterführen sollte. Aber er wollte auch nicht, dass sie ging. Er spürte, dass sie mehr verband als die Erinnerungen an Therese, aber er wusste nicht, was es war.

»Ich habe Sie schon zu lange aufgehalten, ich denke, ich gehe jetzt«, sagte Marie unvermittelt in die Stille.

»Nein, entschuldigen Sie, dass ich so lange

geschwiegen habe, aber die Erinnerungen an diese schreckliche Zeit ließen mich nicht los. Ich würde Sie gern heute Abend zum Essen einladen, hätten Sie Lust?«

»Gern«, antwortete sie, ohne nachzudenken.

»Mögen Sie französische Küche oder möchten Sie lieber mit englischer belästigt werden? Es gibt hier in der Nähe ein kleines französisches Restaurant.«

»Das kenne ich, da war ich im Sommer manchmal«, antwortete Marie und freute sich darüber, dass sie einen ähnlichen Geschmack hatten. Mit Ralph war der Umgang für sie leicht wie noch nie mit einem so alten Mann. Sie brauchte sich nicht zu fragen, worüber sie sprechen könnten, wie sie das oft bei Friedrich getan hatte. Sie wusste, dass sie mühelos ein Gesprächsthema finden würden. Und sie wünschte sich, dass sie Ralph Cross nach diesem Abend wieder treffen würde.

»Das ist schön, ich würde sehr gerne mehr über Sie erfahren. Lassen Sie mir bitte einen Moment Zeit, ich möchte mich nur rasch frisch machen. Gucken Sie sich ruhig um und nehmen Sie Bücher aus dem Regal. Sie können auch gern einen Blick auf den Schreibtisch werfen.«

»Das werde ich tun«, sagte sie lachend.

Schön, dass jemand im Wohnzimmer auf mich wartet, dachte Ralph, als er sein Schlafzimmer betrat und die Tür hinter sich schloss. Er musste sich beeilen, wollte aber noch duschen und sich rasieren, denn das hatte er heute nicht geschafft, so deprimiert wie er gewesen war. Jetzt freute er sich auf das gemeinsame Essen mit Thereses Enkeltochter. Ich werde mir ein grünweißes Streifenhemd anziehen, dazu die graue Flanellhose und den Tweedblazer, beschloss er, denn er wollte sich für Marie schick machen, auch wenn sie es sehr wahrscheinlich nicht bemerken würde, weil man ältere Männer nicht mehr so genau anguckte, aus Angst, sonst auf irgendwelche versteckten Gebrechen zu stoßen.

Er ließ sich unter der Dusche das Wasser lange auf den Kopf prasseln und dachte an seinen letzten Abend mit Therese.

Nachdem er mit ihr in seinem Zimmer zusammen gewesen war, hatte sie ihm gesagt, sie wolle mit ihm spazieren gehen.

Im Dunkeln nahm sie seine Hand und zog ihn in Richtung Elbe.

Sie streiften durch das zerbombte und noch nicht vollständig wieder aufgebaute Viertel an der Trinitatiskirche. Überall lag noch Geröll herum, schemenhaft sah er Ruinen im Dunkeln. Sie knipsten ihre Taschenlampen an, die sie auf Spaziergängen immer mitnahmen.

Sie bogen in eine Straße ein, deren Häuser komplett zerstört worden waren. Therese blieb vor einem Haufen aus Schutt und Trümmern stehen, der einmal ein Haus gewesen sein musste. Jetzt wusste Ralph, wo sie waren. Hier hatte er Therese nach ihrem ersten Tanz beobachtet.

Der Schein der Taschenlampe fiel von unten auf Thereses Gesicht. Ihre Haut war weiß, ihre Augen dunkel wie schwarze Löcher.

Ralph hatte auf einmal Angst vor dieser Frau. Der Ausdruck in ihren Augen wirkte plötzlich irr. Er musste sich anstrengen, um seiner Stimme einen ruhigen Ton zu geben.

»Was wollen wir hier?«

»Ich will dir Anna vorstellen. Sie wohnt hier.«

»Was, in dem Geröll?«

»Sie ist hier am 25. Juli 1943 gestorben.«

Nein, dachte Ralph, nicht ausgerechnet an diesem Tag.

»Ich möchte, dass du sie kennen lernst«, sagte Therese. »Ich besuche Anna fast jeden Tag. Sie lebt in den Trümmern. Ihre Seele ist noch nicht zur Ruhe gekommen. Sie kann mich nicht verlassen. Sie ist doch erst knapp fünf Jahre alt. Ich muss bei ihr bleiben und mich um sie kümmern. Komm mit, du kannst sie bestimmt sehen.«

Ralph stolperte im Schein der Taschenlampe hinter ihr her.

Plötzlich blieb Therese stehen.

»Anna, da bist du ja, das ist Ralph. Er ist zwar Brite, aber lieb. Gib ihm die Hand.«

Er sah, wie Thereses Hand durch die Luft fuhr, als ob sie jemandem über das Haar strich. Er streckte seine Hand aus.

»Guten Abend, Anna, schön, dich kennen zu lernen.«

»Ist sie nicht hübsch? Sie sieht genauso aus wie ihr Vater, dieselben blauen Augen und blonden Haare. Aber sie kann sich nicht ordentlich anziehen«, sagte Therese leise zu ihm und tat so, als ob sie jemandem die Kleider ordnete.

»Was hast du heute gemacht, Anna? Du hast mit Murmeln gespielt? Das hat dir bestimmt gefallen.«

Ralph wusste nicht, was er sagen sollte. Er wollte verschwinden, dieser Situation fühlte er sich nicht gewachsen.

Warum musste ich mich in eine Frau verlieben, die sich so eigenartig benimmt?, dachte er hilflos.

»Meinst du nicht, dass Anna jetzt müde ist?«, sagte er. »Sie reibt sich schon die Augen.«

»Ja, du hast Recht. Wir lassen dich allein. Morgen komme ich wieder, meine Süße.«

Sie breitete ihre Arme aus, so dass ein kleines Mädchen zwischen ihnen Platz gefunden hätte.

Ralph winkte in Richtung der Ruinen und sagte:

»Bis bald, Anna, ich besuche dich wieder, dann können wir ja Murmeln spielen.«

Er wollte das Theater mitmachen, um Therese zu gefallen. Und als er sie auf der Straße in die Arme nahm und sie sich an ihn schmiegte, wusste er, dass es richtig gewesen war, sich so zu verhalten.

»Ich war mir sicher, dass du sie auch sehen kannst. Sie mag dich.«

»Ich sie auch«, sagte Ralph nur.

In dieser Nacht nahm Ralph Therese wieder mit in sein Zimmer, aber er konnte nicht schlafen, während Therese in seinen Armen regelmäßig atmete, denn immer, wenn er die Augen schloss, hörte er schrille, hohe Schreie und sah, wie ein Kinderkörper in den Flammen verbrannte. Und auch in Zukunft würde er Alpträume haben, wenn er mit Therese im Arm einschlief, aber das nahm er in Kauf, denn er spürte, dass er sie liebte, und er würde alles ertragen, nur damit sie bei ihm blieb.

»Wie hat sie herausgefunden, dass Sie Flieger waren?«, hatte Marie vorhin gefragt.

»Sie hat mich aus dem Wasserflugzeug steigen sehen«, hatte er geantwortet.

Er würde Thereses Enkeltochter nicht von dem Irrsinn in Thereses Augen erzählen, als sie die Wahrheit herausbekam. Er würde ihr nicht verraten, dass sie ihn mit Füßen getreten und gekratzt hatte, mitten am Strand vor allen Leuten. Das spielte keine Rolle mehr.

Damals war er wütend auf sie gewesen und hatte auch nicht versucht, sie vor seiner Abreise noch einmal zu treffen. Erst viel später wurde ihm klar, dass sie vor Schmerz außer sich gewesen war.

Warum war ich so stolz und feige?, dachte er. Vielleicht hätte ich sie noch erreichen können.

23

Marie blieb sitzen, als Ralph Cross das Zimmer verlassen hatte.

Sie versuchte, die Puzzleteile zusammenzusetzen. Sie stellte sich Therese als junge Frau vor, mit ihren langen, damals noch rotblonden Haaren, und daneben Ralph Cross. Das ging ganz leicht. Es schien so, als ob diese beiden Menschen, die durch die fürchterlichen Umstände nie wirklich hatten zueinander finden können, eigentlich zusammengehörten.

Und sie dachte an Anna, dieses kleine Mädchen, das nur knapp fünf Jahre alt werden durfte. Sie wollte sich nicht vorstellen, wie sie gestorben war, das wäre zu schmerzlich gewesen. Sie durchsuchte ihre Ledertasche und fand Annas Bild. Das kleine Mädchen lächelte ihr entgegen. Sie ist glücklich gewesen, dachte Marie. Sacht strich sie über das Papier. Ihr seid beide glücklich gewesen, weil ihr euch geliebt habt, dachte Marie und sehnte sich auf einmal danach, eine Tochter zu bekommen.

Warum hat sich Therese niemandem anvertraut?, fragte sich Marie zum hundertsten Mal.

Warum habe ich Andreas erzählt, dass meine Eltern an Krebs gestorben sind? Weil ich, wenn ich die Wahrheit gesagt hätte, das Gefühl gehabt hätte, man würde mir bei lebendigem Leib die Haut abziehen, gab sie sich selbst die Antwort.

»Was trinken Sie, Rotwein, ja, das finde ich schön, ich liebe Rotwein, Sie auch?«, fragte Ralph im französischen Restaurant.

Er genoss es, dieser hübschen jungen Frau gegenüber zu sitzen.

Sie war ihm seltsam vertraut. Zuerst hatte er gedacht, dass sie wie Therese aussah, aber das stimmte nicht. Sie war größer und nicht so zierlich wie Therese, sie war nicht so zurückhaltend, sondern neugierig und offen. Und sie genoss es offensichtlich genauso wie er zu essen. Sie bestrich sich ein zweites Baguette mit der Entenleberpastete, die er bestellt hatte.

»Hätten Sie sich nicht mit meiner Großmutter versöhnen können?«

»Ich musste einige Tage nach dem Streit nach London zurück. Und als ich wieder nach Hamburg kam, war es zu spät. Ihre Großmutter war schon verheiratet. Ich habe in der Zeitung zufällig ihre Heiratsanzeige entdeckt.«

»Sie haben nicht geheiratet?«

»Nein, als ich endlich begriff, dass ich verheiratet sein wollte, aber nur mit Therese, war es schon zu spät. War sie wenigstens glücklich mit ihrem Mann?«

»Ich glaube nicht, sie waren sich eigentlich nicht sehr nahe. Ich glaube jetzt, dass sie ihn nur geheiratet hat, um endlich eine Perspektive zu bekommen. Er besaß ein Haus am Strandweg in Blankenese, war Arzt, gehörte zur besseren Gesellschaft, in die meine Großmutter immer kommen wollte. Und dann kam ja auch schon gleich meine Mutter auf die Welt.«

»Was ist mit Ihrer Mutter, lebt sie in Hamburg?«

»Sie ist vor langer Zeit gestorben, bei einem Autounfall. Ich war zehn. Therese hat mich aufgezogen. Ich wohnte sowieso schon lange bei ihr.«

»Was war mit Ihrer Mutter?«

»Sie wollte sich nicht um mich kümmern. Sie war auch erst neunzehn, als ich zur Welt kam.«

Sie wusste nicht, warum sie Ralph diese Dinge erzählte.

»Nicht leicht für Sie, nehme ich an.«

»Nein, aber Elke hatte es auch nicht leicht. Sie wurde von meinem Großvater nie akzeptiert. Aber lassen wir das. Trinken wir lieber auf Therese.«

»Auf Ihre wunderbare Großmutter«, sagte Ralph und erhob das Glas.

Nach einer weiteren Flasche Wein und nachdem er viele Geschichten aus seiner Zeit als

Pilot bei der British Airways erzählt hatte, bestellte Ralph ein Taxi, das zuerst ihn und dann sie nach Hause fahren sollte.

Er hatte ausgemacht, sie in den folgenden Tagen anzurufen. Er wollte seine Kontakte spielen lassen, damit sie woanders als in der astronomisch teuren Absteige am Earls Court wohnen konnte, von der sie ihm erzählt hatte. Ihm gefiel der Gedanke, dass sie in London bleiben wollte. Vielleicht kann ich sie ab und zu sehen und ihr ein wenig helfen, dachte er.

Als er die Wohnungstür aufschloss, störte es ihn seit Wochen das erste Mal nicht, zu Hause von niemandem erwartet zu werden. Er pfiff vor sich hin, genoss es, beschwipst zu sein.

Er wanderte im Wohnzimmer umher und machte Licht. Er wollte noch etwas Musik hören und rauchen.

Als er in seinem Sessel saß, fiel sein Bild auf das Foto seiner Mutter als junge Frau mit ihm auf dem Schoß. Damals war sie Mitte zwanzig gewesen. Suzanne hatte es aufgestellt, aber er hatte es sich nicht oft angesehen.

Jetzt nahm er es vom Kaminsims, betrachtete es und erschrak, denn von dem Foto lächelten ihn Maries Augen an. Das kann doch nicht sein, murmelte er, das kann nicht wahr sein.

Er setzte sich mit dem Bild in der Hand in den Sessel. In seinem Kopf arbeitete es fieberhaft. Marie war jetzt 25, wie sie ihm erzählt hatte, Elke hatte sie mit 19 bekommen. Er rechnete zurück. Dann war Elke 1949 geboren, er war im März 1949 aus Hamburg weggegangen. Also war es möglich, dass... Oder hatte sich Therese sofort auf jemand anderen eingelassen oder ihn sogar während ihrer gemeinsamen Zeit betrogen? Das konnte er sich nicht vorstellen, denn einerlei, wie wütend sie auf ihn gewesen war und wie sehr er sie verletzt hatte, er wusste, dass auch sie ihn sehr geliebt hatte. Theoretisch war es möglich, ja, es könnte sein, dass Marie nicht Friedrichs Enkeltochter war, sondern seine.

Bei dem Gedanken freute er sich so sehr wie schon lange nicht mehr. Das würde bedeuten, dass er und Therese etwas Gemeinsames hätten. Aber wenn es wirklich so war, warum hatte sie ihn nicht gesucht, um ihm die Wahrheit zu sagen? Er hätte sie sofort geheiratet und mit nach London genommen. Vielleicht wäre sie dann noch am Leben oder auch meine Tochter, dachte er. Aber so schwer es für ihn auch sein mochte, wenn es wirklich stimmte, musste er akzeptieren, dass sie den anderen Weg gewählt hatte, mit einem Deutschen, den sie nicht liebte, zusammen zu sein, um nicht das Kind eines Briten auf die Welt bringen zu müssen.

Es muss in einer der letzten Nächte geschehen sein, dachte Ralph. Vielleicht hat sie ja auch versucht, mich zu erreichen. Er hatte lange Zeit keine eigene Adresse gehabt, weil er zu oft unterwegs gewesen war und während seiner

Aufenthalte in London bei seinen Eltern gewohnt hatte.

Ralph goss sich einen Whiskey ein und setzte sich wieder in seinen Sessel. Vielleicht ist Marie meine Enkeltochter, dachte er. Er versuchte sich daran zu erinnern, wann er die Hochzeitsanzeige in der Hamburger Zeitung gesehen hatte. War es nicht im Herbst 1949 gewesen? Dann konnte Thereses Kind, Maries Mutter Elke, nur von ihm sein.

Er sah auf die Uhr. Es war schon Mitternacht. Eigentlich keine Zeit mehr zum Telefonieren, aber er wollte nicht bis morgen warten. Mit zitternden Fingern wählte er die Nummer, die Marie ihm gegeben hatte. Marie meldete sich nach dem ersten Klingeln, als ob sie auf den Anruf gewartet hätte

»Marie, entschuldigen Sie, dass ich Sie jetzt noch störe, aber Sie müssen mir eine Frage beantworten. Wann wurde Ihre Mutter geboren?«, fragte er in die Hörmuschel.

Einfühlsam und fesselnd
wie das Leben selbst

Sabine Kornbichler

Vergleichsweise wundervoll

Eine Frau nimmt für immer Abschied von einem Mann ... Ein Besuch bei einer Gattenmörderin enthüllt, was hinter ihrer scheinbar unfassbaren Tat steht ... Eine Frau erfährt die Wahrheit über das Verhältnis zwischen ihrer Mutter und deren Schwester ...

In diesem Buch beweist die Bestsellerautorin Sabine Kornbichler, dass sie auch eine Meisterin der kleinen Form ist.
Nachdenklich, anrührend, bewegend!

Knaur Taschenbuch Verlag